U0107343

译文纪实

VACCINATED

One Man's Quest to Defeat
the World's Deadliest Diseases

Paul A. Offit

[美] 保罗·奥菲特 著　　　　仇晓晨 译

疫苗的故事

上海译文出版社

献给邦妮，
是你让美梦成真；
献给我们的孩子威尔和艾米莉，
是你们如流星般划过爸爸妈妈的生命。

"现在，"马克斯大喊道，"野起来吧！"

——莫里斯·桑达克，《野兽国》

目　录

疫苗：改变公共卫生历史的发明

梁贵柏
（默沙东前资深制药人、科普作家、自由撰稿人）

今年，保罗·奥菲特医生的畅销书《疫苗的故事》再版了。

大概十年前的时候，就有同事建议我把这本书翻译成中文，我也认为是个好主意。但当时我已经开始撰写《新药的故事》系列，很忙，就把这个想法搁置在一边了。在全球新冠疫情尚未完全平息的当下，得知此书有了新版，而且已经被翻译成了中文，即将出版，虽然有一点小小的遗憾，但我还是非常高兴中文圈的读者能及时读到有关疫苗历史的精彩故事。

新版的副标题是：从牛痘到信使 RNA，疫苗的非凡故事（From smallpox to mRNA, the remarkable story of vaccines）；原版（2007 年版）的副标题是：一个人追求去战胜世界上最致命的疾病（One man's quest to defeat world's deadliest diseases）。

此书的主角，作者奥菲特医生笔下的"一个人"，就是莫里斯·希勒曼（Maurice Hilleman）博士。希勒曼博士长期任职于默沙东新药研究院（Merck Research Laboratories），曾经是我的同事和老前辈。当年我加入默沙东新药研究院后，就开始听说有关希勒曼博士和疫苗的各种传奇故事。虽然早在 1984 年，希勒曼博士就在规定年龄的 65 岁退休了，但是随后，他又领导成立了默沙东疫苗研究所（Merck Institute for Vaccinology），并在那里继续工作了 20 年。希勒曼博士一生亲历和领导了 40 多种疫苗的研发，其中许多针对的是非常致命的疾病，被业界誉为"20 世纪科学、医学和公共卫生领域真正的巨人之一"。新冠疫情期间大家广为关注的美国国家过敏和传染病研究所所长安东尼·福奇博士认为："可以毫不夸张地说，莫里斯改变了世界。"就像作者在新版序言的结尾处所写："疫苗的故事很大程度上就是他的故事。"

人体免疫力的发现和疫苗的发明，从根本上改写了公共卫生的历史。

在此之前，我们的祖先对这些看不见摸不着的"小东西"毫无还手之力，付出的代价是非常惨重的。在达到对某种致病微生物的"群体免疫"之前，总是会出现大量感染和死亡病例。牛痘的广泛接种使我们人类第一次以极小的生命代价获得了对天花病毒的群体免疫，并最终将天花病毒彻底清除出了人类生存的环境。

除天花之外，还有许许多多多原本非常致命的感染性疾病，包括还在施虐的新冠肺炎，因为有了主要由高比例疫苗接种而筑起的群体免疫这个"铜墙铁壁"，对人类已无大碍，从而使绝大多数人的健康及有序的生活和经济秩序有了基本的保证。

说到"群体免疫"这个公共卫生领域最基本的科学概念，自从英国首席医疗顾问克里斯·惠蒂教授以及首席科学顾问帕特里克·瓦兰斯爵士在新闻发布会上提出之后，被大家当成了抗疫方法和手段，引起了热议。一时间，"群体免疫可以拉平曲线"这个在我看来非常离谱的解释，便出现在了当时几乎所有的媒体上。为此，我专门在线上做过一次解释，把"群体免疫"的来龙去脉简单地梳理了一遍，后来我在《老梁说药》专栏里又做过讨论。

在这里，我还想再强调一下：**"群体免疫"是一个物种对某一种致病微生物的抵抗力的状态描述，而不是"躺平"或"基本躺平"的抗疫方法和手段。群体免疫也不只是"有"和"无"两种状态，而是一个连续渐进式增强的过程。**虽然不作为的消极抗疫方法最终也能达到群体免疫，但是为此付出的代价很有可能是难以承受的。

在牛痘问世之后的一个多世纪里，公共卫生和人类抗疫的历史一而再再而三地显示，通过大面积接种有效安全的疫苗，我们可以用极小的代价来达到和维持群体免疫的状态，消除多种传染病的威胁。从目前的情况来看，这次新冠疫情也不会例外。

值得一提的是，由于致病微生物的多样性和快速变异的特点，人类对某个特定疾病的群体免疫也有多种多样的表现形式。对天花来说，我们通过种牛痘建立起来的群体免疫是非常有效的，真正做到了"零感染"，这也是我们能把天花病毒在人类社会里"清零"的科学基础。这是一个极端的例子，也是到目前为止唯一被群体免疫"清零"的病毒，所有其它的病毒性疾病都还或多或少地存在着。

另一个比较极端的例子是流感病毒。流感疫苗问世也有几十年了，但是流感病毒并没有被清零，每年在流感季还是会或多或少地流行起来，流感疫苗也不能保证已经接种的人不被感染。正因为如此，很多人对接种流感疫苗并不是十分支持，有些人甚至是反对的，觉得弊大于利。正因为如此，接种流感疫苗的比例一直上不去，这个问题在中国表现得尤其突出。每年中国流感疫苗的接种率远远低于发达国家，甚至还低于很多发展中国家，这值得大家，特别是公共卫生领域工作人员的关注和推动。

尽管流感疫苗的保护力有限，而且每年都要接种，由流感疫苗接种和（接触流感病毒的）天然免疫而累积起来的群体免疫也不是百毒不侵，但是，我们距离上一次全球性的流感疫情大爆发已经过去一百多年了，这仍旧是并不完善的"群体免疫"的功劳。同样的道理，人类作为一个整体，通过接种疫苗和天然免疫而产生的对新冠病毒大部分变异毒株的集体免疫力达到了一个临界值，新冠病毒的传播就将被控制在一定阈值之下，不会再次引发大规模疫情。

这一天应该不远了。

《疫苗的故事》告诉我们，及时研发安全有效的疫苗，是我们人类战胜多种致命的传染病的法宝，包括将来可能出现的各种新的传染病。同时，我们也必须清醒地认识到，与其它的新技术一样，疫苗发展也不是一帆风顺的，在历史上也曾经出现过各种各样的问题，甚至还出现过相当严重的安全问题。但是，这些都不能成为我们一概反对所有疫苗的理由。

病毒是多种多样的，针对不同的病毒，采用不同的疫苗技术研发出来的疫苗也是各不相同的。有些疫苗具有极高的保护力，而且一次接种即可获得终身的免疫力，比如牛痘；还有一些疫苗每隔若干年就要重新接种一次，比如破伤风疫苗。有些疫苗接种之后出现的反应会相当激烈，需要卧床休息；还有一些疫苗接种了之后几乎没有任何可以感觉到的反应。如果我们再考虑接种疫苗的个体差异，那结果肯定就更加五花八门，不可能得出"一刀切"的简单结论。

就像此书的作者在新版的序言中所说，"其实，这没什么可惊讶的。"只要我们对疫苗问世以来的真实世界的大数据进行研究，用现代数据科学最重要的研究方法——统计学工具来进行分析，就不难发现，疫苗对人类健康起到的作用毋庸置疑，而且是不可替代的。

《疫苗的故事》回顾了疫苗的发展史，从爱德华·琴纳的牛痘到突破性的信使 RNA 新冠疫苗；《疫苗的故事》再现了莫里斯·希勒曼博士的传奇人生，从自己小女儿的腮腺炎到香港的流感暴发。作者以生动的笔触，第一手的访谈素材，带我们穿越时空，游历全球，以一个人的故事为焦点，再现了公共卫生史上一段最重要的历史，为我们树立了一座令人高山仰止的丰碑。

席卷全球、已经持续了两年多的新冠疫情告诉我们，致病微生物对人类的健康威胁并没有因为科技的发展而消失。在人口越来越密集的今天，大面积传播的可能性不减反增，未来也充满着不确定性。

对于所有关心人类健康的人来说，《疫苗的故事》都是一本不可多得的好书。

2022 年 7 月于美国新泽西

新版序言

2019 年 11 月，一种蝙蝠冠状病毒首次在人类中传开，截至 2021 年 7 月已造成 2 亿多人感染，400 万人死亡。该病毒被命名为严重急性呼吸综合征冠状病毒 2（SARS - CoV - 2），它所引起的疾病则被称为 2019 冠状病毒病（COVID - 19），简称新冠肺炎。上次如此大规模的全球大流行病是在 100 年前。

不过，解决方案是有的，那就是疫苗。200 多年来，疫苗取得了显著的成功：

• 天花——一种夺走了超过 5 亿人的生命，改变了欧洲历史走向的疾病，现已从地球上消失。

• 狂犬病——一种致死率 100％ 的疾病，现在可以预防了。

• 黄热病——一种曾在一年内感染费城 5 万人，并导致 5 000 人死亡的病毒，现已在美国和欧洲绝迹。

• 脊髓灰质炎——一种每年导致 3 万名儿童瘫痪，1 500 名儿童死亡的疾病，到 20 世纪 70 年代末已从美国消失。到 2020 年，得益于世界卫生组织（WHO）开展的一项运动，三种脊髓灰质炎致病病毒中有两种已被消灭。

• 麻疹——一种每年导致 5 万人住院，500 人死亡的疾病，到 2020 年，已经不再在美国传播。在全球范围内，麻疹致死人数已从每年 260 万下降到 20 万。

• 腮腺炎——引起后天耳聋的最常见原因，实际上已经由于腮腺炎疫苗的普及而消除了，许多聋人之家也已关门停业。

• 风疹（也称德国麻疹）——一种病毒，感染孕妇后每年引起多达 2 万例胎儿永久性出生缺陷和 5 000 例自然流产，2005 年在美国被消灭。在全球范围内，过去 20 年来，通过接种风疹疫苗已将病例数量从 67 万例减少到 4.9 万例。

• 水痘——该病毒在美国曾经每年导致 1 万人住院，100 人死亡，得益于水痘疫苗，住院数和死亡数下降了 99％。

• 乙型流感嗜血杆菌（Hib）——曾经每年引起 2.5 万例血行性感染和脑膜炎，得益于乙流疫苗，这一数字已跌落到 50 例以下。其它能够引发血液感染和脑膜炎的细菌，如肺炎球菌和脑膜炎球菌，也有针对性疫苗，因而发病率大大降低。

• 乙肝——在乙肝疫苗问世之前，美国每年有 1.8 万名 10 岁以下儿童感染乙肝病毒，其中大多数注定会发展为长期肝病（肝硬化）和肝癌。20 世纪 90 年代初，乙肝疫苗被列为新生儿常规推荐疫苗，自此儿童感染基本消除。此外，多亏了比尔和梅琳达·盖茨基金会，如今全球超过 85％的人口已接种了乙肝疫苗。

• 抗人乳头瘤病毒（HPV）——据多项人口研究显示，该疫苗使得宫颈癌的发病率显著下降。

• 轮状病毒——一种肠道病毒，每年导致全球 50 万婴幼儿死亡；如今，轮状病毒疫苗每天挽救数百个宝宝的生命。

简而言之，因为有了疫苗，人类的寿命相比 100 年前延长了 30 年。不幸的是，正如在与任何敌人的交战中一样，双方都有伤亡。我们且行且学习，而知识的积累往往伴随着生命的代价。令人难过的是，疫苗的故事同样充斥着悲剧。例如：

1942 年 3 月，美国医务总监办公室[①]注意到美军当中黄疸发病率不断上升，这些军人都在近期接种了以人血清作为稳定剂的黄热病疫苗。血清取自位于巴尔的摩的约翰·霍普金斯医院的医护人员，其中几人有黄疸病史，一人在献血时处于阳性感染状态。尘埃落定后，共计 33 万名军人被感染，1 000 人死于后来被称为乙肝病毒的疾病。这是有记录以来最严重的单源性致命感染疫情之一。

1955 年，五家制药公司主动提出生产乔纳斯·索尔克[②]的脊髓灰质炎疫苗。其中一家位于加州伯克利的公司卡特实验室（Cutter Laboratories）未能将病毒完全灭活，造成了严重的质量问题。结果，12 万名儿童接种了具备毒力的活脊髓灰质炎病毒，其中 4 万人暂时瘫痪，164 人永久瘫痪，10 人死亡。这可以说是美国历史上最为严重的一次生物灾难。

20 世纪 60 年代初，一种预防呼吸道合胞病毒（RSV）的疫苗问世，RSV 是引起小儿肺炎的常见原因。RSV 疫苗与乔纳斯·索尔克的脊髓灰质炎疫苗的制作方法大体相同，即通过化学物质将病毒灭活。当时，RSV 每年在美国造成 5 000 名婴儿死亡，研究人员期望通过疫苗预防这一疾病。结果却并不如人意。早期研

---

① Office of the Surgeon General，1871 年，海军医院服务系统任命了第一个医务总监。这个职位在 1873 年被称为 Supervising Surgeon General，1902 年被称为 Surgeon General。而海军医院服务系统就是美国卫生与公共服务部（HHS）的前身。该办公室负责协调和领导改善健康、预防疾病和伤害等。——译者

② 美国实验医学家、病毒学家，主要以发现和制造出首例安全有效的"脊髓灰质炎疫苗"（后称"索尔克疫苗"）而知名。对于脊髓灰质炎疫苗，索尔克从未申请专利，也从未从中获利，《时代周刊》将他评为 20 世纪最具影响 100 人之一。——译者

究发现，与从未接种疫苗的儿童相比，接种过疫苗的儿童感染病毒后的住院率反而更高，并且死于肺炎的概率也更高。两款早期的麻疹疫苗也出现了类似的问题，很快双双撤出市场。

疫苗研制的成功之路往往崎岖不平，时而充满险阻，因此，基于多种原因，新冠肺炎疫苗的开发可谓是过去 200 年来极为了不起的一大科学成就。

SARS-CoV-2 是一种难以捉摸的病毒。起初，中国公共卫生官员将它定义成一种呼吸道病毒，和流感一样，可能导致严重的肺炎，偶尔致命，然而他们大大低估了 SARS-CoV-2 的穷凶极恶。新冠肺炎的恶劣程度超出了任何人的想象。不到一年，该病毒便呈现出多种临床和病理特征，这令医生和研究人员既惊讶又困惑。具体来说：

SARS-CoV-2 病毒除了感染肺部，还会引发人体血管内壁的免疫反应，导致炎症（血管炎）。因为身体的所有器官都要得到供血，所以任何器官都可能受到影响。

SARS-CoV-2 可以导致患者失去味觉和嗅觉，一次通常会持续数周。

神经病理学家在部分新冠肺炎患者的大脑中检测出 SARS-CoV-2 病毒。

轻症或无症状感染的儿童能够在几周内自我清除病毒，但是之后会因为发高烧以及肺部、肝脏、心脏和肾脏疾病住院。这种感染后出现的现象被称为儿童多系统炎症综合征（MIS-C），偶尔致命，每 1 000 名感染儿童中约有 1 例。许多儿童的症状持续两个多月，即"长期症状患者"。成人也有可能患上多系统炎症综合征。

SARS-CoV-2 病毒会引起心脏肌肉炎症（心肌炎）。对美国十大联盟①的运动员进行的一项研究发现，每 43 名患有新冠肺炎的年轻男女中就有 1 人有心肌炎的迹象。

没有其他呼吸道病毒能做到这些。

也许最糟糕的是，SARS‐CoV‐2 在不断变异，不断地试图适应在人体内生长。在中国武汉首度发现的病毒（称为 2019‐nCoV）并不是传出中国的那个病毒。这种被称为 D614G 的病毒，是第一种发生重大突变的病毒（或称变体），其传染性比初代病毒强得多。事实上，正是 D614G 变体席卷了亚洲、欧洲和美国，导致数百万人死亡，之后又被另一种传染性更强的变体——阿尔法变体所取代。但是，SARS‐CoV‐2 的变异还没有结束。阿尔法变体后来又被更具传染性的德尔塔变体取代。随着病毒变体的传染性不断增强，需要越来越多的人接种疫苗才能阻断病毒的传播。

这次用来压制病毒的首选疫苗策略是此前从未尝试过的：不是弱化的活病毒（类似于麻疹、腮腺炎、风疹、水痘和轮状病毒疫苗），不是灭活病毒（类似于狂犬病或灭活脊髓灰质炎疫苗），也不是从病毒中提纯的单一蛋白（类似于乙肝和人乳头瘤病毒疫苗），而是给人们接种了 SARS‐CoV‐2 表面蛋白或刺突蛋白的编码基因。这些新颖的基因疫苗中含有一段裸露的信使核糖核酸（mRNA）或特洛伊木马病毒（载体病毒），可作为载体将 SARS‐CoV‐2 基因导入细胞。人体接种这些基因疫苗后，自身的细胞中会产生 SARS‐CoV‐2 刺突蛋白，继而产生针对刺突蛋白的抗体。疫苗接种的基因时代自此开启。

除了这些疫苗的新颖性之外，还有其他一些原因使得人们对

① Big Ten Conference，该联盟由美国中西部五大湖地区私立的西北大学和 13 所公立大学组成，创立于 1896 年，最初的宗旨是更好地加强校际体育交流及管理。——译者

于它成为全球大范围的免疫计划感到担忧：

1. 疫苗的生产速度。SARS-CoV-2病毒于2020年1月被首度分离和表征。不到一年，最先研发出来的两款mRNA疫苗已经在大规模试验中进行测试。新冠肺炎疫苗是有史以来研发上市速度最快的疫苗。（在此之前，从分离病毒到产品商业化最快的纪录是腮腺炎疫苗，耗时4年。）

2. 美国食品药品监督管理局（FDA）的审评机制。通常情况下，从制药公司提交产品注册申请到获批，平均需要大约10个月的时间。而这一次，由于疫情致命且蔓延迅速，FDA选择了一种叫做紧急使用授权（EUA）的特殊路径，也就是降低了门槛，从提交到获批的时间从以月计缩短到以周计。

3. 围绕EUA批准的用语。诸如"神速行动"（Operation Warp Speed）、"疫苗竞赛"和"谁将第一个冲过终点线"之类的用语让一些人感到害怕，觉得疫苗研发抄了近路，或者更糟——疫苗的安全性打了折扣。

总结起来就是，在不到一年的时间里，新病毒引发了多种出乎意料的临床和病理问题；从未启用过的疫苗策略解决了这些问题，新疫苗的开发速度超过了以往任何疫苗，其获批机制（EUA）也明显不如常规的审评流程严格。所有人都屏息静气，以为疫苗悲剧的再次发生只是时间问题。

然而，悲剧没有发生。辉瑞和莫德纳公司研制的mRNA疫苗以及强生公司研制的特洛伊木马病毒疫苗的效果都非常好，在全年龄组和高危人群中，预防严重感染的有效性超过了90%。结果远比任何人预料或想象的要好许多。而且，疫苗也是安全的。当然，并非完全没有问题：强生疫苗可能引起非常罕见的凝血问题，mRNA疫苗则可能引起非常罕见的心肌炎，但是疫苗的巨大收益盖过了它们的低风险。

一旦有了这些疫苗，阻止疫情大流行的两大关键挑战便是：第一，让最无力负担的国家用上疫苗。截至 2021 年下半年，全球 195 个国家中的大多数国家连第一针新冠疫苗都没开始接种。第二，也是最令人沮丧的，包括美国在内的多个发达国家发现，有相当大比例的人口（高达 30%）直接拒绝接种疫苗。结果就是新冠病毒继续传播，继续出现更具传染性的变体，疫情变得越来越难以控制。

其实，这没什么可惊讶的。由于激烈的反疫苗运动，几十年来，许多发达国家的人一直选择自己不打疫苗，也不给自己的孩子打疫苗。人们对疫苗这般抗拒，受打击最大的是目前使用的 14 种婴幼儿疫苗中的 9 种的发明者。他是预测出流感大流行的第一人，并在疫情传入美国之前就成功地研发出了疫苗；他把美国医学研究人员能得的所有重大奖项得了个遍，包括由罗纳德·里根总统颁发的国家科学奖章；据估算，他的工作每年能够挽救大约 800 万人的生命。这个人的名字大多数人从未耳闻——他就是莫里斯·希勒曼。正如您将从下文中读到的那样，疫苗的故事很大程度上就是他的故事。

保罗·奥菲特，医学博士
2021 年 7 月

旧版序言

科学家没名气。他们不代言产品，也不签名，更不会被乌泱泱的尖叫的粉丝围追堵截。但是你或多或少听过一些科学家的名字，比如，研发出脊髓灰质炎疫苗的乔纳斯·索尔克，在非洲建设医院的神学家阿尔伯特·施韦泽，发明巴氏杀菌法的路易·巴斯德，发现放射疗法的玛丽·居里，以及定义了质量与能量关系的物理学家阿尔伯特·爱因斯坦。但是我敢打赌，有一位科学家的名字你绝对没有听过，尽管他拯救的生命比其他所有科学家加起来还多。他熬过了贫苦的大萧条时代和蒙大拿州东南部严酷无情的平原生活，被父亲抛弃，母亲早逝。走到生命的尽头，悲哀地发现鲜有人知他是谁或做了什么。这位科学家就是现代疫苗之父——莫里斯·希勒曼。

希勒曼所从事的科学研究，有着悠久而深厚的传统。

18世纪末，英国南部一位叫做爱德华·琴纳的医生研发出了世界上首个疫苗。琴纳发现，人接种天花病毒的近亲——牛痘可以预防天花。当时，已有5亿人死于天花。

一百年过去了。

19世纪末，巴黎的一位化学家路易·巴斯德通过将受感染的兔子的脊髓进行干燥，研制出世界上第二个疫苗，预防了人类最为致命的一次感染——狂犬病。迄今为止，只有一个未接种狂犬病疫苗的人在染病后存活。

20世纪上半叶，科学家又研发出了六种疫苗：20年代，法国研究人员发现细菌会产生毒素，将毒素经过化学处理即可制得疫苗。白喉疫苗、破伤风疫苗和百日咳疫苗（部分）由此制得。30年代，纽约洛克菲勒医学研究所的一位研究员在小鼠和鸡身上培养病毒，研制出了黄热病疫苗。40年代，就职于密歇根大学的托马斯·弗朗西斯通过在鸡蛋中培养病毒，再用福尔马林杀死病毒，制得了一种流感疫苗。50年代，乔纳斯·索尔克和阿尔伯特·萨宾用猴子的肾脏研制出了脊髓灰质炎疫苗，最终在西半球和世界大部分地区根除了这一疾病。

20世纪下半叶，疫苗研发进入了爆炸式发展期。[1] 麻疹、腮腺炎、风疹（德国麻疹）、水痘、甲肝、乙肝、肺炎球菌、脑膜炎球菌和乙型流感嗜血杆菌（Hib）疫苗纷纷在此期间问世。在这些疫苗问世之前，可以预测美国人每年都会因为麻疹而引起严重、致命的肺炎；风疹会找上胎儿，致盲、致聋或引起智障；Hib会感染大脑和脊髓，成千上万的儿童会因此丧生或致残。上述9种疫苗几乎扫清了这一切痛苦、残疾和死亡。它们全部是莫里斯·希勒曼发明的。

2004年10月，医生告知希勒曼他得了一种侵袭性癌症，已经扩散至他的肺部，看样子时日无多。在人生的最后六个月里，希勒曼同我聊了他的一生和他的工作。本书主要讲述了希勒曼的故事：有胜利、有悲剧、有争议，也有现代疫苗不确定的未来。[2]

---

[1] 有关疫苗研发的历史，参见 Plotkin and Orenstein，*Vaccines* 及 Plotkin and Fantini，*Vaccinia*。

[2] 本书的撰写基于对莫里斯·希勒曼博士于2004年11月12日、19日和30日，2004年12月3日、10日、15日和17日，2005年1月6日和7日，2005年2月17日以及2005年3月11日进行的一系列采访。

时间胶囊

封存"国家千禧年时间胶囊"[①]标志着 20 世纪的终结。时为美国第一夫人的希拉里·克林顿向 400 位总统奖和国会金质奖章获得者发出邀请，邀他们共同填充时间胶囊。"感谢您为国家做出的贡献，"她写道，"现在我想请您再做一次贡献。若要选出 20 世纪最能代表美国的一样物件或一个想法留给后人，您会选择什么呢?"

雷·查尔斯提交了一副自己的墨镜。

切诺基族首领威尔玛·曼基勒提交了 85 个字母的切诺基语字母表，希望 100 年后，自己民族的语言依然得以沿用。

数学家、科学家汉斯·李普曼提交了贝尔电话实验室研发的世界首个晶体管，它标志着电子时代的到来。

历史学家大卫·麦卡洛提交了一张波士顿公共图书馆的借书证。那是第一个允许读者把书借回家阅读的公共图书馆。

美国前总统罗纳德·里根提交了一段柏林墙的残片。它象征一个国家选择了民主制度。

电影制片人肯·伯恩斯提交了路易斯·阿姆斯特朗的《西区布鲁斯》(*West End Blues*)的原始录音。

非裔美国学生欧内斯特·格林提交了他的小石城中央中学毕

业证书。1957 年 9 月 2 日，格林在与时任阿肯色州州长奥瓦尔·福布斯和国民警卫队的冲突中被捕，起因是他被招收就读这所全白人的公立学校。

其他人提交了一个微芯片、第一颗人造心脏、一条越洋电缆、一本约翰·斯坦贝克的小说《愤怒的葡萄》、一盘阿波罗 2 号登月的影像资料、大都会歌剧院的广播录音、一个康宁锅、一段记录杰克逊·波洛克创作滴画②的影像、一份遗传密码表、贝西·史密斯录制的《镇上没人能烤出我这样的甜果冻卷》（*Nobody in Town Can Bake a Sweet Jellyroll Like Mine*，）唱片，还有从太空拍摄的地球照片、广岛上空的原子弹蘑菇云照片，以及美军士兵从布痕瓦尔德纳粹集中营释放囚犯的照片。

往时间胶囊填充物品的典礼于 1999 年 12 月 31 日在华盛顿举行。那是周五，一个风和日丽的冬日。时任美国总统比尔·克林顿和第一夫人希拉里·克林顿双双致辞，一万民众在国家广场附近的街道两旁列队观看典礼。"毕竟，是晶体管的诞生开启了信息

---

① T. Stephens, "UCSC Researchers Produce Human Genome CD for the National Millennium Time Capsule," *UC Santa Cruz Currents Online*, January 22, 2001, www. ucsc. edu/currents; Press Release, National Archives and Records Administration, "National Millennium Time Capsule Exhibition to Open at the National Archives," Press release, December 4, 2000, www. archives. gov/ mediadesk/pressreleases/nr01 - 20. html; CNN. com: "Nation's Time Capsule: Dog Tags, a Cell Phone and Dreams," December 6, 2000, http:// archives. cnn. com/2000/US/12/06/timecapsule. ap; and "Clintons Busy with Duties before Dawn of 2000," December 31, 1999, http://archives. cnn. com/ 1999/ALLPOLITICS/stories. 12/31. kickoff; White House Millennium Council: "National Millennium Time Capsule," http://clinton3. nara. gov/Initiatives/ Millennium/capsule. html, and http://clinton4. nara. gov/Initiatives/Millennium/ capsule/ theme _ medalist. html; "Take This Capsule, Call in 100 Years," *New York Times*, January 2, 2000.

② drip paintings, 抽象表现主义先驱波洛克受欧洲超现实主义思想的影响，以他独特的自由奔放的滴画来表达抽象的表现主义。——译者

时代，人类才得以在月球上行走，"希拉里说道，"是书包嘴①吹响小号，宣告了爵士乐的兴起，让美国音乐响彻全球。是这块被涂鸦覆盖的柏林墙的水泥残片，宣告民主战胜了独裁。"比尔·克林顿则表达了对未来的希冀："要回顾我们的希望与梦想，思考要给后代留下何种礼物，没有比现在更好的时候。"

当天，莫里斯·希勒曼也参加了典礼，虽然现场没几个人认得出他。那年他 80 岁，背已略微佝偻，他缓缓地、小心翼翼地走到麦克风跟前，说了几句话，然后伸手把他选择的时代文物放进了时间胶囊　那是 个六英寸长、两英寸宽、两英寸高的透明塑料块，里头封装着几只小玻璃瓶。

尽管无人在典礼上提及，但是 20 世纪末的美国人相比 20 世纪初，平均寿命延长了 30 岁。其中一部分是由于各方面的进步，比如抗生素、洁净的饮用水、卫生条件的改善、工作场所安全的提升、更全面的营养、更安全的食品、安全带的使用和吸烟率的下降等。然而，没有任何一项医学进步对人类的影响大得过希勒曼那几只小玻璃瓶里装的东西——疫苗。②

时间胶囊封存典礼四年后，有记者问希勒曼，20 世纪末的最后一天站在美国总统身边，来到自己职业生涯的高光时刻是什么样的感觉。希勒曼话少、冷淡、为人谦逊，不习惯宣扬自己的成就，也不习惯回顾往昔的荣耀。他回答道："天气很冷。"

---

① 路易斯·阿姆斯特朗的绰号。Satchmo 为 satchel（书包）与 mouth（嘴）的组合词，意指他嘴大。——译者

② J. P. Bunker, H. S. Frazier, and F. Mosteller, "Improving Health: Measuring Effects of Medical Care," *Milbank Quarterly* 72 (1994): 225-58.

第一章 "天哪，是大流感，
　　　　　它来了！"

"我有只小鸟，叫恩萨。

我一开窗，恩萨飞了进来①。"

　　　　　　　　　　——1918 年大流感期间的童谣

　　1997 年 5 月，香港一名三岁男童死于流感。这种情况并不罕见。每一年，在全世界的每个角落都有健康的儿童死于流感，但是，这次的感染和以往不同。卫生官员查不出这个孩子是死于哪种流感病毒，于是给美国亚特兰大的疾病预防与控制中心寄去了一份病毒样本。亚特兰大疾控中心的研究人员发现，这种病毒此前从未感染过人类。几个月过去了，包括男孩的父母、亲戚、朋友和同班同学在内，没有其他人感染上这一罕见的流感病毒。不久后，疾控中心派出一组科学家来到香港开展调查。调查员们挤进了当地的一家菜市场，看到当地的农民现场宰杀和出售活禽，然后发现了他们一直寻找的东西——这种致命病毒的源头。②"当地人喜欢现杀的活鸡，"一名调查员说，"在冷水里浸一下就算洗过了。（有一天）我们看到一只鸡站在高处，在啄食，然后它身体微微前倾，慢慢地倒下，倒向一侧，就那么死了。血（从它的喙里）滴下来。那个场面太不真实，太诡异了，我从来没见过。"然后接二连三，更多的鸡染上了病。

感染东南亚禽类的流感毒株尤为致命，导致七成的鸡死亡。③1997 年 12 月 30 日，为防止禽流感进一步蔓延到更多的人类身上，香港卫生当局下令扑杀了 100 多万只鸡，然而，这未能阻断病毒

① 在英文中，流感为 influenza，与"恩萨飞了进来"in-flew-Enza 谐音。——译者
② 对于东南亚禽流感起源的最佳描写见 Kolata, *Flu*。
③ 关于禽流感，参见：E. Check, "WHO Calls for Vaccine Boost to Prepare for Flu Pandemic," *Nature* 432 (2004)：261；T. T. Hien, M. de Jong, and J. Farrar, "Avian Influenza：A Challenge to Global Health Care Structures," *New England Journal of Medicine* 351 (2004)：2363 – 65；K. Stöhr, and M. Esveld, "Will Vaccines Be Available for the Next Influenza Pandemic?" *Science* 306 (2004)：2195 – 96；R. S. Nolan, "Future Pandemic Most Likely Will Be Caused by Bird Flu," *AAP News*, January 2005；M. T. Osterholm, "Preparing for the Next Pandemic," *New England Journal of Medicine* 352 (2005)：1839 – 42；K. Ungchusak, P. Auewarakul, S. Dowell, et al., "Probable Person-to-Person Transmission of Avian Influenza A (H5N1)," *New England Journal of Medicine* 352 (2005)：333 – 40；A. S. Monto, "The Threat of Avian Influenza Pandemic," *New England Journal of Medicine* 352 (2005)：323 – 25；H. Chen, G. J. D. Smith, and S. Y. Zhang, "H5N1 Virus Outbreak in Migratory Waterfowl," *Nature* 436 (2005)：191；J. Liu, H. Xiao, F. Lei, et al., "Highly Pathogenic H5N1 Influenza Virus Infection in Migratory Birds," *Science* 309 (2005)：1206；T. R. Maines, X. H. Lu, S. M. Erb, et al., "Avian Influenza (H5N1) Viruses Isolated from Humans in Asia in 2004 Exhibit Increased Virulence in Mammals," *Journal of Virology* 79 (2005)：11788 – 800；"The Next Killer Flu：Can We Stop It?" *National Geographic*, October 2005；"Avian Flu：Ready for a Pandemic?" *Nature*, May 26, 2005；D. Normile："Outbreak in Northern Vietnam Baffles Experts," *Science* 308 (2005)：477, and "Genetic Analyses Suggest Bird Flu Virus Is Evolving," *Science* 308 (2005)：1234 – 35；D. Cyranoski, "Flu in Wild Birds Sparks Fears of Mutating Virus," *Nature* 435 (2005)：542 – 43；D. Butler："Bird Flu：Crossing Borders," *Nature* 436 (2005)：310 – 11；"Flu Officials Pull Back from Raising Global Alert Level," *Nature* 436 (2005)：6 – 7；"Alarms Ring over Bird Flu Mutations," *Nature* 439 (2006)：248 – 49；"Doubts over Source of Bird Flu Spread," *Nature* 439 (2006)：772；"Yes, But Will It Jump?" *Nature* 439 (2006)：124 – 25；M. Enserink, "New Study Casts Doubt on Plans for Pandemic Containment," *Science* 311 (2006)：1084。

的传播。日本、越南、老挝、泰国、柬埔寨、中国、马来西亚和印度尼西亚相继发现鸡感染了禽流感。接着，新增18人感染禽流感病毒，其中6人死亡，死亡率达33%，这吓坏了当地的医生。（普通流感的致死率不到2%。）很快，病毒消失得无影无踪。卫生当局等着疫情在第二年卷土重来，但是它没有来，后一年也没来，再后一年还是没来。病毒静静地潜伏着，像是要伺机出动。

2003年末，距离首次禽流感暴发6年后，病毒重现东南亚。这次，卫生官员发现疫情变得更难控制。同样，一开始是鸡先感染，卫生当局据此做出反应，扑杀了数亿只鸡。然而这番努力无济于事，禽流感还是从鸡传到了鸭、鹅、火鸡和鹌鹑。然后轮到了哺乳动物：先是老鼠，然后到猫，再到泰国动物园的一只老虎，接着是猪，最后到人。截至2005年4月，共有97人感染禽流感，其中53人死亡，死亡率高达55%。

到2006年9月，禽流感已经从亚洲的鸟类扩散至欧洲、近东和非洲的鸟类。250人感染禽流感，这些人的居住地附近出现过病鸟，其中146人死亡。国际卫生官员害怕这次在东南亚暴发的禽流感会引发全球性流行病，即大流感。其中一人后来评论道："时钟在滴答作响，只是我们不知道现在几点。"

卫生官员害怕流感大流行是有道理的，因为他们十分清楚大流感带来的毁灭性后果。1918年至1919年间暴发的大流感，史称"最后的大瘟疫"，5亿人感染[①]，占当时全球人口的一半。这种病毒几乎遍布世界上每一个国家和地区，其中美国受的打击尤其严重。1918年10月，短短一个月内，便有40万美国人死于流感。一般来说，感染流感后最容易死亡的是病人和老人，但是1918年

---

① 此处疑似有误，1918年全球人口应有约17亿，据报道当时被感染者约10亿。——译者

的病毒不同寻常，它杀死了许多健康的年轻人。仅仅一年后，二三十岁美国人的平均寿命便缩短了25％。1918年的大流感是人类医学史上最具毁灭性的传染病疫情，这轮结束后，全球死亡病例总数约5 000万至1亿，而这一切都发生在短短一年的时间里。[1]相比之下，自20世纪70年代以来，死于艾滋病大暴发的总人数为2 500万。[2]

大流感避无可避。过去300年里，全球一共经历了10次这样的灾难，也就是每100年暴发三次，每个世纪都是如此。虽然大流感频繁地反复暴发，但是迄今为止，只有一个人成功地预测了一次大流感并采取了相应的行动。

这个人就是莫里斯·希勒曼。希勒曼出生于1919年8月30日，一个周六的早晨，当时正是史上最严重的流感大流行期间。他是家里的第八个孩子，爸爸叫古斯塔夫·希勒曼，妈妈叫安娜·希勒曼。（由于第一次世界大战后的强烈的反德情绪，于是希勒曼的父母把他出生证上Hillemann的第二个n删去了。）安娜和古斯塔夫是虔诚的基督徒，给所有孩子取的名字都来自艾尔西·丁斯莫尔笔下的英雄人物，这些有关基督教信仰的故事流行于19世纪末。莫里斯的姐姐叫艾尔西，哥哥们分别叫沃尔特、霍华德、维克多、哈罗德、理查德和诺曼。莫里斯·希勒曼的家在蒙大拿

---

[1] 关于1918年大流感，参见：Barry, *Great Influenza*；Kolata, *Flu*；R. B. Belshe, "The Origins of Pandemic Influenza: Lessons from the 1918 Virus," *New England Journal of Medicine* 353 (2005): 2209 – 11；J. S. Oxford, "Influenza A Pandemics of the 20th Century with Special Reference to 1918: Virology, Pathology and Epidemiology," *Reviews in Medical Virology* 10 (2000): 110 – 33。

[2] 关于艾滋病暴发，参见："The Global HIV/AIDS Pandemic," *Morbidity and Mortality Weekly Report*, April 11, 2006。

州，位于唐河（Tongue River）和黄石河（Yellowstone River）交界处的河岸上，靠近迈尔斯城（Miles City）。他在家里出生。

小莫里斯出生后，接生的顺势疗法①医生惊讶地发现还有一个孩子莫琳紧接着出生，但是她一动不动，似乎没了呼吸。医生拼尽全力抢救，用双手环托住孩子的背部，大拇指一下一下地按压她小小的胸膛，试图让空气进入她的肺部，但是无济于事。安娜·希勒曼躺在房间一角，静静地望着医生抢救她的小女儿。当听到孩子救不过来的消息时，她闭上双眼，一句话也没有说。第二天，8月31日，古斯塔夫埋葬了小莫琳。

希勒曼的出生地：蒙大拿州卡斯特县，1919年前后

---

① 18世纪起源于德国的整体医学体系，19世纪早期在美国得到推广。一种神奇的自然疗法，它治的不是病而是人，顺势疗法认为疾病的根源在"心"，故需要先疗愈"心"。顺势疗法是少数几个重视疾病心理根源的医疗体系之一。——译者

分娩几小时后，安娜正抱着刚出生的儿子，突然间，她全身僵直，两眼翻白，口吐白沫，双臂和双腿一阵一阵不住地抽搐。这样的抽搐又发生了许多次。每次发作完，安娜都会昏迷不醒地躺在床上好几个小时。医生宣布安娜得了子痫。子痫是一种孕产妇特有的疾病，由大脑进行性的持续性肿胀引起。安娜知道自己剩下的时间不多了，于是把丈夫古斯塔夫、古斯塔夫的弟弟罗伯特和罗伯特的妻子伊迪丝叫到了床前。她要求年纪较长的几个儿子留在自家农场，继续跟着古斯塔夫生活；女儿艾尔西以及年纪稍小的两个儿子理查德和诺曼去密苏里州同她的亲戚一起生活；刚出生的幺儿莫里斯则交由住在同一条街上的罗伯特和伊迪丝抚养。安娜可怜这对夫妻无儿无女，所以把小儿子过继给他们。生完孩子两天后，安娜·希勒曼随着她夭折的小女儿离开了人世。临终前，她提出最后一个要求。两天后，古斯塔夫实现了安娜的遗愿。他挖出莫琳的遗体，将她放入死去的母亲怀中，重新下葬。这场分娩，只有一条生命存活了下来，就是莫里斯。"我总觉得自己骗过了死神。"他说。

　　希勒曼被罗伯特和伊迪丝领走以后，虽然不和哥哥姐姐们（后来都回到了古斯塔夫身边）住在一起，但是仍旧会去古斯塔夫的农场，即河景苗圃（Riverview Garden and

莫里斯·希勒曼，1920 年前后

Nursery）帮忙。"有段时间，小偷和歹徒会逃来（我们的农场）以躲避迈尔斯城治安民团的追捕。"希勒曼回忆道，"高地上有一棵很高的棉白杨，树枝上到现在还挂着绞索。"他回想起了童年的农场生活："有人愿意买的东西我们都卖：土豆、西红柿、卷心菜、生菜、萝卜、玉米、倭瓜、白干酪、处理干净的鸡、孵化的蛋、食用的蛋、南瓜。我们用甜高粱的秆扎扫把，耐用得不得了；我们去迈尔斯城做景观美化、修剪树木、给树喷药除虫，甚至帮妓院做过景观美化。（卖淫在迈尔斯城是合法的。）我们还种植物，多年生的、一年生的都种，通常在周日卖花给当地花店。分得清杂草和作物以后，我就下地了，从日出一直干到日落。采浆果、赶马回马厩、打水、喂鸡、捡鸡蛋、给鸡窝大扫除、铲鸡屎、摘豆子，都做。我只在夏天的几个月里干活，因为开学以后活物都给霜冻冻死了。"

莫里斯·希勒曼，1923 年前后

"在蒙大拿，所有人都必须挣钱养活自己。"莫里斯·希勒曼的大女儿杰里尔回忆道，"这里是东部平原，生活非常非常残酷，酷暑严冬，鹅毛大雪从头顶飘过。我父亲四岁的时候就要出去卖草莓。大人告诉他售价，但是他卖不出去。时间一久，草莓变软，样子也不好看了，只能低价贱卖。回去以后，年仅四岁的他挨了重罚，并没有因为年纪小而得到轻饶。我父亲一路长大太不容易了。"[1]

希勒曼才长到十岁，就已经经历过多次险境，差点溺死，差点被疾速行驶的货运火车撞死，还得过白喉。"在蒙大拿，都是自己管自己，"他回忆道，"没人管你。黄石河汛期期间，洪水从山里泻下，冲倒树木，冲垮房屋。有一天，一个流浪汉坐着一条小平板船顺流而下。我和我哥哥用一块钱买下了他的木头小破船，然后我们顺着黄石河往下划，那感觉简直就像冲下瀑布，一头栽进尼亚加拉大瀑布一样。到处是被冲翻的白杨，还有各种垃圾和乱七八糟的东西一起往下游漂。我不会游泳，拼了小命才回到满是泥的岸上。"希勒曼跑回婶婶家，上气不接下气，浑身都是泥巴。他说了自己刚刚差点淹死。伊迪丝抬起头，盯了小莫里斯片刻，然后继续洗她的衣服，一句话也没说。"我婶婶是路德派教徒，"希勒曼回忆道，"她相信真正的死期是躲不过的。"

希勒曼还碰上过一桩倒霉事：一列货运火车在本不该出现的时间突然出现在唐河的一座窄桥上。"密尔沃基铁路有两趟火车经过迈尔斯城，一趟是从芝加哥到西雅图的奥林匹亚号，一趟是哥伦比亚号。每天早上，我们骑着自行车经过唐河上的一座小桥。每次上桥之前我都会往铁轨尽头张望，确认奥林匹亚号火车没有驶近。好了，有一天我们骑车过桥，骑到大约三分之二的地方，

---

① "The Vaccine Hunter," BBC Radio 4, producer Pauline Moffatt, June 21, 2006.

我的天哪，火车来了！那些混蛋竟然多发了一列货运火车来。当时，我和哥哥诺曼在一起。你知道的，刹停行驶中的火车大概要花掉 100 万美元，因为这会破坏铁轨。（驾驶员）一个劲地吹哨子，但是完全没有要刹车的意思。我回头一望，整座桥都在晃。我们拼命踩自行车，下桥的瞬间把车往地上一扔，往两边跳，离被火车撞上大概就差了那么一两秒钟。"

莫里斯·希勒曼，1925 年

希勒曼八岁的时候，差点死于白喉引起的窒息。"小时候，有好几次我被宣布濒临死亡，都说我挨不到第二天早上。"

虽然被叔叔婶婶合法领养，跟着他们生活，但是希勒曼其实住得离亲生父亲很近，只有不到 100 码①的距离。他的生父是个谨

————————

① 约 91 米。——译者

卡斯特县高中，1937 年

莫里斯·希勒曼从蒙大拿州立大学毕业当天，1941 年

遵教条的路德派教徒，希勒曼大为反对父亲信奉的保守的原教旨主义。"确实，蒙大拿人都很善良。气温跌到零下，大家会互相帮助，是一个很好的社区。教会维持法律和秩序，提供了一个社会

结构把社会成员黏合在一起，这些在西部都很重要。整个社会正派而有序。但我就是没有办法全盘相信那些神话，也不想被教会的教条束缚。"童年时期的希勒曼从查尔斯·达尔文的《物种起源》里找到了慰藉，他把这本书读了又读。"我对达尔文着迷，因为教会强烈地反对他。"希勒曼回忆道，"我觉得这么多人恨他，他肯定有什么长处。"希勒曼读遍了所有他能找到的有关科学和科学伟人的读物。同蒙大拿州的许多小学生一样，希勒曼的偶像是霍华德·泰勒·立克次。

20世纪初，蒙大拿州西部的苦根谷（Bitterroot Valley）居民得了一种神秘的疾病，症状包括发高烧、剧烈头痛、肌肉疼痛、低血压、惊厥，甚至死亡。时任蒙大拿州州长约瑟夫·图尔请来霍华德·立克次寻找病因。立克次是中西部人，毕业于西北大学。他迅速从附近的博兹曼（Bozeman）召来了蒙大拿州立大学的学生帮忙。这批学生里有很多人后来死于这种疾病。立克次惊讶地发现，引起致命感染的元凶竟然是蜱虫身上携带的一种细菌。"他在当时的人们眼里就像神一样。"希勒曼回忆道。如今，这种细菌被称作"立克次氏体"，这一疾病被称作"落基山斑疹伤寒"。①

在迈尔斯城的卡斯特县高中念书期间，十几岁的希勒曼在杰西潘尼（J. C. Penney）百货商店找到了一份兼职，担任助理经理，帮"牛仔们给女朋友挑选雪尼尔浴袍"。在大萧条时期的蒙大拿州，这可是炙手可热的岗位，希勒曼未来的生活不成问题。但是他的哥哥建议他去念大学，别在百货商店工作。"迈尔斯城的人，如果头脑够聪明，会上康科迪亚学院（Concordia College），

---

① H. T. Ricketts, "The Transmission of Rocky Mountain Spotted Fever by the Bite of the Wood-Tick (*Dermacentor occidentalis*)," *Journal of the American Medical Association* 47 (1906): 358.

再上神学院，最后成为路德派传教士。但我不想走这条路。"于是，希勒曼申请了蒙大拿州立大学并得到了全额奖学金。1941年，他以班上第一名的成绩毕业，主修化学和微生物学。

毕业后，希勒曼想去医学院继续深造，但又负担不起。"我看不到任何去学医的希望，"希勒曼说，"在成为住院医生之前的所有费用都得自己承担。我上哪儿弄这笔钱？"于是，他申请了十所研究生院，想攻读微生物学的博士学位。"我本科念的是蒙大拿州立大学，那只不过是一所小小的农业学校。那些人看见蒙大拿的某个牛仔递交的申请信估计转眼就会扔进垃圾桶。"希勒曼的首选学校是芝加哥大学。"在西部人眼里，芝加哥就是美国的尽头。"希勒曼回忆道，"芝加哥就像麦加。芝加哥的好大学就是当时的学界中心。"结果他申请的十所学校都录取了他，而且都提供全额奖学金。"芝加哥大学申请上了，十所全部申请上了。你能信吗？我开心极了。"

芝加哥的生活不比农场生活轻松多少。"他当时体重 138磅①，"希勒曼的妻子洛林回忆道，"一天只吃得起一顿饭。床上还有臭虫，他会在周围放好几块肥皂抓（臭虫）。"② 芝加哥的学术圈风气也给希勒曼带来了许多挑战。希勒曼回忆道："在芝加哥的学术体系里，教授的态度一般是：'没事别烦我，有了发现再说。'"他几经周折才定下了一个研究课题，最后选择了衣原体。衣原体是一种性传播病原体。当时的科学家认为它是一种病毒。（美国每年有 300 万人感染衣原体，它会损伤输卵管，导致成千上万的女性不孕不育。）不到一年，希勒曼就发现衣原体根本不是病毒，而是一种细菌：很小，不常见，而且不同于其他细菌，衣原体只生

---

① 约 62.5 公斤。——译者
② "The Vaccine Hunter," BBC Radio 4, producer Pauline Moffatt, June 21, 2006.

长在细胞内部。正是基于这一发现，最终才有了衣原体的治疗方法。因为这项工作，希勒曼被评为"在病理学和细菌学领域取得最佳研究成果的学生"并获得了奖项。给他颁奖的是迈拉·塔布斯·立克次，正是希勒曼童年偶像的遗孀。"你看人生就是这么串联起来的：霍华德·泰勒·立克次！"希勒曼回忆道。

1944 年，莫里斯·希勒曼来到了人生的十字路口。那时，他刚刚完成芝加哥大学的博士学业，照例接下去应该进入学术精英阶层，成为一名教师或研究员。但是希勒曼想去新泽西州新不伦端克市（New Brunswick）的施贵宝（E. R. Squibb）制药公司工作。他的导师直截了当地叫他死了这条心。"我顶着巨大的压力离开了芝加哥。"希勒曼回忆道，"因为那个时候，芝加哥是生物学的学界中心，没有人毕业之后会去企业。从芝加哥大学毕业，就相当于通报（进入科学界）。去业界找工作是不被允许的。"但是希勒曼已经厌倦了学术界。"我要做什么呢？要么教书，要么做研究。我说我想去业界，因为对学术界我已经了解得够多了。我想学点工业管理方面的知识。我打农场来，在农场的时候营销和销售都得自己干。我想做些事情，想制造点实实在在的东西！"希勒曼的决定惹怒了一众教授，于是他们抬高了希勒曼的毕业门槛——增加了法语考试。"我花了六个月学法语，"希勒曼回忆道，"每天学 10 页哲学方面的法语外加 100 个习语和比喻，然后我通过了考试。"这下，希勒曼的导师们不得不作罢。"好吧，现在你可以去企业了。"他们说。在施贵宝，希勒曼学到了如何批量生产流感疫苗。

四年后，即 1948 年的晚春，希勒曼加入了位于华盛顿特区的沃尔特·里德研究所（Walter Reed Institute）。他的任务是尽可能多地了解有关流感的一切知识，为预防下一次流感大流行做好准备。希勒曼充满自信，人高马大，相貌堂堂，他用他的智慧、脏话和幽默赢得了整个研究团队的尊重。

沃尔特·里德陆军医疗研究所成立于 1909 年 5 月 1 日，旨在支持传染病研究——任何可能影响战争结果的传染病。[①] 历史赋予了研究所这一使命。

在 19 世纪初，英国占领印度期间，三分之一的英军士兵死于霍乱。19 世纪中后期的克里米亚战争和布尔战争期间，死于痢疾的英军士兵比战死的还要多。第一次世界大战期间，数十万塞尔维亚人和俄国人感染斑疹伤寒，一种由虱子传播的细菌感染。第二次世界大战期间，数千名美军士兵死于流感。

要说传染病影响战争的结果，没有哪场战争能与 16 世纪西班牙征服墨西哥的战争匹敌。仅凭 400 名士兵，埃尔南·科尔特斯就征服了拥有 400 万人口的阿兹特克文明。科尔特斯能打败阿兹特克人不是因为他的士兵更加勇猛（阿兹特克人是骁勇、高贵的战士），不是因为他特别擅长游说其他印第安部落支持自己（盟军直到确信科尔特斯一定会打赢才同意加入他的战斗），也不是因为他有更多的枪支和马匹（他的枪粗制滥造，马的价值也有限）。那他到底为什么赢了？究竟是什么让几百万阿兹特克人放下武器，乖乖地向区区几百西班牙人侵者投降呢？答案就是一种在欧洲已经流行了数百年却从未越过大西洋的传染病——天花。西班牙人入侵后不到一年，就有数百万当地人死于天花。阿兹特克人将这场瘟疫看作上天对他们的惩罚，确信侵略他们的人受到了神的庇佑。"在西班牙人信仰的神所展现的强大力量面前，围绕着古老的

---

① McNeill，*Plagues*.

印第安神祇构建的宗教信仰、司祭制度和生活方式崩塌了。"威廉·麦克尼尔在《瘟疫与人》一书中写道,"难怪印第安人会如此乖顺地接受基督教,并对西班牙人俯首称臣。上帝显然站在了西班牙人那边。之后每一场从欧洲(不久后多了非洲)舶来的传染病,都加深了这种教训。"

20世纪40年代末,有两个机构在监测全球传播的流感病毒毒株:一个是沃尔特·里德研究所,一个是位于瑞士日内瓦、刚成立不久的世界卫生组织。"我当时负责中央实验室,是帮助军队进行全球监测,以期尽早发现(大流行病)病毒。"希勒曼回忆道,"1957年,我们(一开始)都没监测到大流感,陆军研究所没监测到,世界卫生组织也没监测到。"

1957年4月17日,希勒曼坐在办公室里读报纸,看到《纽约时报》刊载了一篇题为《香港抗击流感疫情》的报道。[①]"文章里说,有两万人在排队看医生,其中不乏趴在妈妈背上目光呆滞的孩子。"公共卫生官员预计已有25万人感染病毒,占到全香港人口的10%。希勒曼放下报纸,嘴里念念有词:"天哪,是大流感。它来了!"

第二天,希勒曼给位于日本座间市的美国陆军第406医学综合实验室发去电报。在电报中,他要求当地工作人员弄清楚香港的情况。被派去调查的军医最终找到了一名生病的海军士兵——他在香港染上了该病毒,搭乘舰船回到日本后发病。军医让这名年轻士兵用盐水漱口,然后吐进杯子,希望能采集到病毒。

样本于1957年5月17日被送至希勒曼处。他花了五天五夜

① "Hong Kong Battling Influenza Epidemic," *New York Times*, April 17, 1957.

的时间，试图判断在香港传播的流感病毒毒株是否可能引起一次全球流感大流行。他所采用的方法是取一颗受精蛋，在蛋壳上开一个小口，将染病的海军士兵的漱口水注入鸡蛋。流感病毒马上开始在鸡胚周围的胚膜中生长。然后，他收集含有病毒的液体，并对其进行纯化，再将几百个美国士兵的血清加入其中，结果发现没有人有这种新病毒的抗体。（血清是血液中含有抗体的部分；抗体是由免疫系统产生的蛋白质，用以中和入侵人体的病毒和细菌。）随后，希勒曼又测试了数百个美国平民的血清，依然没有发现抗体。也就是说，他没有找到任何一个人的免疫系统有曾经对付过这种流感病毒毒株的证明。

莫里斯·希勒曼和大流感研究团队于沃尔特·里德陆军医疗研究所，1957 年

为了证实这一发现，希勒曼将病毒样本同时寄给了世卫组织、美国公共卫生局（U. S. Public Health Service）和武装部队流行病学理事会流感委员会（Commission on Influenza of the Armed Forces Epidemiological Board）。每个机构都测试了全球各地的成

人血清，发现只有一小部分荷兰人和美国人的体内有这种病毒的抗体。他们都是七八十岁的老年人，曾经经历过导致 600 万人死亡的 1889—1890 年大流感。引起 1889 年大流感的病毒当年迅速地神秘消失了。现在它回来了，却没人有抗体抵御它。

希勒曼清楚，他正在研究的这种流感病毒毒株完全有可能肆虐全球。他也清楚，遏止这种病毒的唯一办法就是研发出疫苗，而且必须得快。1957 年 5 月 22 日，他发出了一份新闻通稿，声称一场新的大流感已经到来。"根本没有人相信我。"希勒曼回忆道，"（澳大利亚免疫学家）麦克法兰·伯内特给我打电话，他说你无法证明这个病毒有什么不同。（美国公共卫生局官员）乔·贝尔也不相信，问我：'什么大流行病？什么流感？'这些人怎么能活得这么愚蠢？"

希勒曼进一步细化了他的预测。他不仅认为在香港传播的这种病毒——现在被称作亚洲流感——将在全球传播，他还判断，病毒将在 1957 年 9 月的第一周传到美国。[1]"当我发出新闻稿，说大流感会在学校开学的第二或第三天登陆美国时，基本上我就被

---

[1] 关于 1957 年的疫情，参见：S. F. Dowell, B. A. Kupronis, E. R. Zell, and D. K. Shay, "Mortality from Pneumonia in Children in the United States, 1939 through 1996," *New England Journal of Medicine* 342 (2000)：1399 - 1407；J. R. Schäfer, Y. Kawaoka, W. J. Bean, et al., "Origin of the Pandemic 1957 H2 Influenza A Virus and the Persistence of Its Possible Progenitors in the Avian Reservoir," *Virology* 194 (1993)：781 - 88；N. J. Cox, and K. Subbarao, "Global Epidemiology of Influenza: Past and Present," *Annual Reviews of Medicine* 51 (2000)：407 - 21；Y. Karaoka, S. Krauss, and R. G. Webster, "Avian-to-Human Transmission of the PB1 Gene of Influenza A Viruses in the 1957 and 1968 Pandemics," *Journal of Virology* 63 (1989)：4603 - 8；L. Simonsen, M. J. Clarke, L. B. Schonberger, et al., "Pandemic versus Epidemic Influenza Mortality: A Pattern of Changing Age Distribution," *Journal of Infectious Diseases* 178 (1998)：53 - 60；D. F. Hoft, and R. B. Belshe, "The Genetic Archaeology of Influenza," *New England Journal of Medicine* 351 (2004)：2550 - 51。

当成了疯子。"希勒曼说，"但是它来了，如期而至。"

当希勒曼在《纽约时报》上读到有关香港暴发流感的文章时，病毒其实已经开始蔓延开来。1957年2月，中国西南地区的贵州省出现了第一例亚洲流感；3月，病毒蔓延到湖南省，逃难的人将病毒携带到香港；4月底，亚洲流感已经传播到台湾地区；5月初，到达马来西亚和菲律宾，约有200名菲律宾儿童死于感染；5月底，病毒传到了印度、越南南部和日本。美国海军舰船上暴发的轻度流行最终将病毒传播到了全世界。希勒曼回忆道："（海军士兵）在船上互相传染。他们在停泊港下船，进城和酒吧女郎厮混，最终将病毒传遍了远东。"

希勒曼已经证明了销声匿迹70年的亚洲流感已经卷土重来。时任美军流感委员会负责人的托马斯·弗朗西斯不相信希勒曼说的话，拒绝研发疫苗。希勒曼回忆道："军队没办法说动流感委员会。他们把病毒毒株送去了弗朗西斯的实验室，他说：'我们会看一看的。'我知道汤米①·弗朗西斯（有一天晚上）要去宇宙俱乐部（Cosmos Club，位于华盛顿特区）吃饭，所以我一早候在了门边的位置。他一走进来，我就说：'汤米，我一定要给你看一样东西，否则你将铸成大错。没时间了。'他仔细看完了数据说：'我的天哪，这是全球大流感病毒。'"

希勒曼将亚洲流感病毒的样本寄给了六家生产流感疫苗的美国企业。他估算，要挽救美国人的生命，唯一的希望是成功地说服企业在接下去的四个月里完成疫苗的生产以及分销。从来没人在这么短的时间里造出过流感疫苗。为了加快进程，希勒曼无视了美国最主要的疫苗监管机构——生物制品标准处（Division of

---

① 托马斯的昵称。——译者

Biologics Standards)。"我了解这个体系的运作方式，"他说，"所以我绕过了生物制品标准处，直接打电话给企业，推进这一流程。我和企业说，最重要的是告诉他们的鸡农，今年千万不要杀掉公鸡，否则就没有受精蛋了。"希勒曼知道，要生产数百万剂流感疫苗，每天需要几十万只鸡蛋。他养过鸡，知道农民一般会在孵化季快结束的时候杀掉公鸡。

正如希勒曼所预测的，1957 年 9 月，亚洲流感从东西海岸同时登陆美国。实验室检测确认的首批感染病例出现在停靠于加州圣地亚哥（San Diego）和罗得岛纽波特（New Port）的海军舰船上。一个圣地亚哥姑娘在感染后去艾奥瓦州的格林内尔（Grinnell）参加了一场国际教会会议，这引起了疫情的第一次暴发。第二次暴发出现在宾夕法尼亚州的福吉谷（Valley Forge）。"有一支从夏威夷来的童子军。"希勒曼回忆道，"他们乘坐火车，一路沿着西海岸回福吉谷。病毒在车上传开。（公共卫生官员）想尽了各种办法，譬如隔开车厢，但是那些孩子分布在全车的各个地方。等到了福吉谷，孩子们住进了隔离小帐篷，疫情才止住。"

制药公司于 1957 年 6 月生产出了首批亚洲流感疫苗。7 月，疫苗接种开始。截至那年秋末，各公司共计 4 000 万剂流感疫苗投入市场。亚洲流感迅速传遍美国。据国民健康调查（National Health Survey）估算，1957 年 10 月 13 日那周，全美共有 1 200 万人得了流感。几个月不到的时间里就有 2 000 万美国人感染了流感。虽然 1957 年的大流感的死亡人数只是 1918 年那次的一个零头，但两次疫情却有着同一个令人悲伤的特点：病死的绝大多数是原本身体健康的年轻人。1957 年的大流感期间，50% 的感染者是儿童和青少年，其中至少 1 000 人死亡。

最终，1957 年的流感大流行导致 7 万美国人死亡，全球死亡人数达 400 万。希勒曼的迅速行动拯救了无数美国人的生命。时任美国医务总监伦纳德·伯尼①表示："因为疫苗的保护，数百万美国人免于感染亚洲流感。"莫里斯·希勒曼由于贡献突出，荣获美国陆军颁发的杰出服役勋章（Distinguished Service Medal）。"我接到通知，要在颁奖典礼当天早上 10 点到达白宫，带上妻子，还要系领带，简直了。"希勒曼回忆道。

如今，当年的单枪匹马战术基本很难复制。现在已经没有美国本土公司生产灭活流感疫苗了，向美国供应这类疫苗的三家公司总部分别位于法国、瑞士和比利时。监管疫苗的美国食品药品监督管理局也不可能被绕开。

2003 年到 2005 年，也就是莫里斯·希勒曼生命的最后几年，他眼看着禽流感从香港向各地传开，情况和 1957 年相似到近乎诡异。而且他还注意到，同样是从鸡开始，传播到小型哺乳动物、大型哺乳动物，最后到人。在他去世前的几个月里，这个唯一精确预判到流感大流行的人又做出了一项预测——下一场全球大流感发生的时间。想要理解他的预测，需要先了解流感生物学的一些知识点。

流感这个词源于意大利的占星家，他们将这种疾病周而复始的出现归咎于天体的影响（在意大利语里，"影响"一词为 influenza）。流感病毒最重要的蛋白质是血凝素，血凝素将病毒导入人体的气管细胞和肺部细胞。血凝素抗体能够阻断流感病毒与细胞的结合，病毒也就无法感染细胞。但是，流感病毒的血凝素

---

① 此处似有拼写错误，据美国卫生与公共服务部的官网，其全名是 Leroy E. Burney，任期为 1956—1961。——译者

不止 1 种，而是有 16 种之多。希勒曼是第一个证明了这些血凝素每年会发生轻微变异的人。基于这一发现，他在 20 世纪 50 年代初预测——必须每年重新接种疫苗才能有效预防流感。"我能够预见，随着时间的推移，这些病毒会一直变异，一直变异。"希勒曼回忆道，"这也就解释了病毒为什么每年都会卷土重来。"

然而，流感病毒有时候会发生巨大的彻底的变异，以至于没有任何一个人的体内有抗体对付它。这种程度的病毒变异就可能会造成流感大流行。公共卫生官员担心，自 2003 年以来在东南亚传播的禽流感有可能就是这样一种毒株。希勒曼却不以为然。禽流感病毒的血凝素是 5 型，又称 H5，虽然确实可能引起严重或致命的人类疾病，但是非常罕见；而且 H5 病毒人传人的能力也极弱。1957 年的亚洲流感从香港开始，病毒迅速地在人际间传播，约 10％的人口被感染。1997 年和 2003 年，当禽流感大量感染东南亚地区的鸡群时，却只有三个人被其他人感染，余下的人都是直接被禽类感染的。希勒曼推断，禽流感只有达到在人与人之间轻易传播的程度才会造成大流感。H5 病毒已经流行了 100 多年，却从来不是高传染性病毒。希勒曼认为它永远不会具备高传染性。他指出，只有三种形态的血凝素曾经引起人类的大流行疾病，它们分别是 H1、H2 和 H3。①

① 关于希勒曼的流感研究，参见：M. R. Hilleman, R. P. Mason, and N. G. Rogers, "Laboratory Studies on the 1950 Outbreak of Influenza," *Public Health Reports* 65（1950）：771－77；M. R. Hilleman, R. P. Mason, and E. L. Buesher, "Antigenic Pattern of Strains of Influenza A and B," *Proceedings of the Society for Experimental Biology and Medicine* 75（1950）：829－35；M. R. Hilleman, E. L. Buescher, and J. E. Smadel, "Preparation of Dried Antigen and Antiserum for the Agglutination-Inhibition Test for Influenza Virus," *Public Health Reports* 66（1951）：1195－1203；M. R. Hilleman, "System for Measuring and Designating Antigenic Components of Influenza Viruses（转下页）

在希勒曼看来，可以依据过去的流感大流行来预测未来大流感的发生。[1]

1889 年的大流感由 H2 型病毒引起。

1900 年的大流感由 H3 型病毒引起。

1918 年的大流感由 H1 型病毒引起。

1957 年的大流感由 H2 型病毒引起。

（接上页）with Analyses of Recently Isolated Strains," *Proceedings of the Society for Experimental Medicine and Biology* 78 (1951): 208 – 15; M. R. Hilleman, "A Pattern of Antigen Variation," *Federation Proceedings* 11 (1952): 798 – 803; M. R. Hilleman, and F. L. Horsfall, "Comparison of the Antigenic Patterns of Influenza A Virus Strains Determined by in ovo Neutralization and Hemagglutination-Inhibition," *Journal of Immunology* 69 (1952): 343 – 56; M. R. Hilleman, and J. H. Werner, "Influence of Non-Specific Inhibitor of the Diagnostic Hemagglutination-Inhibition Test for Influenza," *Journal of Immunology* 71 (1953): 110 – 17; M. R. Hilleman, J. H. Werner, and R. L. Gauld, "Influenza Antibodies in the Population in the USA," *Bulletin of the World Health Organization* 8 (1953): 613 – 31; M. R. Hilleman, "Antigenic Variation of Influenza Viruses," *Annual Review of Microbiology* 8 (1954): 311 – 32; H. M. Meyer, M. R. Hilleman, M. L. Miesse, et al. , "New Antigenic Variant in Far East Influenza Epidemic, 1957," *Proceedings of the Society for Experimental Medicine and Biology* 95 (1957): 609 – 16; M. R. Hilleman, "Asian Influenza: Initial Identification of Asiatic Virus and Antibody Response in Volunteers to Vaccination," *Proceedings of a Special Conference on Influenza*, U. S. Department of Health, Education, and Welfare, August 27 – 28, 1957; M. R. Hilleman, F. J. Flatley, S. A. Anderson, et al. , "Antibody Response in Volunteers to Asian Influenza Vaccine," *Journal of the American Medical Association* 166 (1958): 1134 – 40; M. R. Hilleman, F. J. Flatley, S. A. Anderson, et al. , "Distribution and Significance of Asian and Other Influenza Antibodies in the Human Population," *New England Journal of Medicine* 258 (1958): 969 – 74; C. C. Mascoli, M. B. Leagus, and M. R. Hilleman, "Influenza B in the Spring of 1965," *Proceedings of the Society for Experimental Biology and Medicine* 123 (1966): 952 – 60; M. R. Hilleman, "The Roles of Early Alert and of Adjuvant in the Control of Hong Kong Influenza by Vaccines," *Bulletin of the World Health Organization* 41 (1969): 623 – 28。

[1] M. R. Hilleman, "Realities and Enigmas of Human Viral Influenza: Pathogenesis, Epidemiology and Control," *Vaccine* 20 (2002): 3068 – 87.

1968 年的大流感由 H3 型病毒引起。

1986 年的一小波大流感由 H1 型病毒引起。

希勒曼从中发现了两个模式。第一，血凝素的类型按照 H2 - H3 - H1 - H2 - H3 - H1 的顺序出现。第二，同一类型的血凝素引起的大流感的时间间隔总是 68 年——不是大约 68 年，而是正好 68 年。譬如，1900 年和 1968 年是 H3 型，1889 年和 1957 年是 H2 型。68 年长到足够整整一代人走完从出生到长大再到死亡这个过程。"这与现代人的寿命长度是吻合的。"希勒曼说，"如果确实存在 68 年的循环规律，那么意味着宿主免疫可能需要下降到一定程度，过去的病毒才会重新进入人群并成为新的人类流感病毒。"按照这一逻辑，希勒曼预测，下一场流感大流行的致病病毒将是 H2 型，和 1889 年以及 1957 年的一样，时间则是 2025 年开始。他只是半开玩笑地说自己的预测"比诺查丹玛斯的预言集和《农民历》(*Farmers' Almanac*)① 都要准"。2005 年做出预测时，希勒曼已经知道自己大限将至，他说："再过不久就能知道我究竟是对还是错了。我会看着的，要么从天上往下看，要么从地下往上看。"

---

① 在美国有着悠久的历史，每年出一版，深受农民信任，尤其是偏远地区的农民。出版者宣称，他们的独家方程是用许多天文学因素而非占星术来做预测的。——译者

第二章 杰里尔·林恩

"我猜我是因为得了腮腺炎才出名的吧。"

——杰里尔·林恩·希勒曼

1957 年的大流感结束后，莫里斯·希勒曼离开沃尔特·里德研究所加入默沙东①研究实验室，担任病毒与细胞生物学主任。希勒曼在默沙东给自己设下了一个几乎不可能完成的目标——他想预防所有会危及儿童健康或性命的病毒类和细菌类常见疾病。接下来的 30 年间，希勒曼发明并试验了超过 20 种疫苗。并非每一种都奏效，但是他已经无限接近了自己的目标。②

其中一个疫苗来自希勒曼女儿的喉部。

1963 年 3 月 23 日凌晨 1 点，五岁的杰里尔·林恩·希勒曼被一阵喉痛弄醒。她有着一双清澈的蓝眼睛，留着可爱的小精灵似的短发。杰里尔蹑手蹑脚地来到了爸爸的房间，站在床尾，轻声叫道："爸爸。"希勒曼猛地惊醒，起身下床。身高六英尺一英寸③的他弯下腰，轻柔地抚摸女儿的脸颊。在脸颊靠近下颌线的地方，他摸到了一个肿块。杰里尔痛得小脸一抽。

此时的希勒曼是个单亲爸爸。就在四个月前，他的妻子西尔玛死于乳腺癌。"（西尔玛）是卡斯特县高中最漂亮的姑娘。"希勒曼回忆道，"1944 年的最后一天，我们在迈尔斯城结婚。我们的蜜月就是乘火车从迈尔斯城回芝加哥大学。她得了乳腺癌以后，病情迅速恶化。那时候的化疗手段还很原始。我白天上班，晚上在费城的医院里整夜陪护。"

希勒曼当下并不清楚女儿是什么情况，但他想到了一个好主意。他的床边摆着一本《默沙东家庭诊疗手册》（The Merck Manual），书中包含了各种简明扼要的医学信息。他翻阅手册，很快找到了答案。"天哪，你得了腮腺炎。"希勒曼接下来的举动并不是爸爸们的常规操作。他穿过过道，敲开了管家的门，告诉她自己要离开一会儿，然后回到卧室，把女儿重新抱回小床。"爸爸要出去一小时。"他说。"爸爸你去哪儿？"杰里尔问。"去公司，不会很久。"希勒曼驱车 15 英里去了公司，进到实验室，好一阵翻箱倒柜，终于找到了棉签和一小瓶淡黄色的营养液。等他回到家，杰里尔已经睡着了。他轻触杰里尔的肩膀，把她叫醒，用棉签擦拭她的咽喉，然后把棉签插入营养液中。希勒曼安抚完女儿，又折回公司，把营养液小瓶放进实验室的冰箱里，再开车回家。

在大多数家长的眼里，腮腺炎只是轻症，很快会痊愈。[4] 但是，希勒曼了解得更多。他害怕腮腺炎可能对女儿造成更大的危害。

---

① 默沙东在美国和加拿大称为默克，在其他地区称为默沙东。——译者
② 罗伯特·威贝尔、阿特·卡普兰和杰里尔·林恩·希勒曼分别于 2005 年 1 月 6 日、2005 年 3 月 10 日和 2005 年 3 月 11 日接受采访。
③ 约 1.85 米。——译者
④ 关于腮腺炎，参见：Plotkin and Orenstein, Vaccines。

20 世纪 60 年代，美国每年有 100 万人感染腮腺炎病毒。这种病毒通常感染位于耳垂前侧的腮腺，得病的孩子因此看起来像花栗鼠。但是，病毒有时也会感染脑膜和脊髓，造成脑膜炎、癫痫、瘫痪和失聪。这还不是全部。病毒还会感染男性的睾丸，造成不育，感染孕妇，造成新生儿先天缺陷和死胎；还有可能感染胰腺，引起糖尿病。现在杰里尔已经得了腮腺炎，希勒曼知道为时已晚，但是他依然想要找到方法预防这一疾病。他决定利用女儿体内的病毒。

正如他在流感病毒的工作中所做的那样，希勒曼想到了鸡。当他回到实验室后，他将含有杰里尔的腮腺炎病毒的营养液注入了一颗受精蛋，蛋的中心是一只未出生的小鸡。接下去的几天，病毒在鸡胚周围的胚膜中生长。然后，希勒曼把病毒提取出来，注入另一颗受精蛋。如法炮制了几次后，他做了另一种尝试——从一只已经孵了 12 天的鸡蛋里取出胶状的深棕色鸡胚。通常来说，鸡蛋孵出小鸡需要三周的时间，所以此时胚胎还很小，大约只有一茶匙盐的重量。希勒曼切下了小鸡胚胎的头部，用剪刀剪碎身体部分，再用一种强力酶进行处理，看着鸡胚溶解成一摊细胞浆，希勒曼把浆液装入了烧瓶。（细胞是人体内能够独立运作的最小单位。人体器官由数十亿个细胞组成。）鸡细胞很快复制出来，覆满烧瓶的底部。希勒曼将从杰里尔·林恩咽喉提取出来的腮腺炎病毒注入装有鸡细胞的烧瓶，再从一个烧瓶倒进另一个烧瓶，他观察到病毒每经过一道烧瓶，破坏鸡细胞的能力就越强。同样的操作他重复了五次。

希勒曼推断，从他女儿体内提取的病毒越适应在鸡细胞里生长，在人体细胞内生长的能力就越弱。换言之，希勒曼正在弱化病毒。他希望弱化后的腮腺炎病毒能在儿童的体内生长良好，从

莫里斯·希勒曼和同事小约瑟夫·斯托克斯（左）以及罗伯特·威贝尔，20世纪 60 年代中期

而诱发出人体的保护性免疫，但又不至于生长得太好，让孩子病倒。当希勒曼判断病毒已经足够弱时，便向两位朋友寻求帮助：罗伯特·威贝尔和小约瑟夫·斯托克斯。威贝尔是费城哈弗敦区（Havertown）的一名儿科医生，斯托克斯是费城儿童医院的儿科主任。斯托克斯、威贝尔和希勒曼随后一起做了一个决定。这个决定在当时看来稀松平常，放到如今却令人发指——他们要在智障儿童身上测试他们的实验性腮腺炎疫苗。[1]

在 20 世纪 30 年代、40 年代、50 年代、60 年代，科学家经常

---

[1] 关于希勒曼为了腮腺炎疫苗所做的研究，参见：E. B. Buynak, and M. R. Hilleman, "Live Attenuated Mumps-Virus Vaccine, I: Vaccine Development," *Proceedings of the Society for Experimental Biology and Medicine* 123 (1966): 768-75; J. Stokes Jr., R. E. Weibel, E. B. Buynak, and M. R. Hilleman, "Live Attenuated Mumps-Virus Vaccine. II: Early Clinical Studies," *New England Journal of Medicine* 39 (1967): 363-71; R. W. Weibel, （转下页）

在智障儿童身上测试疫苗。匹兹堡郊外有一所波克州立学校（Polk State School），乔纳斯·索尔克曾经在那里对智障儿童进行了脊髓灰质炎疫苗的早期准备测试。在索尔克进行试验时，从没有受到任何来自政府、公众或媒体的反对。因为所有人都在这么做。比如，制药公司立达实验室（Lederle Laboratories）的科学家希拉里·科普罗夫斯基将他的实验性脊髓灰质炎活疫苗掺进了巧克力牛奶中，喂给加州佩塔卢马（Petaluma）的数名智障儿童；波士顿儿童医院的一个研究团队在智障儿童身上测试了一种实验性的麻疹疫苗。

　　如今，我们把用智障儿童做研究视为骇人听闻的事。我们假设，科学家把智障儿童当作用完即弃的试验品，用来测试可能不安全的实验性疫苗。然而，智障儿童并不是唯一最早接种实验性疫苗的群体，研究人员也给自己的孩子注射这种疫苗。1934 年 7

（接上页）J. Stokes Jr., E. B. Buynak, J. E. Whitman, and M. R. Hilleman, "Live, Attenuated Mumps-Virus Vaccine; 3: Clinical and Serological Aspects in a Field Evaluation," *New England Journal of Medicine* 276 (1967): 245 - 51; M. R. Hilleman, R. W. Weibel, E. B. Buynak, J. Stokes Jr., J. E. Whitman, "Live, Attenuated Mumps-Virus Vaccine; 4: Protective Efficacy as Measured in a Field Evaluation," *New England Journal of Medicine* 276 (1967): 252 - 58; R. W. Weibel, E. B. Buynak, J. Stokes Jr., J. E. Whitman, and M. R. Hilleman, "Evaluation of Live Attenuated Mumps Virus Vaccine, Strain Jeryl Lynn," Pan American Health Organization, *Scientific Publication No. 147*, May 1967, 430 - 37; R. W. Weibel, J. Stokes Jr., E. B. Buynak, M. B. Leagus, and M. R. Hilleman, "Jeryl Lynn Strain Live Attenuated Mumps Virus Vaccine: Duration of Immunity Following Administration," *Journal of the American Medical Association* 203 (1968): 14 - 18; R. W. Weibel, E. B. Buynak, J. E. Whitman, M. B. Leagus, J. Stokes Jr., and M. R. Hilleman, "Jeryl Lynn Strain Live Attenuated Mumps Virus Vaccine: Duration of Immunity for Three Years Following Vaccination," *Journal of the American Medical Association* 207 (1969): 1667 - 70; R. W. Weibel, E. B. Buynak, J Stokes Jr., and M. R. Hilleman, "Persistence of Immunity Four Years Following Jeryl Lynn Strain of Live Mumps Virus Vaccine," *Pediatrics* 45 (1970): 821 - 26.

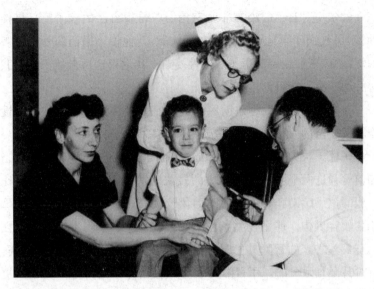

乔纳斯·索尔克给儿子乔纳森接种疫苗，1953 年 5 月 16 日。照片由出生缺陷基金会（March of Dimes）提供

月，就在费城坦普尔大学（Temple University）的约翰·科尔默得知自己命运多舛的脊髓灰质炎疫苗意外导致儿童瘫痪和死亡的前一年，他给自己 15 岁和 11 岁的两个儿子接种了脊髓灰质炎疫苗。1953 年春天，乔纳斯·索尔克给自己、妻子和三个年幼的孩子都注射了一种实验性脊髓灰质炎疫苗，和他给波克州立学校的智障儿童注射的疫苗一模一样。①

---

① Polio vaccine studies：Carter, *Breakthrough*；J. Smith, *Patenting the Sun*；Oshinsky, *Polio*；interview with Donna Salk, February 10, 1999；J. A. Kolmer, G. F. Klugh, and A. M. Rule, "A Successful Method for Vaccination against Acute Anterior Poliomyelitis," *Journal of the American Medical Association* 104 (1935)：456 – 60；J. A. Kolmer, "Susceptibility and Immunity in Relation to Vaccination with Acute Anterior Poliomyelitis," *Journal of the American Medical Association* 105 (1935)：1956 – 62.

索尔克对自己的疫苗非常有信心，希望自己的孩子第一批接种。"勇气源于自信，而非一味的大胆。"他说。据他的妻子唐娜回忆："孩子们在厨房里排队接种疫苗。我觉得这再自然不过，我对乔纳斯有百分百的信心。"

希勒曼的二女儿柯尔斯滕也是第一批接种了希勒曼的实验性腮腺炎疫苗的儿童之一。（希勒曼于 1963 年末再婚。）

研究人员为何同时给智障儿童和自己的孩子注射实验性疫苗？如何解释这两个看似互相矛盾的做法呢？原因就是：智障儿童比一般的孩子感染和死于传染病的风险更高，因为他们被关在智障儿童收容机构，那里卫生条件差、护理疏忽、空间不够。生活在大型集体之家的智障儿童比普通孩子更容易患上严重的传染病，有时甚至是致命的。用智障儿童测试疫苗并非因为他们更轻贱更好用，而是因为他们更容易得病。

多年后，莫里斯·希勒曼依然毫不后悔当初在智障儿童身上测试腮腺炎疫苗的决定。"不论智力好坏，大多数孩子都会得腮腺炎。"他说，"我的疫苗可以保护所有的孩子不受这种疾病的侵害。为什么智障儿童就要被剥夺这种机会呢？人们普遍认为智障儿童更无助，但是这些孩子对于打针的意义的理解以及参加试验的意愿方面，与健康的婴幼儿并没有什么不同。不同之处在于，智障儿童的监护人往往是州政府，他们的权利保护人不是自己的父母。我觉得总体而言，州政府在保护智障儿童权利方面做得还不错，但是虐待现象依然存在。那些虐待事件最终改变了我们对于在智障儿童当中开展试验的看法。"希勒曼指的是威洛布鲁克事件。

威洛布鲁克州立学校（The Willowbrook State School）始建于 1938 年。纽约州议会在斯塔滕岛购买了 375 英亩的土地，并授权建造一所照顾智障儿童的机构。1942 年，工程竣工。威洛布鲁

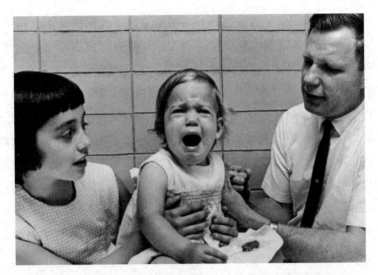

罗伯特·威贝尔给柯尔斯滕·希勒曼注射杰里尔·林恩株腮腺炎疫苗，1966年。杰里尔·林恩·希勒曼在一边旁观

克居住着全纽约州护理体系内智障和残疾程度最严重、最孤立无援的人。虽然学校原本设计容纳3 000人，但是到20世纪50年代中期，居住人数已经达到约5 000人。威洛布鲁克的校长杰克·哈蒙德这样描述了学校地狱般的中世纪式生活条件："白天，病人醒着的时候待在日间房。他们会挤在一起，互相攻击，搞得浑身脏兮兮，而且会自虐自残，弄坏自己的衣服。到了晚上，因为空间不够，必须把床全都拼在一起才睡得下所有病人，许多宿舍都是这样。这么一来，只剩下一条细窄的走廊，必须爬过好多张床才够得着孩子。"

员工人数少，培训不到位，再加上居住人数大大超限，以致威洛布鲁克发生了一系列悲剧。1965年，由于一名十几岁的护理员看管不力，一名42岁的病人在淋浴时被烫伤，竟伤重而死。几个月后，一个 10 岁男孩在同一间浴室遭遇了相同的命运。同年，一个 12 岁男孩因为约束装置松动而被装置缠住颈部，死于窒息。接下来的一个月，一名病人打中了另一人的喉咙，致其死亡。年底，罗伯特·肯尼迪参议员突然造访威洛布鲁克。眼前的情景令他大为震惊。他将威洛布鲁克称作"新蛇穴"①，并且说这里的设施"还不如动物园里关动物的笼子舒适愉悦"。肯尼迪的造访推动了几项改革，但是持续时间短，力度也不够。几年后，纽约的 WABC 电视台播放了一部名为《威洛布鲁克：最后的耻辱》的纪录片，曝光了威洛布鲁克的不堪。之后，立法机关才终于着手进行了实质性改革。这一新闻的报道者正是当时刚加入这家电视台不久的 29 岁记者杰拉尔多·里维拉②。

除了虐待和疏于看管，威洛布鲁克的过度拥挤、卫生条件极差、人手不足这些因素共同导致了许多传染病的大肆传播，如麻疹、流感、志贺菌病，以及由肠道寄生虫引起的各类传染病。然而，危害最大的传染病要数肝炎。为了控制肝炎的暴发，威洛布鲁克的医护人员咨询了纽约市贝尔维尤医院的传染病专家索尔·克鲁格曼。克鲁格曼发现，90%的孩子在入住威洛布鲁克后不久便会染上肝炎。虽然已知肝炎是由病毒引起的，但是，肝炎病毒是如何传播的、是否可以预防、有多少种不同类型的病毒引起了肝炎，当时都尚未可知。克鲁格曼选择利用威洛布鲁克的孩子们为这些问题寻找答案。在他的一项研究中，克鲁格曼给 60 个健康的孩子喂食了活肝炎病毒，看着他们的皮肤和眼睛变黄，肝脏逐渐肿大，看着他们呕吐、失去食欲。所有吃了活肝炎病毒的孩子

---

① 《蛇穴》是一部 1948 年上映的美国剧情片。电影中情况最糟糕的精神病人所待的病室就叫"蛇穴"，亦指疯人院。——译者
② 美国著名八卦脱口秀节目主持人、记者、律师、作家。——译者

都得了病，部分人病情严重。克鲁格曼认为，给威洛布鲁克的智障儿童喂食肝炎病毒是合理的，因为他们当中的大部分人无论如何都是会染上肝炎的。但是，他的故意操作使得孩子们患上肝炎的几率提高到了100％。"那是美国历史上对儿童进行的最不道德的医学实验。"希勒曼说。宾夕法尼亚大学生物伦理学中心的主任阿特·卡普兰对此表示认同。"在威洛布鲁克所做的这些研究是一个转折点，让我们对于在智障儿童当中开展医学实验产生了不同的思考。"他说，"吃下肝炎病毒的孩子在此过程中不会受益，只会受害。"①

卡普兰认为，公众对于用智障儿童做实验的态度发生转变，威洛布鲁克并非唯一的原因。20世纪50年代初，麻省理工学院的科学家有意研究人体是如何从食物中吸收铁、钙和其他矿物质的。他们选择了沃尔特·E.费纳德学校（Walter E. Fernald School），这是一所残障儿童学校，位于马萨诸塞州的沃尔瑟姆（Waltham），距离波士顿约12英里。费纳德的情况远没有威洛布鲁克的那么惨无人道。和威洛布鲁克不同的是，这里设有一个青少年科学俱乐部。俱乐部的成员日后将参加一项试验，为使用智障儿童做研究彻底画下句号。②

在美国国立卫生研究院（NIH）、原子能委员会（Atomic Energy Commission）和桂格燕麦公司的资助下，麻省理工学院的

---

① 关于在威洛布鲁克所做的研究，参见：Rothman and Rothman, *Willowbrook*；G. Rivera, *Willowbrook: A Report on How It Is and Why It Doesn't Have to Be That Way* (New York: Vintage Books, 1972)；S. Krugman, and R. Ward, "Clinical and Experimental Studies of Infectious Hepatitis," *Pediatrics* 22 (1958): 1016 - 22；S. Krugman, "The Willowbrook Hepatitis Studies Revisited: Ethical Aspects," *Reviews of Infectious Diseases* 8 (1986): 157 - 62。

② 关于在费纳德所做的研究，参见：N. Fost, "America's Gulag Archipelago," *New England Journal of Medicine* 351 (2004): 2369 - 70。

研究人员给孩子们喂食了含有少量放射性钴的早餐。他们想要确定，桂格燕麦产品中所含的矿物质是否会以不同于或者可能优于其他早餐食品中矿物质的方式在人体内移动。虽然辐射暴露量很小，只有约300毫雷姆，比高海拔地区（诸如丹佛）居民的年辐射暴露量还要小，但是吃了放射性食物的孩子同样不可能从实验中获益。

因为在威洛布鲁克和费纳德开展的这些研究，现在，医学研究人员再也没有用智障儿童做他们无法从中获益的研究了，也没有用智障儿童做他们可能从中获益的研究。

1965年6月28日，罗伯特·威贝尔来到了特伦德勒学校（Trendler School），此时距离杰里尔·林恩·希勒曼走进她父亲卧室的那天大约过去了两年。学校位于宾夕法尼亚州的布里斯托尔（Bristol），是由一栋两层的老屋子改建的，里面住着30个严重智障的儿童。威贝尔给其中16个孩子注射了希勒曼的实验性腮腺炎疫苗。（于威贝尔而言，给智障儿童接种疫苗的决定有着特殊意义。他的儿子小罗伯特出生于1956年，患有唐氏综合征。）威贝尔发现希勒曼的疫苗既安全又有效，所有接种疫苗的孩子体内都产生了腮腺炎病毒的抗体。备受鼓舞，威贝尔又去了梅尔纳·欧文斯之家（Merna Owens Home）和圣约瑟夫之家（St. Joseph's Homes），这两家都位于宾夕法尼亚州东北部的偏远乡村。他找到了60个易患腮腺炎的严重智障儿童。1965年8月13日，他给其中一半的孩子接种了希勒曼的疫苗。结果一样，孩子们的体内产生了腮腺炎病毒的抗体，也没有得病。

希勒曼、威贝尔和斯托克斯已经证明了他们的疫苗可以诱发腮腺炎病毒抗体的产生，但是未能证明疫苗可以预防这一疾病。

为了证明这点，他们需要更多的孩子。接下去的几个月里，斯托克斯和威贝尔向费城地区的各家托儿所及幼儿园派发传单，宣传这一新型的腮腺炎疫苗。感兴趣的家长可以去参加在当地教堂举行的非正式的宣讲会。"家长们都很想报名，"威贝尔说，"他们相信我们。我们也把话说得很明白。他们知道麻疹和腮腺炎这样的病可能会变得很严重，他们也想出一份力。当时的人们不会那么关注自己的利益，而是更多地为社区考虑。他们想做点什么。"

希勒曼参加了两场在费城郊区哈弗敦举办的宣讲会，不过他没有做任何发言。"在圣心教堂的那次，莫里斯不想引人注意，"威贝尔回忆道，"所以他站在最后面，结果靠着门框的时候不小心靠到了钉在墙上的圣水池。他的衬衣后背全湿了，吓了一大跳，不停地向神父道歉。神父安慰他说圣水多得是。"希勒曼记得在另一场宣讲会上，有家长问疫苗是怎么做出来的。约瑟夫·斯托克斯回答了这个问题。斯托克斯长相英俊，一头银发，具有贵格会教徒的温和气质。他讲了一个故事，说有个德国男人把婚戒放在了床头柜上，夜里有只蜘蛛在戒指上来回吐丝，织起了一张密密麻麻的网。到了第二天早上，整个戒指的圆环都被蜘蛛网封了个严实。"他试图向大家解释鸡细胞在实验室烧瓶里增殖的样子，"希勒曼回忆道，"他把这叫做网培——蛛网培养。我的天，下面的人都听呆了。"

有意参加这项试验的家长会拿到一张 3×5 英寸大小的卡片，上面写着"我同意我的孩子接种腮腺炎疫苗"。卡片的底部有一条横线，是给家长签名的。和现在的做法不同，当年的知情同意书上没有疾病简介、疫苗简介、疫苗成分说明，也不对先前研究的结果进行介绍，不要求验血，也不列明潜在的风险和益处。家长们还会拿到罗伯特·威贝尔的办公室电话号码和住宅电话号码。

他们但凡对疫苗有任何疑问，或者觉得疫苗引起了任何不良反应，不论白天还是夜晚，都可以随时给他打电话。威贝尔则会开车去他们家里，给孩子做检查。

斯托克斯和威贝尔招募了 400 个孩子参加试验——200 个接种希勒曼的疫苗，200 个不接种。"然后我们就等着。"威贝尔说。几个月后，一场流行性腮腺炎席卷费城。参加试验的孩子里有 63 人感染腮腺炎，其中两人打过疫苗，剩余 61 人都没有打过。希勒曼的疫苗奏效了，而且大大地奏效了。1967 年 3 月 30 日，杰里尔·林恩·希勒曼得腮腺炎 4 年后，杰里尔·林恩株腮腺炎疫苗正式获批，此后，在美国已经累计供应超过 1.5 亿剂。截至 2000 年，腮腺炎疫苗每年保护近 100 万儿童免受腮腺炎病毒感染，并预防了数千例脑膜炎和失聪。此外，随着丹麦、芬兰、挪威、瑞典、斯洛文尼亚、克罗地亚、英格兰、威尔士、以色列、波兰、罗马尼亚和拉脱维亚等国家和地区引入希勒曼的腮腺炎疫苗，这一疾病在当地实际上已经根除。[①]

杰里尔·林恩·希勒曼现在是加州圣塔克拉拉市（Santa Clara）一家研发型技术公司 Symyx 的执行副总裁兼首席财务官。"人们问我，疫苗以我命名，身为杰里尔·林恩意味着什么。我告诉他们，这只会让我为自己的父亲感到非常自豪。如果正好在某个时刻感染了那个病毒，它能派上用场，那再好不过。"一位记者后来写道："杰里尔感染了腮腺炎病毒之后，恢复了健康；腮腺炎病毒感染了杰里尔之后，再也没有好起来。"[②]

[①] 关于腮腺炎疫苗产生的影响，参见：Plotkin and Orenstein, *Vaccines*。

[②] A. Dove, "Maurice Hilleman," *Nature Medicine Supplement* 11 (2005): 52.

第三章　八扇门

> "如果我比别人看得更远，那是因为我站在巨人的肩膀上。"
>
> ——艾萨克·牛顿爵士

是什么驱使莫里斯·希勒曼提取他女儿的腮腺炎病毒注入受精蛋和切碎的鸡胚中？为什么要先切掉鸡胚的头？最重要的是，为什么在 20 世纪 60 年代他却采用了这样一套看似原始、神秘、晦涩的流程？19 世纪的八个关键性实验是希勒曼做出选择的依据。[①]

爱德华·琴纳让希勒曼了解到了疫苗的威力。是琴纳的疫苗一举将人类最致命的传染病天花从地球上消灭了。[②]

天花是一种常见的严重的传染病，会使感染者的身体逐渐虚弱，它很容易通过飞沫传播，微小的唾液滴即携带数百万病毒颗粒。病毒会引起高烧和散发着腐肉臭味的脓疱，致人永久性毁容。感染天花的致死率达三分之一，许多幸存者失明。1492 年克里斯托弗·哥伦布跨越大西洋时，北美洲有 7 200 万印第安人；到了 1800 年，只剩下 60 万人，绝大多数印第安人死于欧洲移民带去的天花。实际上，天花造成的死亡人数比所有其他传染病的总和还要多。

1768年，爱德华·琴纳13岁，在英格兰的奇平索德伯里镇（Chipping Sodbury）做药剂师学徒。他走近一位看起来生了病的年轻挤奶女工，问："你是不是得了天花？""我不会得天花的，"她回答，"因为我得过牛痘了。"牛痘是一种牛身上的疾病，会导致奶牛乳房部位起水泡。有时候，挤奶工如果给感染牛痘的奶牛挤奶，手上也会起同样的水泡。琴纳当时只是个孩子，所以没有细想挤奶女工话里关于疾病预防那层意思。不过，爱德华·琴纳余生都会记得这段对话。

几年后，琴纳在伦敦接受培训时，他把挤奶女工的观察结论告诉了著名的外科医生约翰·亨特。亨特鼓励琴纳检验这一理论。"别光想，去试，"亨特说，"务必有耐心，务必准确。"1796年5月14日，距离乔治·华盛顿发表告别演说还有几个月，爱德华·琴纳的机会来了。琴纳雇用的一名挤奶女工莎拉·内尔姆斯的手和手腕上长了牛痘水泡。琴纳从水泡里抽出脓液，再把脓液注入了詹姆斯·菲普斯的手臂中。菲普斯8岁，是当地一名劳工的儿

---

① 以下文献出色地概述了疫苗研发的历史以及对希勒曼的工作产生影响的历史事件：Plotkin and Fantini, *Vaccinia*; M. R. Hilleman: "Vaccines and the Vaccine Enterprise: Historic and Contemporary View of a Scientific Initiative of Complex Dimensions," *The Jordan Report* (2002); "Personal Reflections on Twentieth Century Vaccinology," *Southeast Asian Journal of Tropical Medicine and Public Health* 34 (2003): 244-48; and "Overview of Vaccinology in Historic and Future Perspective: The Whence and Whither of a Dynamic Science with Complex Dimensions," in DNA Vaccines, ed. H. C. J. Ertl (Plenum Publishers, London, 2003).

② Tucker, *Scourge*; Radetsky, *Invaders*; Williams, *Virus Hunters*; B. Moss, "Vaccinia Virus: A Tool for Research and Vaccine Development," *Science* 252 (1991): 1662-67; M. Radetsky, "Smallpox: A History of Its Rise and Fall," *Pediatric Infectious Disease Journal* 18 (1999): 85-93.

子。六周后，琴纳又给菲普斯注射了从一例天花病人身上提取的脓液，"为了确认这个男孩在种了牛痘病毒并且身体只出现了轻微的症状之后，是否能免于天花的传染。"一般来说，接种了天花病毒会出现高烧、发冷，会长红疹，很疼，会化脓，偶尔还会死亡。但是詹姆斯·菲普斯却安然无恙。后来，琴纳又给菲普斯注射了20次从天花病人身上提取的脓液，每一次菲普斯都平安无事。显然，牛痘病毒与天花病毒的相似度极高，因此，接种其中一种病毒便能预防另一种病毒引起的疾病。

两年后，琴纳发表了他的研究结果，标题冗长——《对多见于英格兰西部县，尤其是格洛斯特郡名为牛痘的疾病"牛天花"的病因及影响调查》。琴纳用的拉丁词 variolae vaccinae 直译过来即为"牛天花"，vaccinae 便是后来英语中疫苗 vaccine 一词的由来。论文发表不到一年，医生们就给 1 000 人接种了牛痘，并把琴纳的论文翻译成多种语言。大约过了 200 年，琴纳的疫苗才把天花从地球上彻底消灭。（虽然疾病已经根除，病毒却还存在。美国政府担心秘密保存在科学实验室里的天花病毒会被用作恐怖武器，于是在 2002 年 10 月，即美国入侵伊拉克前五个月，开展了一项短期项目，为医院工作人员接种了天花疫苗。）

虽然琴纳取得了成功，但是科学进步往往伴有代价——疫苗领域可谓充满了悲剧。琴纳缺少可靠、稳定、持续的牛痘病毒来源，因此，他会在志愿者的皮下接种牛痘，等到八天后水泡长出，再从中抽取脓液，注射进下一个人的手臂。许多孩子通过这种从手臂到手臂转移的方法接种了牛痘。比如，1801 年在俄罗斯圣彼得堡，一个刚刚接种疫苗的女孩被送去当地一家孤儿院，作为其他孩子的牛痘病毒来源。手臂到手臂式接种在这家孤儿院持续了90 年。然而，这种做法可能很危险。琴纳为一个叫约翰·贝克的

5 岁男孩接种过疫苗，孩子种完牛痘以后，却从来没有接受天花感染试验。"这个孩子，"琴纳说，"不适合（种天花），因为他做完牛痘试验以后不久就在济贫院里出现了感染症状，发起了烧。"贝克不适合种天花，因为他最后死了，死于细菌感染，很可能是牛痘疫苗被污染造成的。1861 年，意大利有 41 个孩子通过手臂到手臂式接种牛痘后染上了梅毒，因为其中一个孩子感染了梅毒，在不知情的情况下，他的少量血液进入了其他孩子的体内。1883 年，手臂到手臂式接种在德国的不来梅引发了肝炎的大规模暴发。[1]

虽然爱德华·琴纳发明了第一种病毒疫苗，但是他并不知道天花病毒和牛痘病毒是近亲。那是因为他从未听说过病毒这个概念。爱德华·琴纳的这一发现，比科学家弄清楚病毒是什么以及病毒的繁殖方式早了几十年。

法国化学家路易·巴斯德让希勒曼了解到疫苗可以由危险的人类病毒制成。[2]（琴纳使用的是牛病毒。）巴斯德研发了人类的第二种疫苗，它可以预防一种极为致命的疾病——狂犬病。

法国阿尔萨斯省有一座小村庄叫做梅森格特（Meissengott），1885 年 7 月 4 日，一个叫约瑟夫·梅斯特的 9 岁男孩在上学路上被一头疯狗袭击。疯狗将他扑倒在地，狂咬男孩 14 口，男孩拼命地遮住脸部。一个路过的泥瓦匠见状，用铁棍打跑了疯狗，把梅斯特抱回了家。狗主人后来把狗杀死，剖开肚子，拉出了一堆稻草、干草和木头碎片，说明这只狗已经疯了。（有关传染病的老故

---

[1] 关于牛痘疫苗的问题，参见：Tucker, *Scourge*。
[2] Radetsky, *Invaders*；Williams, *Virus Hunters*；Debré, *Pasteur*；Geison, *Private Science*.

事经常听起来好似出自格林兄弟的笔下。）

在古代，人们像猎捕野生动物一样追捕狂犬病患者，抓到以后把他们勒死或闷死。19世纪末，治疗狂犬病的方法发展到吃公鸡的大脑，吃小龙虾的眼睛，吃疯狗的肝脏、掺了酒的蛇皮，喝毒蛇的毒液，或是"浸水疗法"，即把患者按在水下，直到"他们的双脚停止踢蹬"。真正能够预防狂犬病的方法包括被咬后立刻用热烙铁烧灼伤口，或是在伤口上喷撒火药并点燃；这些方法可以杀死病毒。

约瑟夫·梅斯特被疯狗咬伤两天后，他的母亲带着他来到巴斯德位于巴黎乌尔姆街45号的实验室大门外。巴斯德刚走到门口，梅斯特的母亲便跪倒在地，求他一定要救救她的儿子。巴斯德拉起男孩的手，温柔地将他领进屋。后来，巴斯德在笔记本里记录了孩子受伤的情况，"他的右手中指、大腿和小腿都被同一只疯狗严重咬伤，疯狗撕烂了他的裤子，把他扑倒在地。如果不是一个拿着两根铁棍的泥瓦匠正好路过，打跑疯狗，孩子可能就被这狗狼吞虎咽地吃下肚了"。

早在梅斯特上门求医的几年前，巴斯德就一直在研究狂犬病毒。为了研发实验性狂犬病疫苗，巴斯德找到死于狂犬病的狗，碾碎了它们的脊髓，将这些带病毒的脊髓注入兔子体内；等到兔子死于狂犬病，再取出病兔的脊髓，切成细条，放进密封罐里干燥。巴斯德发现，干燥的时间越久，病兔脊髓的致病速度就越慢。干燥15天后，携带病毒的脊髓完全失去了致病力。显然，长时间的干燥杀死了狂犬病病毒。巴斯德随后进行了他的突破性实验。他给狗注射了被狂犬病感染的脊髓，从干燥了15天的开始，然后依次注射干燥天数越来越短的脊髓，直到实验的最后，给狗注射含有活的致命狂犬病病毒的脊髓。照理说，这么一来狗应该会死于狂犬病，但是，所有接种过巴斯德疫苗的狗都活了下来。

当约瑟夫·梅斯特来到实验室的时候，巴斯德还从未给人接种过狂犬病疫苗，只给动物接种过。但是，在1885年7月6日早上8点，巴斯德给梅斯特接种了经过15天干燥的狂犬病病兔的脊髓。他清楚这样的脊髓不会杀死狗或兔子，但他只能寄希望于它不会要了梅斯特的命。在接下来的11天里，梅斯特又被接种了12次兔脊髓，每次注射的脊髓的干燥时间都依次缩短，因此也是越来越容易引发狂犬病的。7月16日接种的最后一针，是从一只被感染的兔子脊髓中取出的，只干燥了一天；这么一针可以轻而易举地杀死一只兔子。巴斯德知道最后那几针很可能要人命。他在给儿女们的信中写道："今夜又是为父难熬的一夜。（我）无法忍受在这孩子身上使用如此孤注一掷的方法，但是（我）必须坚持到底。这个小家伙的感觉依然很不错。"

当月底，梅斯特健健康康地回到了阿尔萨斯的家中。巴斯德运用灭活、减活、活狂犬病毒的组合，研发出了首个狂犬病疫苗，保护被疯畜咬过的人类不得狂犬病。因为街头四处游荡的疯狗而整日担惊受怕的巴黎人，将巴斯德的疫苗誉为19世纪最伟大的医学成就之一。但是，巴斯德的狂犬病疫苗和琴纳的天花疫苗一样，也是伴随着代价的。随着越来越多的人接种狂犬病疫苗，巴斯德发现了一个出乎他意料的情况：一部分人——每200个接种过的人里就有1例——出现瘫痪，然后死亡。起初，巴斯德以为这些人死于狂犬病。但是他们实际的死因是疫苗接种的反应。[1]

今天，我们知道了路易·巴斯德的狂犬病疫苗当时到底出了什么问题。大脑和脊髓的细胞里含有一种叫做髓磷脂碱性蛋白的

---

[1]　关于巴斯德疫苗的问题所在，参见：Plotkin and Orenstein, *Vaccines*。

物质。这种蛋白质会在神经周围形成一层鞘，好比包裹在电线周围的橡胶绝缘层一样。一些人在接种髓磷脂碱性蛋白后，偶尔会对自己的神经系统产生免疫反应，即自身免疫。巴斯德的疫苗用兔子的脊髓制成，脊髓里含有髓磷脂碱性蛋白，可引发自身免疫。（这就是为什么希勒曼在使用鸡胚之前要先切去头部。他不希望孩子接种的疫苗里含有鸡大脑中的少量髓磷脂碱性蛋白。）

　　逃过疯狗一劫的约瑟夫·梅斯特活到了 60 岁。1940 年，占领巴黎的纳粹分子想参观路易·巴斯德的墓。梅斯特当时担任巴斯德研究所的警卫，他最先遇见了纳粹。梅斯特无法承受为纳粹侵略者开放自己恩人的墓的奇耻大辱。后来，他把自己锁在小公寓里，自杀身亡。

　　是荷兰代尔夫特理工学院（Delft Polytechnic Institute in the Netherlands）的细菌学教授马丁努斯·拜耶林克①让希勒曼了解了什么是病毒，以及病毒在哪里繁殖又是如何引起疾病的。

　　正如彼得·拉德茨基在《看不见的入侵者》（*The Invisible Invaders*）一书中所描述的那样，拜耶林克"身形高大，引人注目，穿深色外套，竖着高领。他会冲进实验室四处巡查，关上所有窗户，嫌弃地嗅着空气中哪怕最微弱的一丝香烟味，并检查长凳，一滴水都不能有"。拜耶林克为人刻薄、傲慢无礼，经常把自己的学生比作未经训练的猴子，还不允许年轻的同事结婚。不过，他的个性没有限制他的成就。1898 年，马丁努斯·拜耶林克做了一项彻底改变了微生物学的实验。

---

① van Iterson, De Jong, and Kluyver, *Beijerinck*; Radetsky, *Invaders*; Williams, *Virus Hunters*; "Beijerinck and His 'Filterable Principle,'" *Hospital Practice* 26 (1991): 69 – 86.

拜耶林克当时正在研究烟草花叶病，这种病阻碍了烟草植物的生长，在欧洲和俄罗斯很常见。科学家们已经在显微镜下观察到了细菌，证明细菌可以引起部分疾病，也找到了一种方法将细菌从水中去除——通过无釉瓷器过滤。（所以，人们家中常备几个不上釉的瓷罐来净化饮用水。）拜耶林克推断烟草花叶病是由细菌引起的。为了验证自己的推断，他将得病的植株榨出汁液，收集后涂抹在健康的叶片上，观察健康的植株死去。显然，汁液中含有导致这种疾病的微生物。随后，拜耶林克进行了他的开创性实验。他将具有传染性的汁液倒入陶瓷过滤器。令他大为吃惊的是，过滤后的汁液依然可以致病。拜耶林克知道，细菌应该能被过滤掉，这说明汁液里有其他漏网之鱼。

拜耶林克将研究结果写成论文发表，题为《关于引起烟草花叶病的传染性活质》。传染性活质（contagium vivum fluidum），意思就是活的传染性液体。（后来，拜耶林克把这种传染性物质称作病毒。）他说："这种传染物为了繁殖，必须结合到细胞的活原生质中。"马丁努斯·拜耶林克已经找出了细菌和病毒之间最重要的区别。细菌能够独立生长，可以在家具表面、灰尘、雨水里繁殖，也可以在皮肤、鼻子或喉咙里繁殖。但是，病毒无法独立生长，只能在"细胞的活原生质"里繁殖。马丁努斯·拜耶林克在47岁时成为"病毒学之父"。

琴纳用奶牛来制作天花疫苗；巴斯德用狗和兔子。亚历克西斯·卡雷尔[1]让希勒曼了解到动物器官可以在体外存活，因而研

---

① Williams, *Virus Hunters*；http：//crishunt. 8bit. co. uk/alexiscarrel. html；http：//members. aol. com/amaccvpe/history. carrel. htm；http://www. whonamedit. com/doctor. cfm/445. html.

究人员制作疫苗不再需要使用整只动物。

　　1912 年 1 月 17 日，也就是泰坦尼克号邮轮沉没于大西洋的三个月前，纽约市洛克菲勒医学研究所的一名法国外科医生卡雷尔从未孵化的鸡胚里取出了一小块心脏，将其置于烧瓶底部，每两天他都会往里面添加含有鸡血浆和鸡胚制成的粗提取物的营养液。卡雷尔想知道这一小块鸡心能活多久。因为过于担忧心脏可能会不小心感染细菌，他发明了一整套近乎邪教的防护仪式：坚决要求所有墙面刷成黑色，他的技师但凡进入鸡心所在的房间都必须身着黑色带帽长袍。每年一月，洛克菲勒医学研究所的医生和护士都会在实验室外排好队，手拉手，跟着卡雷尔一起对着这一小块心脏热情地唱着"生日快乐歌"，庆祝他们的成功。卡雷尔和他的同事一直养护着这块心脏，直到 1944 年卡雷尔去世。

　　是欧内斯特・古德帕斯彻[①]（Ernest Goodpasture）20 世纪 30 年代初的工作，让希勒曼了解到可以在鸡蛋里培养病毒，这一发现将病毒学家和鸡农永远地联系在了一起。

　　古德帕斯彻出生在田纳西州克拉克斯维尔附近的一个农场，他是一位病理学家，个性安静低调，对禽痘——一种类似天花的病毒——很感兴趣。由于禽痘会感染鸡，古德帕斯彻决定尝试在鸡蛋里培养病毒，理由是鸡蛋是无菌（当时抗生素还没被发明出来）的而且价格又便宜。古德帕斯彻当时在纳什维尔的范德比尔

① Collins, *Goodpasture*; A. M. Woodruff, and E. W. Goodpasture, "The Susceptibility of the Chorio-Allantoic Membrane of Chick Embryos to Infection with Fowl-Pox Virus," *American Journal of Pathology* 7 (1931)：209 – 22；M. Burnet, "The Influence of a Great Pathologist: A Tribute to Ernest Goodpasture," *Perspectives in Biology and Medicine* 16 (1973)：333 – 47.

特大学（Vanderbilt University）工作，他取了一只孵化中的受精蛋，浸入酒精里，再点火，以起到给蛋壳消毒的作用。然后，他把一个蛋杯当作工作台，在蛋壳上切开一个小口，将禽痘病毒注入了鸡蛋。病毒很容易就在鸡胚周围的胚膜里繁殖起来。希勒曼便是利用古德帕斯彻的方法研发出了流感疫苗和腮腺炎疫苗。

是马克斯·蒂勒①让希勒曼了解到，人类病毒可以通过在动物细胞里进行培养而被弱化，继而制成疫苗。（别忘了，希勒曼就是在鸡细胞里培养并弱化了女儿的腮腺炎病毒。）

蒂勒是南非移民，也在洛克菲勒医学研究所工作。他想研制一种可以预防黄热病的疫苗。黄热病是一种热带病毒性疾病，会引起出血，其明显症状是呕吐物发黑、黄疸（眼睛和皮肤发黄，这个病毒因此得名）和死亡。由于黄热病病毒导致严重的内出血，因此被称为病毒性出血热。黄热病在美国很常见。18世纪末，费城暴发黄热病，导致该市10%的居民死亡；19世纪中期，新奥尔良暴发黄热病，30%的居民死亡。曾经的谈"黄"色变让人联想到如今的另一种病毒性出血热——埃博拉病毒。

20世纪30年代中期，马克斯·蒂勒进行了一系列实验，为之后的70年里研究人员研制病毒疫苗奠定了基础。蒂勒采用卡雷尔的方法，将切碎的动物器官放入实验室的烧瓶中培养，发现黄热

---

① Williams，*Virus Hunters*；Plotkin and Orenstein，*Vaccines*；H. H. Smith and M. Theiler，"The Adaptation of Unmodified Strains of Yellow Fever Virus to Cultivation in vitro，"*Journal of Experimental Medicine* 65 (1937)：801 - 8；M. Theiler and H. H. Smith，"The Effect of Prolonged Cultivation in vitro upon the Pathogenicity of Yellow Fever Virus，"*Journal of Experimental Medicine* 65 (1937)：767 - 86；T. N. Raju，"The Nobel Chronicles，"*Lancet* 353 (1999)：1450；M. A. Shampo，and R. A. Kyle，"Max Theiler：Nobel Laureate for Yellow Fever Vaccine，"*Mayo Clinic Proceedings* 78 (2003)：728.

病病毒能够在小鼠胚胎中繁殖。于是，他把病毒从一个鼠胚转移到另一个鼠胚，最后从一个鸡胚转移到另一个鸡胚。蒂勒推断，黄热病病毒在不同物种——比如小鼠和鸡——的细胞里生长得越好，对人的致病力就越弱。（现在我们知道，被强行放入动物细胞里繁殖的人类病毒会经过一系列的基因突变，从而弱化了它们在人体内繁殖和致病的能力。）为了验证自己的理论，蒂勒给 1 000 个巴西人注射了他自认为是弱化版的黄热病毒；结果，大多数人体内成功地产生了病毒抗体，无人感染这种病。截至 20 世纪 30 年代末，蒂勒已经给超过 50 万巴西人接种了疫苗，巴西的黄热病流行得以缓解。马克斯·蒂勒 20 世纪 30 年代中期在小鼠胚胎中制造的黄热病疫苗沿用至今。

蒂勒通过在其他物种的细胞里繁殖人类病毒从而弱化这些病毒的方法，至今仍然是制造减毒活疫苗的最重要的方法。麻疹、腮腺炎、风疹、水痘和脊髓灰质炎疫苗均以这种方法制得。1951 年，"因其在黄热病及黄热病控制方面的发现"，马克斯·蒂勒获得了诺贝尔医学奖。当有人问蒂勒计划怎么花这 3.6 万美元的奖金时，他回答道："买一箱苏格兰威士忌，看（布鲁克林）道奇队的比赛。"

如同前辈琴纳和巴斯德一样，蒂勒也目睹了他的疫苗导致的悲剧。20 世纪 40 年代初，科学家利用从多位志愿者体内提取的人血清研制出蒂勒疫苗，以稳定疫苗。不幸的是，当时并没有人发现，其中至少一位志愿者患有黄疸并感染了乙肝病毒。结果，超过 30 万美军士兵在接种了被污染的黄热病疫苗后感染了肝炎，60 人死亡。[①] 此后，人血清再也没被用作疫苗稳定剂。

---

① 关于黄热病疫苗和肝炎的事，参见：J. P. Fox, C. Manso, H. A. Penna, and M. Para, "Observations on the Occurrence of Icterus in Brazil Following （转下页）

约翰·恩德斯（左）和托马斯·韦勒（右）在波士顿儿童医院的实验室里，1954年11月。照片由出生缺陷基金会提供

20世纪40年代末，波士顿儿童医院（隶属于哈佛医学院）的约翰·恩德斯、托马斯·韦勒和弗雷德里克·罗宾斯[①]的研究团队让希勒曼学会了，如何在实验室中培养动物及人类细胞。亚历克西斯·卡雷尔使用切碎的动物器官的方法，叫做组织培养；恩德斯团队使用在实验室烧瓶里生长的单层动物细胞或人类细胞，叫做细胞培养。现在，研究人员如果想培养病毒，只需要从冰箱

（接上页）Vaccination against Yellow Fever," *American Journal of Hygiene* 36 (1942): 68 - 116; M. V. Hargett and H. W. Burruss, "Aqueous-Based Yellow Fever Vaccine," *Public Health Reports* 58 (1943): 505 - 12; W. A. Sawyer, K. F. Meyer, M. D. Eaton, et al., "Jaundice in Army Personnel in the Western Region of the United States and Its Relation to Vaccination against Yellow Fever," *American Journal of Hygiene* 40 (1944): 35 - 107; L. B. Seeff, G. W. Beebe, J. -H. Hoofnagle, et al., "A Serologic Follow-Up of the 1942 Epidemic of Post-Vaccination Hepatitis in the United States Army," *New England Journal of Medicine* 316 (1987): 965 - 70。

① 关于这三人，参见：Williams, *Virus Hunters*; Radetsky, *Invaders*; Weller, *Growing Pathogens*; J. F. Enders, T. H. Weller, and F. C. Robbins, "Cultivation of the Lansing Strain of Poliomyelitis Virus in Cultures of Various Human Tissues," *Science* 109 (1949): 85 - 87; T. H. Weller, F. C. Robbins, and J. F. Enders, "Cultivation of Poliomyelitis Virus in Cultures of Human Foreskin and Embryonic Tissues," *Proceedings of the Society of Experimental Biology and Medicine* 72 (1949): 153 - 55; F. C. Robbins, J. F. Enders, and T. H. Weller, "Cytopathogenic Effect of Poliomyelitis Virus in vitro on Human Embryonic Tissues," *Proceedings of the Society of Experimental Biology and Medicine* 75 (1950): 370 - 74。

里取出一小瓶细胞，将其解冻，倒入实验室烧瓶中，等待细胞繁殖，直到烧瓶底部被一层细胞整齐地覆盖，即可往里面注入病毒。在整只动物或被切碎的动物器官里培养病毒的时代已经过去了。如今，病毒疫苗的研制仍然沿用着恩德斯团队的方法。

波士顿研究团队的第一批细胞培养物之一是由人类胎儿制成的。1948 年 3 月 30 日早晨八点半，托马斯·韦勒穿过波士顿儿童医院前的马路，走进了邓肯·里德的办公室。里德是波士顿产科医院的产科医生，刚刚给一个怀孕 12 周的孕妇做完引产。那位孕妇之所以选择终止妊娠，是因为感染了风疹，而风疹是一种已知会导致胎儿先天缺陷的病毒。里德将胎儿交给了韦勒。韦勒在诱使胎儿细胞在实验室烧瓶底部生长后，发现可以用它来培养脊髓灰质炎病毒。韦勒、罗宾斯和恩德斯后来发现，脊髓灰质炎病毒还可以在许多不同类型的动物和人类细胞中培养。在此之前，只能在大脑和脊髓的细胞里培养脊髓灰质炎病毒。研究人员担心使用由神经组织制成的脊髓灰质炎疫苗，是因为害怕出现和巴斯德疫苗相同的问题，即自身免疫的危险副作用。

1954 年，恩德斯、韦勒和罗宾斯共同获得了诺贝尔医学奖，以表彰其"发现脊髓灰质炎病毒在多种类型组织的培养物中生长的能力"。正是基于这些研究，乔纳斯·索尔克和阿尔伯特·萨宾制造出了脊髓灰质炎疫苗，并最终在全球大部分地区根除了这一疾病。

最早发现预防脊髓灰质炎的方法的科学家乔纳斯·索尔克[1]

---

[1]　J. Smith, *Patenting the Sun*；Carter, *Breakthrough*；Tony Gould, *A Summer Plague: Polio and its Survivors* (New Haven and London：Yale University Press, 1995).

让希勒曼了解到，疫苗可以赢得美国大众的心。

索尔克在纽约出生，在纽约长大，是俄罗斯移民的后代。他为人上进，性情固执，颇为自负。20 世纪 50 年代初，索尔克在匹兹堡大学工作，他利用恩德斯团队的技术在猴肾细胞里培养脊髓灰质炎病毒，然后纯化病毒，再用福尔马林杀死病毒，并给匹兹堡一带共计 700 个孩子注射了疫苗。索尔克推断，被杀死的脊髓灰质炎病毒可以诱发抗体的产生，但是不会导致脊髓灰质炎。1954 年，在出生缺陷基金会的资助下，医生和护士给 40 万儿童注射了索尔克的疫苗，又给另外 20 万儿童注射了一种看起来像疫苗的惰性液体，称为安慰剂。这一项目至今依然是有史以来规模最大的医学产品测试。疫苗有效的消息一出，美国民众便以索尔克的名字命名了各类医院、学校、街道，给孩子起名索尔克，还给他送钱、送衣服、送汽车。多所大学授予他荣誉学位，多国纷纷发表声明对他予以表彰。索尔克加入匹兹堡大学时是一名普普通通的科学家，离开匹兹堡大学时是全世界最受尊敬的人之一。如今人们一听到"疫苗"这个词，脑中首先想起的就是乔纳斯·索尔克。

不过，索尔克和琴纳、巴斯德、蒂勒一样，目睹了悲剧伴随着疫苗来临。当索尔克发现可以用福尔马林灭活脊髓灰质炎病毒来制造疫苗的方法以后，五家公司主动提出生产这种疫苗。1955 年 4 月 12 日，五家公司均获得批准向公众销售其疫苗。其中一家位于加州伯克利的公司卡特实验室（Cutter Laboratories）的疫苗出现了严重的质量问题。① 卡特实验室的研究人员和高管自信他们的脊髓灰质炎疫苗严格遵照了乔纳斯·索尔克的方法，并直接

---

① Offit, *Cutter*.

给 450 名员工的孩子注射了疫苗。然而，由于卡特的研究人员没有正确过滤出用来培养脊髓灰质炎病毒的细胞，一些病毒颗粒成功地逃过了福尔马林的杀灭作用。结果，超过 10 万名接种疫苗的儿童无意中被注射了危险的活的脊髓灰质炎病毒。更糟糕的是，被感染的儿童又把病毒传给了其他人，引发了有史以来第一次也是唯一一次人为的脊髓灰质炎疫情。等到一切尘埃落定，总计 20 万人感染了卡特实验室疫苗中的活脊髓灰质炎病毒，其中约 7 万人患上了轻度脊髓灰质炎；200 人永久性严重瘫痪，其中大部分是儿童；10 人死亡。这是美国历史上最严重的生物灾难之一。联邦监管机构迅速发现了卡特疫苗的问题，并为疫苗生产和安全性测试建立了更完善的标准。卡特实验室此后再也没有制造出别的脊髓灰质炎疫苗。索尔克的疫苗大大遏制了脊髓灰质炎这一全球数一数二的严重传染病，一些国家已经根除了这一疾病。

希勒曼向前人的经历中吸取了成功和失败的经验。等到他开始研制腮腺炎疫苗时，摆在面前的已经是一条披荆斩棘后的康庄大道。"那是一个天才的时代。"他说，"有了他们的成功，才有我的成功。"

第四章　毁灭天使[①]

"1759 年是充斥着死亡、永远难忘的一年。主派遣毁灭天使行经此地，旦夕之间，将我们的诸多朋友带往永生。没有一间屋舍或一个家庭，能够幸免于难。它是如此可怕，以至于人的耳朵无不刺痛，心无不滴血。那段日子，我和家人患上一种可怕的疾病——麻疹，但是靠着上帝的恩典，我们活了下来。"

——以法莲·哈里斯，新泽西州费尔菲尔德的殖民者和农民

莫里斯·希勒曼在研制腮腺炎疫苗的同时，也在研制麻疹疫苗。

麻疹感染[②]的起病症状看似不足为惧：发烧、咳嗽、流鼻涕、红眼和皮疹。但是，麻疹病毒也会感染肺部，引发致命的肺炎；感染大脑，造成癫痫、失聪和永久性脑损伤；它还可能感染肝脏、肾脏、心脏和眼睛，导致许多逃过一死的人失明。此外，麻疹病毒还会引起罕见却致命的亚急性硬化性全脑炎（SSPE），这是藏得最深也最顽固的儿童疾病之一。SSPE 的症状通常在感染麻疹 7年后开始显现。起初，孩子会表现为微妙的性格变化、字迹会变差、似乎会忘记一些事情。后来，随着这种疾病的可怕完全显现出来时，孩子的行走、站立或说话能力会逐渐减弱；再往后，他

们会变得好斗，癫痫发作，陷入昏迷，最终死亡。尽管几十年研究不辍，多种药物问世，并得到各种无私的支持，但没有一个孩子在得了 SSPE 后能幸存下来。

20 世纪 60 年代初，莫里斯·希勒曼有意研制这种疫苗的时候，麻疹病毒每年导致全球 800 万儿童死亡。医生和公共卫生官员急切地想要找到预防麻疹的方法。

麻疹疫苗的研制之路始于波士顿。

1954 年，托马斯·皮布尔斯③在波士顿儿童医院约翰·恩德斯的实验室工作。研究团队刚刚因为在脊髓灰质炎方面的贡献获得了诺贝尔医学奖，团队成员中包括来自新罕布什尔州的杰出传染病专家兼儿科医生塞缪尔·卡茨和来自南斯拉夫贝尔格莱德的科学家米兰·米洛瓦诺维奇。皮布尔斯当时刚刚结束在马萨诸塞州综合医院的实习，此前他参加了第二次世界大战，在海军服役四年，所以职业生涯起步较晚。恩德斯指派皮布尔斯负责捕获麻疹病毒。虽然研究人员确信麻疹是由病毒引起的，但是从未有人成功地诱使麻疹病毒在试管中繁殖。

1954 年 1 月，皮布尔斯等待许久的机会终于来临。西奥多·英格尔斯博士打电话告诉皮布尔斯，告诉他位于波士顿西郊的绍斯伯勒镇（Southborough）的私立男校费伊中学爆发了麻疹。（费伊中学创建于 1866 年，是美国历史最悠久的寄宿学校之一。）皮

① 塞缪尔·卡茨和托马斯·韦勒分别于 2005 年 2 月 22 日和 2005 年 11 月 10 日接受采访。
② Plotkin and Orenstein, *Vaccines*；M. R. Hilleman, "Current Overview of the Pathogenesis and Prophylaxis of Measles with Focus on Practical Implications," *Vaccine* 20 (2002): 651 – 65.
③ Williams, *Virus Hunters*.

布尔斯驱车 30 英里来到了学校，说服校长哈里森·莱因克允许他采集男孩们的血液。然后，他走到每一个学生面前，对他们说："小伙子，你正站在科学的前沿。我们即将首次尝试培养这种病毒。一旦成功，你的名字将被载入这一发现的科学报告中，不过这可能会有点疼，你准备好了吗？"

接下来的几周里，皮布尔斯都没能成功地捕获到麻疹病毒。然而在 1954 年 2 月 8 日，他终于时来运转。费伊中学的一名 13 岁学生大卫·埃德蒙斯顿出现了胃痉挛、恶心、发烧，脸上长出了淡红色皮疹，并扩散到胸部、腹部和背部。当大卫的体温飙升到 104 华氏度①时，大量的麻疹病毒在他的静脉血管中快速流过。托马斯·皮布尔斯即将做一件此前从未有人敢做的事——用人类器官制造疫苗。

20 世纪 50 年代初，医生曾经采用一种现在已经弃用的医疗手段来治疗儿童的脑积水（hydrocephalus），其字面意思就是"脑子里有水"②。在大脑的中心，有一种特殊的细胞会产生液体，冲洗脊髓；这些液体必须流过一系列狭窄的通道。有时候，由于后天感染或先天缺陷会导致这些通道被阻塞，致使脑脊液被截留，累积后压迫大脑。为了疏通阻塞，外科医生会在大脑中心钻一个小孔，插入一根塑料导管，在皮下新造一条最后通向输尿管的通道——输尿管连接着肾脏和膀胱。为了将导管和输尿管相连，医生需要切除一只肾——一只完全健康、功能齐全的人体肾脏。这样一来，脑脊液不再积于大脑中，而是一路流进膀胱，最后通过尿液排出体外。

---

① 即 40 摄氏度。——译者
② 英文脑积水 hydrocephalus 一词源于希腊语，由 hydro（水）＋ cephalus（脑）组成。——译者

恩德斯不忍看到健康的肾脏被白白葬送。"他是典型的新英格兰小气鬼，"塞缪尔·卡茨回忆道，"就是见不得东西被浪费。他连（实验室）材料也同样节省。"于是，恩德斯派托马斯·皮布尔斯赶在肾脏被丢弃之前把它们收集起来，并让他试着在肾脏中培养麻疹病毒。首先，皮布尔斯用一种强力酶处理肾脏，以确保肾细胞不结块。然后，他把这些细胞放入几个无菌烧瓶中，等到细胞增殖，覆满每一个烧瓶的底部，再加入大卫·埃德蒙斯顿的血液。几天后，肾细胞萎缩并死亡。显然，埃德蒙斯顿血液中的麻疹病毒在肾细胞中繁殖，并在此过程中杀死了细胞。[①]

现在，波士顿的研究人员可以在实验室的细胞里培养麻疹病毒了，接下去就是弱化病毒，制备疫苗。皮布尔斯、卡茨和米洛

① 关于恩德斯实验室的研究工作，参见：J. F. Enders and T. C. Peebles, "Propagation in Tissue Cultures of Cytopathogenic Agents from Patients with Measles," *Proceedings of the Society for Experimental Biology and Medicine* 86 (1954): 277 - 86; J. F. Enders, T. C. Peebles, K. McCarthy, M. Milovanovic, et al., "Measles Virus: A Summary of Experi-ments Concerned with Isolation, Properties, and Behavior," *American Journal of Public Health* 47 (1957): 275 - 82; S. L. Katz, M. Milovanovic, and J. F. Enders, "Propagation of Measles Virus in Cultures of Chick Embryo Cells," *Proceedings of the Society of Experimental Biology and Medicine* 37 (1958): 23 - 29; J. F. Enders, S. L. Katz, M. V. Milovanovic, and A. Holloway, "Studies on Attenuated Measles-Virus Vaccine, I: Development and Preparation of the Vaccine: Techniques for Assay of Effects of Vaccination," *New England Journal of Medicine* 263 (1960): 153 - 69; S. L. Katz, J. F. Enders, and A. Holloway, "Studies on an Attenuated Measles-Virus Vaccines, II: Clinical, Virologic and Immunologic Effects of Vaccine in Institutionalized Children," *New England Journal of Medicine* 263 (1960): 157 - 61; S. Krugman, J. P. Giles, and A. M. Jacobs, "Studies on Attenuated Measles-Virus Vaccine; VI: Clinical, Antigenic and Prophylactic Effects of Vaccine in Institutionalized Children," *New England Journal of Medicine* 263 (1960): 174 - 77; S. L. Katz, H. Kempe, F. L. Balck, et al., "Studies on Attenuated Measles-Virus Vaccine; VIII: General Summary and Evaluation of Results of Vaccination," *New England Journal of Medicine* 263 (1960): 180 - 84。

瓦诺维奇连续培养出了病毒——在人肾细胞里培养了 24 次，人类胎盘细胞里培养了 28 次（恩德斯显然也不舍得看着胎盘被白白丢弃），受精鸡蛋里 6 次，碎鸡胚里 6 次。他们希望，通过强行使大卫·埃德蒙斯顿的麻疹病毒在人类细胞和动物细胞的大杂烩里繁殖，充分削弱病毒，使之足以被制成疫苗，但是，具体要如何实现却毫无公式可套，亦无秘诀可循。

托马斯·韦勒回忆起他在满是人类肾脏和胎盘的实验室中工作的场景时说："我会穿过马路去波士顿产科医院拿产科医生给的胎盘。胎盘好重，都是他们刚刚接生的孩子的胎盘。有些日子没有胎盘可拿，有些日子可以一下子拿 6 只。回到恩德斯博士的实验室以后，我会支起两个铁架，中间横架一根无菌的粗钢棒，然后把胎盘一个一个挂上去，就像在晾衣绳上晾衣服那样。"

现在，到了波士顿团队测试疫苗的时候了。塞缪尔·卡茨驱车来到费纳德学校——就是在这所学校，几年前，有研究人员给学校科学俱乐部的成员喂食了含有放射性物质的麦片。"我们之所以选择费纳德学校，是因为那里每年都要暴发好几次麻疹。"卡茨回忆道，"每年都有孩子死亡。"1958 年 10 月 15 日，卡茨给 11 名残疾或智障儿童接种了恩德斯实验室研制的疫苗。所有的孩子体内都产生了保护性抗体，但是有 8 个孩子发烧，9 个孩子出现了轻度皮疹。虽然疫苗没有引起麻疹的完全发作，确实起到了预防感染、保护孩子的作用，但是这说明疫苗的毒性还不够弱。

波士顿团队没有进一步弱化病毒，而是继续在威洛布鲁克州立学校（也就是索尔·克鲁格曼进行了有争议的肝炎病毒实验的学校）的智障儿童当中测试疫苗。1960 年 2 月 8 日，卡茨给 23 个孩子注射了麻疹疫苗，另有 23 个孩子则什么都没注射。六周后，威洛布鲁克暴发了麻疹，几百个孩子感染，4个孩子死亡。接种过疫苗的孩子没有一个得病，许多没有接种的孩子都病了。恩德斯的疫苗起效了，但是副作用发生率依然居高不下。"许多制药公司（的代表）找上门，想要获取生产疫苗的材料，"卡茨回忆道，"莫里斯·希勒曼就是其中之一。"

能在波士顿团队的基础上继续研发疫苗，希勒曼感到十分兴奋。[①] 不过他面临着两大难题，哪一个解决起来都不容易。

① 关于希勒曼的麻疹研究工作，参见：J. Stokes Jr., C. M. Reilly, M. R. Hilleman, and E. B. Buynak, "Use of Living Attenuated Measles-Virus Vaccine in Early Infancy," *New England Journal of Medicine* 263 (1960): 230–33; C. M. Reilly, J. Stokes Jr., E. B. Buynak, G. Goldner, and M. R. Hilleman, "Living Attenuated Measles-Virus Vaccine in Early Infancy: Studies of the Role of Passive Antibody in Immunization," *New England Journal of Medicine* 265 (1961): 165–69; J. Stokes Jr., M. R. Hilleman, R. E. Weibel, et al., "Efficacy of Live, Attenuated Measles-Virus Vaccine Given with Human Immune Globulin: A Preliminary Report," *New England Journal of Medicine* 265 (1961): 507–13; J. Stokes Jr., C. M. Reilly, E. B. Buynak, and M. R. Hilleman, "Immunologic Studies of Measles," *American Journal of Hygiene* 74 (1961): 293–303; J. Stokes Jr., R. E. Weibel, R. Halenda, C. M. Reilly, and M. R. Hilleman, "Studies of Live Attenuated Measles-Virus Vaccine in Man, I: Clinical Aspects," *American Journal of Public Health* 52 (1962): 29–43; M. R. Hilleman, J. Stokes Jr., E. B. Buynak, et al., "Studies of Live Attenuated Measles-Virus Vaccine in Man, II: Appraisal of Efficacy," *American Journal of Public Health* 52 (1962): 44–56; J. Stokes Jr., R. Weibel, R. Halenda, C. M. Reilly, and M. R. Hilleman, "Enders Live Measles-Virus Vaccine with Human Immune Globulin, I: Clinical Reactions," *American Journal of Diseases of Children* 103 (1962): 366–72; M. R. Hilleman, J. Stokes Jr., E. B. Buynak, et al., "Enders' Live Measles-Virus Vaccine with Human Immune Globulin," *American Journal of Diseases of Children* 103 (1962): 373–79; M. R. Hilleman and H. Goldner, "Perspectives for Testing Safety of Live Measles Vaccine," *American Journal of Diseases of Children* 103 (1962): 484–95; M. R. Hilleman, J. Stokes Jr., E. B. Buynak, et al., "Immunogenic Response to Killed Measles Vaccine," *American Journal of Diseases of Children* 103 (1962): 445–51; J. Stokes Jr., M. R. Hilleman, R. E. Weibel, et al., "Persistent （转下页）

第一个难题是副作用。恩德斯团队已经把大卫·埃德蒙斯顿的麻疹病毒在多种不同的人类细胞和动物细胞里培养了一遍，但是病毒的毒性依然不够弱。已经有几百个健康儿童参与过实验，希勒曼回顾这些实验，发现接种了恩德斯疫苗的孩子里一半长了皮疹，大部分出现了发烧症状，有些甚至烧到了 103 华氏度以上。"毒性太大了，"希勒曼回忆道，"一些孩子发高烧发到惊厥。恩德斯毒株确实是当时最接近疫苗的存在，但在我看来顶多是个分离株，还够不上疫苗。"希勒曼一边为恩德斯疫苗的安全性忧虑，一边感受着来自公共卫生机构的压力——它们急切地想要预防这一每年导致几千名美国儿童死亡的疾病。希勒曼必须尽快找到一种方法提高恩德斯疫苗的安全性。最后，小约瑟夫·斯托克斯——帮助希勒曼测试腮腺炎疫苗的那位儿科医生，解决了毒性过大的问题。

希勒曼之所以选择斯托克斯，是因为他是丙种球蛋白方面的专家，丙种球蛋白是血液中含有抗体的部分。① 斯托克斯是这样

（接上页）Immunity Following Enders Live, Attenuated Measles-Virus Vaccine Given with Human Immune Globulin," *New England Journal of Medicine* 267 (1962): 222 – 24; R. E. Weibel, J. Stokes Jr. , R. Halenda, E. B. Buynak, and M. R. Hilleman, "Durable Immunity Two Years after Administration of Enders's Live Measles-Virus Vaccine with Immune Globulin," *New England Journal of Medicine* 270 (1964): 172 – 75; M. R. Hilleman, E. B. Buynak, R. E. Weibel, et al. , "Development and Evaluation of the Moraten Measles Vaccine," *Journal of the American Medical Association* 206 (1968): 587 – 90; E. B. Buynak, R. E. Weibel, A. A. McLean, and M. R. Hilleman, "Long-Term Persistence of Antibody Following Enders' Original and More Attenuated Live Measles Virus Vaccine," *Proceedings of the Society of Experimental Biology and Medicine* 153 (1976): 441 – 43; M. R. Hilleman, "Current Overview of the Pathogenesis and Prophylaxis of Measles with Focus on Practical Implications," *Vaccine* 20 (2002): 651 – 65。

① 关于斯托克斯和丙种球蛋白，参见：A. M. Bongiovanni, "Joseph Stokes Jr. ," *Pediatrics* 50 (1972): 163 – 64。

制造丙种球蛋白的：抽取一些血液，待血液凝结后放入冰箱。最终，红细胞会在试管底部凝结，血清中的丙种球蛋白则会漂到顶部。斯托克斯知道，感染过麻疹、腮腺炎、天花或肝炎病毒的人几乎不会再次感染。他也知道这是因为抗体的作用。20 世纪 30 年代中期，斯托克斯证明了从脊髓灰质炎幸存者身上提取的丙种球蛋白在脊髓灰质炎流行期间保护了儿童。10 年后，第二次世界大战期间，斯托克斯担任美国医务总监的特别顾问，他证明了肝炎幸存者体内的丙种球蛋白保护了美军士兵免患肝炎。由于他在肝炎方面的成就，斯托克斯获得了美国规格最高的平民奖——总统自由勋章（Presidential Medal of Freedom）。

斯托克斯提议，将一份小剂量的丙种球蛋白和恩德斯的麻疹疫苗一起注射，以期减少副作用。为了检验这一想法，斯托克斯和希勒曼一道前往新泽西州中部的一个女子监狱。

名为克林顿女子农场（Clinton Farms for Women）[①] 的这座监狱建于 1913 年，位于亨廷顿县的一大片农场，是一所理想的监狱。作为 19 世纪末 20 世纪初的监狱改革运动的产物，克林顿农场为犯人提供教育、技术培训、医疗保健和安全的环境。20 世纪 60 年代初，希勒曼和斯托克斯多次造访克林顿农场。（早先有一次，他们在餐厅吃午饭，一个女服务员上前问他们想点些什么。希勒曼希望犯人对他的实验感到安心。他知道这个服务员也是犯人，于是笨拙地没话找话："你犯了什么事？""我杀了我爸妈。"服务员回答。看到希勒曼一脸饱受打击的表情，她补充说："不过

[①] J. Peet，"Edna Mahan Clung to Her Ideal," *Newark Star Ledger*，January 5, 2006.

别担心，你在这里很安全。"希勒曼再也没问过那个问题，而且尽管女囚做出了保证，他在后来再去克林顿农场时始终觉得不太安全。）

埃德娜·马汉是克林顿女子农场的监狱长。她下令去掉牢房的门锁，不许看守配枪，从而彻底改变了犯人在克林顿农场的生活。犯人可以随时离开监狱。"有的犯人离开监狱，走一段路，然后搭上一辆过路的卡车，最后怀孕了。"希勒曼回忆道，"育婴室里全是婴儿。"

斯托克斯和希勒曼给 6 个婴儿接种了疫苗，一只手臂种恩德斯的疫苗，一只手臂种丙种球蛋白。没有一个婴儿发高烧，只有一个长了轻微的皮疹。两人备受鼓舞，又在数百名儿童身上做了测试。最后，斯托克斯的丙种球蛋白策略奏效了。随后几年里开展的后续研究发现，孩子接种疫苗后，长皮疹的比例从 50％降到了 1％，发烧的比例从 85％降到了 5％。

埃德娜·马汉于 1968 年去世，就在希勒曼在监狱的育婴室开展试验几年后。监狱的操场上有一片小小的墓地，埃德娜就葬在那儿。40 个小十字架围绕着她精致的墓碑，每个十字架代表着一个在监狱里死于感染的婴儿——这些感染如今已经可以通过疫苗轻而易举地加以预防了。

第二个让希勒曼忧心的难题是恩德斯疫苗的潜在致癌性。虽然麻疹疫苗尚未引起癌症，但希勒曼的担忧却不无道理。他的恐惧源于 50 年前发生的一件事。

1909 年，有个农夫腋下夹着一只死鸡，来到了位于纽约的洛克菲勒医学研究所。他身穿厚厚的背带工装裤，脚上是重重的工作靴，双手由于长期干农活而粗糙不堪。农夫在人来人往的大厅，看着科学家、技术人员和研究院高材生穿梭于这所全国顶尖的研究机构。最终，他鼓起勇气询问佩顿·劳斯的实验室在哪里。农夫深信，动物疾病专家劳斯可以弄清楚他的鸡到底得了什么病。

佩顿·劳斯出生于巴尔的摩，毕业于约翰·霍普金斯大学，是一位病理学家。农夫找上门的那一年，他正好 30 岁。佩顿·劳斯接过死鸡，放在实验室工作台上开始解剖。他在鸡的右胸下方发现了一个巨大的癌变肿瘤，还发现癌细胞已经扩散到了肝脏、肺部和心脏。他问农夫，鸡群里还有没有其他鸡得一样的病。"没有，"农夫回答，"只有这一只。"显然，这种癌症没有传染性。

劳斯想找出是什么导致这只鸡得了癌症。[①] 因此，他取出肿瘤，小心地用无菌沙把肿瘤磨碎，彻底破坏了恶性癌细胞。然后，他将被破坏的癌细胞悬浮于盐水中，再将液体倒入无釉瓷，过滤掉细菌。劳斯给其它鸡注射了这种滤液，发现肿瘤也开始在它们的体内生长。不到几周，这些鸡全部死于癌症。"（这些鸡）变得消瘦、发冷、嗜睡，不久就死了。"劳斯说。因为引起肿瘤的物质没有被过滤掉，所以劳斯知道它不可能是细菌。他还知道不可能是癌细胞，因为癌细胞已经被沙子彻底破坏，而且癌细胞太大，无法通过过滤瓷。那就是其他什么东西。劳斯推断，通过过滤器的物质是一种病毒。

1911 年 1 月 11 日，佩顿·劳斯发表论文，题为《通过无细胞滤液传播的恶性生长物》，由此成为证明病毒可致癌的第一人。其

---

① Williams, *Virus Hunters*; Radetsky, *Invaders*; Francis Peyton Rous, http://www.geocities.com/galenvagebn/RousFP.html; Britannica Nobel Prizes, http://www.britannica.com/nobel/micro/511_71.html; P. Rous, "Transmission of a Malignant New Growth by Means of a Cell-Free Filtrate," *Journal of the American Medical Association*, January 21, 1911; G. Klein, "The Tale of the Great Cuckoo Egg," *Nature* 400 (1999): 515.

他研究人员随即尝试在小鼠和大鼠身上复刻劳斯的研究结果，但没能成功。罗斯推断，病毒致癌这个现象至多是鸡所特有的一种现象，于是在 1915 年放弃了这项研究。研究人员自此也将致癌病毒打入"冷宫"，一打便是 40 年。

20 世纪第一个十年至 40 年代，许多癌症研究人员忽视了劳斯的发现，然而，越来越多的证据表明致癌病毒是真实存在的。30 年代初，艾奥瓦州的兽医理查德·修普发现，病毒在美国西南部的野兔身上造成了巨大的疣。（尽管很多人认为鹿角兔①——长着羚羊角的兔子是神话传说中的动物，但也有可能是感染了修普发现的那种病毒的身上长疣的兔子。）几年后，研究人员又发现了一种导致小鼠长了乳腺肿瘤的病毒。但是直到 50 年代，波兰难民路德维克·格罗斯发现了一种引起小鼠白血病的病毒，才使得致癌病毒走出"冷宫"，成为病毒研究的主流。10 年后，苏格兰格拉斯哥大学的威廉·贾瑞特发现了另一种在猫之间极易传播并且会引起白血病的病毒。病毒不仅会致癌，而且一些致癌病毒还具有传染性。

1966 年，距离检查农夫的死鸡 50 多年后，佩顿·劳斯"因发现了诱发癌症的病毒"而获得了诺贝尔医学奖。诺贝尔奖不能追授予已故之人。获奖时，劳斯已经 86 岁高龄。

如今我们已经知道，一些致癌病毒属于逆转录病毒家族，其中最广为人知的是人类免疫缺陷病毒（HIV），一种导致艾滋病的病毒。约翰·恩德斯交给莫里斯·希勒曼的那支麻疹疫苗中，其

---

① D. G. McNeill, "How a Vaccine Search Ended in Triumph," *New York Times*, August 29, 2006.

实携带了一种引起鸡白血病的逆转录病毒。他们当时并不知道，但恩德斯团队用来制造疫苗的鸡蛋已经被禽白血病病毒[①]污染了。

　　希勒曼想研制出麻疹疫苗时，全美大约有 20％的鸡感染了鸡白血病病毒——和佩顿·劳斯检查的那只鸡感染的病毒类似。病毒感染了鸡的肝脏，引起了肝癌；感染了肾脏，引起肾癌；感染了韧带、肌腱和皮肤，引起了软组织癌；感染了免疫系统细胞，引起了白血病和淋巴癌。约 80％感染鸡白血病病毒的鸡会得白血病。农民每年因此损失两亿美元的收入，自然对这一病毒头痛不已。更糟糕的是，在 20 世纪 60 年代初，研究人员并不清楚导致鸡得癌的病毒是否也会让人得癌。不过，他们清楚一点，那就是像鸡白血病病毒这样的动物逆转录病毒能使试管中的人类细胞癌变。"我不打算为一种含有这种病毒的疫苗去申请许可，"希勒曼说，"那是最不道德的行为。"各方都在给希勒曼施压（比如负责疫苗审批的联邦机构负责人乔·斯玛德尔），要他尽快把恩德斯的

---

① 　关于该病毒，参见：W. F. Hughes, D. H. Watanabe, and H. Rubin, "The Development of a Chicken Flock Apparently Free of Leukosis Virus," *Avian Diseases* 7 (1963)：154 - 65；P. K. Vogt, "Avian Tumor Viruses," *Advances in Virus Research* 11 (1965)：293 - 385；T. Graf and H. Beug, "Avian Leukemia Viruses: Interaction with Their Target Cells in vivo and in vitro," *Biochemica et Biophysica Acta* 516 (1978)：269 - 99；M. J. Hayman, "Transforming Proteins of Avian Retroviruses," *Journal of General Virology* 52 (1981)：1 - 14；R. C. Gallo and F. Wong-Staal, "Retroviruses as Etiologic Agents of Some Animal and Human Leukemias and Lymphomas and as Tools for Elucidating the Molecular Mechanism of Leukemogenesis," *Blood* 60 (1982)：545 - 57；M. J. Hayman, "Avian Acute Leukemia Viruses," *Current Topics in Microbiology and Immunology* 103 (1983)：109 - 25；K. Blister and H. W. Jansen, "Oncogenes in Retroviruses and Cells: Biochemistry and Molecular Genetics," *Advances in Cancer Research* 47 (1986)：99 - 188；H. Beug, A. Bauer, H. Dolznig, et al., "Avian Erythryopoiesis and Erythroleukemia: Towards Understanding the Role of the Biomolecules Involved," *Biochemica et Biophysica Acta* 1288 (1996)：M37 - M47；A. M. Fadley, "Avian Retroviruses," *Veterinary Clinics of North America: Food and Animal Practice* 13 (1997)：71 - 85。

疫苗投入市场，但是鸡白血病病毒存在导致人类得癌的可能性，哪怕再微乎其微，希勒曼也拒绝睁一只眼闭一只眼。"这个疫苗是通过细胞培养做出来的，毒性仍然很高，用的细胞里还携带着白血病病毒。"希勒曼回忆道，"给孩子接种（由病毒引起的）白血病疫苗是要遭天谴的。我不会这么做的。政府想要推进，因为孩子们（死于麻疹）。当我告诉斯玛德尔我们不会推出有白血病（病毒）的（疫苗）时，他大为光火。"

虽然鸡白血病病毒十分常见，却始终没有人找到检测它的办法。由于受污染的鸡蛋看起来也全无异常，研究人员根本无法分辨鸡蛋有没有感染病毒。希勒曼陷入了僵局。所幸在 1961 年，加州大学伯克利分校的病毒学家哈里·鲁宾找到了一种在实验室里检测鸡白血病病毒的方法。[1] "鲁宾的检测法改变了一切。"希勒曼回忆道。有了鲁宾的检测法，希勒曼就可以挑选不含鸡白血病病毒的鸡蛋和鸡胚制造疫苗。一开始，希勒曼想自己养鸡，确保它们没有白血病病毒。但是相比养鸡，默沙东显然更擅长制药。于是，希勒曼请他的朋友温德尔·斯坦利帮忙。斯坦利因为其在确定病毒颗粒的结构方面的工作而获得了 1946 年的诺贝尔医学奖。他告诉希勒曼，加州弗里蒙特市奈尔斯区有一座叫金伯的小型农场，研究人员在那里成功地繁育出了一群无白血病病毒的鸡。希勒曼觉得难以置信，他知道饲养鸡群在默沙东会有多难，但是他愿意一试。于是他飞往旧金山，又驱车 40 英里来到了弗里蒙特市。

---

[1] H. Rubin: "A Virus in Chick Embryos Which Induces Resistance in vitro to Infection with Rous Sarcoma Virus," *Proceedings of the National Academy of Science USA* 46 (1960): 1105–19, and "The Nature of a Virus-Induced Cellular Resistance to Rous Sarcoma Virus," *Virology* 13 (1961): 200–6.

奈尔斯很小。一座老面粉厂、一个南太平洋铁路公司的调车场，几家水果包装厂和一家挖掘沙子和碎石的公司，基本就组成了整个奈尔斯。

20世纪初刮起了一股家禽遗传学狂潮，金伯农场①便是这场狂潮的产物之一，由约翰·金伯创建于20世纪30年代初。他的父亲是圣公会牧师，母亲是音乐家。金伯获得了巨大的成功，他证明了鸡蛋的质量和大小、蛋壳的厚度以及产蛋量都可以通过科学繁育进行控制。他繁育出了无病鸡蛋、抗病鸡和每年能产250只蛋的母鸡。金伯通过他的刊物《金伯鸡新闻》（*Kimberchik News*）向当地农民广而告之这些成就。但是，批评家并不接受繁育转基因动物作为食物，认为金伯的繁育手段是残酷无情的。"在金伯农场的无菌实验室里，身着白衣的工人只顾高效生产，没时间顾及感情。"《说鸡》（*Chicken Book*）一书的作者佩奇·史密斯和查尔斯·丹尼尔回忆道，"在他们眼里，数百万只在巨大的孵化器里孵化出来的小鸡，只是流水线上的物件，其中一半一出生就被杀掉、焚化或拿去喂猪。说这句话不为过：鸡也是生命这个事实根本不值一提。"

为了繁育无白血病病毒的鸡和鸡蛋，金伯农场的科学家挑选出没有感染该病毒的母鸡下的蛋，将其浸泡在有机碘中，然后小心翼翼地把鸡蛋放入无菌孵化器。这些蛋孵出的公鸡和母鸡再生小鸡。不到一代鸡的时间，金伯农场的研究人员便成功了。然而，这一切实现起来并不简单。这些鸡要安置在其它鸡群的上风处，

① P. Smith and Daniel, *Chicken Book*; "Museum of Local History Exhibits Kimber Memorabilia," *TriCity Voice*, December 21, 2004; Fremont's economy: http:// www. geography. berkeley. edu/ProjectsResources/CommunityProfiles/FremontProject/ WebPage.

距离最近的鸡舍 200 英尺；要专门隔离，杜绝和苍蝇以及啮齿动物的接触。此外，饲养员需穿着防护服和防护鞋，进门前必须踩过脚踏盆给鞋底消毒。希勒曼当时既没有设备也没有专业知识在默沙东复制这套操作。

希勒曼到达金伯农场，走进总部大楼，求见首席研究员沃尔特·休斯。他向休斯提出购买一些农场繁育的无白血病鸡。"那是我们拿来做研究的鸡，"休斯回答，"我不能卖给你。"希勒曼思考下一步该怎么走。"你老板在哪儿？"他问。休斯把希勒曼带到家禽研究部主任 W. F. 拉莫雷的办公室。他得到的回答如出一辙，拉莫雷不愿意卖鸡。希勒曼试图动之以情："接下去的一年里，会有许多孩子死于麻疹。你可以出力阻止这一切的发生。"拉莫雷不为所动："鸡我们不卖。"希勒曼开始往门外走去，突然，他停下了脚步，转过身，又试了一次。他发现拉莫雷的口音听起来有些耳熟，于是问拉莫雷是哪里人。"海伦娜①。"拉莫雷回答。"迈尔斯城。"希勒曼回答，同时伸出了手。"全拿走吧，"拉莫雷笑容满面，"一只一块钱。"

第一种麻疹疫苗的诞生离不开病毒学家和鸡农。若非两位恰好都是蒙大拿人，那么通往研制救命疫苗的道路可能会漫长得多。

后来，希勒曼在默沙东的场地上养起了自己的无白血病病毒鸡群，并在 1963 年至 1968 年间制造出了数百万剂恩德斯麻疹疫苗。疫苗起效了。虽然不得不和丙种球蛋白一起注射，有些麻烦，但是它切切实实地降低了美国的麻疹发病率。不过，研究麻疹疫苗的人不止希勒曼一个，生产麻疹疫苗的公司也不止默沙东一家。

---

① 蒙大拿州首府。——译者

还有两家制药公司推出了自己的麻疹疫苗。其中一家兽用疫苗厂商用狗肾制造的麻疹疫苗上市仅仅三周便匆忙下架。"那个疫苗比麻疹还危险。"希勒曼回忆道。另一家公司的疫苗是用福尔马林杀死麻疹病毒制成的。在约100万美国儿童接种了这种疫苗后，研究人员才发现免疫效力很短，非常危险。这款灭活麻疹疫苗上市仅仅4年，就被公共卫生官员叫停撤市了。

由于莫里斯·希勒曼在麻疹疫苗方面的出色工作，1963年，哥伦比亚广播公司（CBS）的查尔斯·科林伍德对他进行采访。节目名为《驯毒记》

尽管希勒曼的麻疹疫苗获得了成功，但是必须和丙种球蛋白联用依然造成了使用上的不便。为了解决这一问题，希勒曼将恩德斯的麻疹疫苗在鸡胚细胞里又过了40遍。他将这支新毒株命名为莫拉滕（Moraten），即"更弱的恩德斯"（More Attenuated Enders）。默沙东于1968年首次推出莫拉滕株疫苗。从那时起，它一直是美国市场上唯一使用的麻疹疫苗。1968 年至 2006 年间，共计数亿针疫苗投入市场。由此，美国每年感染麻疹的人数从 400 万减少至不到 50 人。在全球范围内，每年死于麻疹的人数从 800 万减少至约 50 万。麻疹疫苗每年拯救的生命超过 700 万。默沙东直到现在依然饲养着从金伯农场引进的初代鸡群后代，用以制造疫苗。

如果莫里斯·希勒曼当时用了受到鸡白血病病毒污染的鸡蛋制作麻疹疫苗，会发生什么呢？疫苗会引起白血病或其他癌症吗？答案在 1972 年揭晓，也就是距离希勒曼得到首个麻疹疫苗的正式许可 10 年后。研究人员研究了大约 3 000 名死于癌症的二战退伍军人，试图查明他们是否有可能接种了由受鸡白血病病毒感染的鸡蛋所制成的黄热病疫苗。答案是否定的。虽然鸡白血病病毒会使鸡患癌，但是它不会导致人类得癌症。[①] 然而，莫里斯·希勒曼制作麻疹疫苗时无从得知这一点。"我就是不能冒那个险。"他说。

① T. D. Waters, P. S. Anderson, G. W. Beebe, and R. W. Miller, "Yellow Fever Vaccination, Avian Leukosis Virus, and Cancer Risk in Man," *Science* 177 (1972): 76 - 77.

第五章　咳嗽、感冒、癌症和鸡

"这款搅拌机将彻底改变美国人喝的东西。"

——弗雷德·沃林

　　从 1944 年离开芝加哥大学加入施贵宝公司工作，到 1968 年在默沙东研制出自己的麻疹疫苗，其间，希勒曼还发明或尝试发明了几种不同寻常的疫苗。

　　其中一个是预防癌症的疫苗。

　　希勒曼的麻疹疫苗、腮腺炎疫苗和大流感疫苗有一个共同点——都用到了鸡。"鸡是我最好的朋友。"他说，"我可以催眠鸡。只要让它们侧躺盯着白羽毛看，它们就会一动不动。鸡帮了我很多。也许我也可以为它们做点什么。"最终，希勒曼还清了欠鸡的人情，还兑现了赫伯特·胡佛曾经许下但从未兑现的一个承诺。

　　1928 年的美国总统竞选期间，共和党全国委员会在报纸上刊登广告，宣称沃伦·哈定和卡尔文·柯立芝"缩短（工作）时长的同时，提升了赚钱能力，消除了民众不满，实现了'家家锅里有鸡'，户户院里有车"。广告强调，给赫伯特·胡佛投票就是给长久的繁荣投票。"家家锅里有鸡"的承诺十分诱人。当时的鸡好比现在的火鸡，价格昂贵，是仅供特殊场合享用的美食。然而，赫伯特·胡佛担任美国总统期间，正值 1929 年的股市崩盘和 30 年代大萧条的开端，他从未兑现这一承诺。

希勒曼回想起幼年自家农场的鸡群得过一种怪病："每年都有鸡因不明原因而生病或死亡。"端上希勒曼家餐桌的鸡，有些又瘦又弱，皮下或者器官里长着可怕的硬瘤。"（姆姆伊迪丝）时不时会杀掉一只鸡。每当看到鸡皮上起了鼓包或者瘤，她就会说：'这鸡不能吃了。'"几年后，这种神秘的疾病有了个名字：马立克氏病。① 到 20 世纪 60 年代初，研究人员发现引起马立克氏病的元凶是疱疹病毒。

希勒曼家的农场并不是个例。马立克氏病困扰着许多农场，全美 20% 的鸡受到了影响。这种病毒侵袭鸡的腿部神经，导致瘫痪。鸡最终死于断食、断水，或被其他鸡踩踏致死。农民把这种病称为"牧场麻痹症"（range paralysis），指被感染的鸡"腿部出现问题"。该病毒还会引起皮肤癌、卵巢癌、肝癌、肾癌、心脏癌、脾脏癌，三分之一的病鸡死亡。当时也没有治疗方法。农民直接把病鸡从鸡群里挑出来扑杀并销毁。

马立克氏病同时极具传染性。鸡舍的空气中飘满了又小又轻的鸡皮屑，病毒就藏匿在这些皮屑里。"一直有鸡死于牧场麻痹症，"希勒曼回忆道，"（鸡舍的）天花板上垂下来一根电线，皮屑就一窝蜂地凑上去。鸡皮屑把电线裹成了巨大的状似拉花彩条的

---

① 关于马立克氏病及其疫苗，参见：R. L. Witter, K. Nazerian, H. G. Purchase, and G. H. Burgoyne, "Isolation from Turkeys of a Cell-Associated Herpesvirus Antigenically Related to Marek's Disease Virus," *American Journal of Veterinary Research* 31 (1970)：525 - 38；M. R. Hilleman, "Marek's Disease Vaccine：Its Implications in Biology and Medicine," *Avian Diseases* 16 (1972)：191 - 99.

东西。"由于表面带有电荷，所以皮屑会吸附在电线上。"由于静电作用，电线上可以挂一两加仑的鸡皮屑。"皮屑会在空气中飘荡好几个月，很容易从一个鸡舍飘到另一个鸡舍，从一个农场飘到另一个农场。

希勒曼见过马立克氏病，并记住了它。后来，密歇根州的一位兽医研究员本·伯曼斯特发现了一种会引起火鸡和鹌鹑的疾病的疱疹病毒，类似于马立克氏病毒。希勒曼看到了机会。"有一天，我接到伯曼斯特从东兰辛地区家禽中心（East Lansing Regional Poultry Center）打来的电话。"希勒曼回忆道，"（他）说：'莫里斯，我们从火鸡体内分离出一种病毒，鸡接种以后对马立克氏病有了抵抗力。'我说：'本，我明天就出发。'又问他：'你想怎么做？'（他）说：'我只是观察到这个结果，什么也做不了。'"

希勒曼把伯曼斯特的火鸡疱疹病毒带回实验室培养，然后给一天大的小鸡注射，发现这些小鸡对马立克氏病有抵抗力。但是，希勒曼想要推出自己的马立克氏病疫苗还得清除另一个障碍——他必须说服默沙东董事会进入鸡疫苗业务。默沙东研究部主任、希勒曼的上司马克斯·蒂斯勒与董事会召开了一次会议。蒂斯勒对于为动物生产产品并不感兴趣，他确信董事会的想法与他一致。"我因为开发这个产品被（蒂斯勒）臭骂一顿。"希勒曼回忆道，"我被叫去见董事会。董事们说：'很好，继续推进吧。'会后，马克斯从后面追上来问我：'你为什么这么做？'我说：'是你叫我去开会的。'（蒂斯勒）说：'对，但我没想让你做成。我们不做鸡业务。'（马立克氏病）疫苗消耗了我们实验室的大量资金，但它是全世界第一个癌症疫苗。"不管默沙东喜不喜欢，现在它卖起了鸡用产品；很快，也将开始卖鸡。

鸡农做的事是把碳水化合物（谷物）转化为蛋白质（鸡肉）。"世界上有两类鸡农，"希勒曼说，"一类追求产蛋量最大化，一类追求产肉量最大化。他们都愿意繁育对马立克氏病有抵抗力的鸡，只有一个公司除外。"这家公司就是位于新罕布什尔州沃尔波尔（Walpole）的哈伯德农场。

1921 年，奥利弗·哈伯德创建了哈伯德农场①。他是新罕布什尔大学家禽养殖专业的首届毕业生之一。到 20 世纪 30 年代初，哈伯德繁育出了新罕布什尔鸡，一种蛋产量和肉产量双双领先的品种。但是有一个问题：新罕布什尔鸡相比其他任何品种的鸡都更容易感染马立克氏病。"在所有品种的鸡里，哈伯德农场的鸡是将碳水化合物转化为蛋白质最高效的一种。"希勒曼回忆道，"但是，鸡群里一旦有鸡得马立克氏病就完蛋了。"希勒曼觉得这是默沙东的一个机会。"默沙东当时正在考虑收购事宜，应该怎么做就很明显了——我们要买下哈伯德！（我们要把）这种能高效地将碳水化合物转化为蛋白质的鸡和能够弥补它们对马立克氏病的遗传易感性的疫苗（结合起来）。"

1974 年，默沙东以 7 000 万美元的价格买下了哈伯德农场。希勒曼的疫苗是所有物种中的第一个预防癌症的疫苗，它彻底改变了家禽行业。过度生产使得鸡的价格从每只 2 美元下降到每只 40 美分，鸡蛋的价格则从每打 50 美分下降到每打 5 美分。很快，鸡成为全美国人民都负担得起的食物。有一阵子，默沙东这家较

---

① "Tribute to Hubbard Farms on Their 75th Anniversary Celebration," http://thomas. loc. gov/cgi-bin/query/z? r104；S05SE6 - 1109；S. Aldag, "University of New Hampshire Will Honor Philanthropic Excellence on University Day," September 11, *College of Life Sciences and Agriculture Insight*，July 26, 2001, http://www. unh. edu/news/news _ releases/2001/july%20/sa _ 20010726hubbard. html.

为保守的美国制药公司是全球最大的鸡肉和鸡蛋生产商。

凭借他的马立克氏病疫苗，莫里斯·希勒曼成为发明预防癌症疫苗的第一人。他还第一个提纯、表征①并生产了一种药物，该药物现在用于治疗人类的某些癌症。

20世纪初，在伦敦工作的苏格兰生物学家亚历山大·弗莱明度完假回到实验室，发现了一些不寻常的东西。弗莱明当时在研究金黄色葡萄球菌，这是一种常见于皮肤表面和环境中的细菌。他在实验室培养皿里培养细菌，细菌在那里形成了金黄色的小菌落（在拉丁语中，aureus的意思是"金色"）。几周后，当弗莱明再次回到实验室时，他发现培养皿里已经长出霉菌——毛茸茸的青绿色霉菌，这让他很沮丧，但是他还注意到另一些现象。虽然培养皿里长满了细菌菌落，青霉的周围区域却没有细菌滋长。弗莱明推断，霉菌里产生的某种物质杀死了细菌。因为这种霉菌的名字叫做青霉菌（Penicillium notatum），弗莱明便把这种物质命名为青霉素。1929年，弗莱明发表了一篇论文，题为《论青霉菌培养物的抗菌作用，尤其是在B型流感嗜血杆菌分离样本中的应用》。弗莱明对青霉素的首度描述被认为是有史以来最重要的医学论文之一。

在接下去的六年里，亚历山大·弗莱明断断续续地研究他的这种新的抗生素。然而，他毕竟是生物学家，不是化学家，他从来没能成功地提纯过青霉素②。1935年，也就是在他发表论文后的第六年，弗莱明放弃了研究。又过了几年，第二次世界大战初

① 用物理或化学方法对物质进行化学性质的分析、测试或鉴定，并阐明物质的化学特性。——译者
② Lax, *Mold*.

期，由霍华德·弗洛里领导的牛津大学一个研究团队重新拾起弗莱明的研究。他们提纯了青霉素，描述了它的物理和化学特性，研究了它对动物和人类的影响，并找到了量产青霉素的方法，从而及时挽救了成千上万盟军士兵的性命。

放弃青霉素研究十年后，亚历山大·弗莱明因"发现青霉素及其对各种传染病的疗效"获得了诺贝尔医学奖。虽然如果没有霍华德·弗洛里，我们不会了解青霉素是什么，不会知道它如何发挥作用，如何用它挽救生命，但是弗洛里的名字鲜为人知。一提到青霉素，人们想起的总是亚历山大·弗莱明。而弗莱明和弗洛里的故事，也将随着第一种能够抑制病毒生长和治疗癌症的物质被发现的经过再上演一次。

1957 年，研究流感病毒的苏格兰病毒学家艾力克·艾萨克斯与一位名叫让·林登曼①的瑞士生物学家开展合作。他们在位于伦敦近郊的米尔山实验室（Mill Hill Laboratories）工作。和先前的许多研究人员一样，他们发现流感病毒会破坏鸡胚周围胚膜里的细胞。但和其他研究人员不同的是，他们发现如果先用一种灭活流感病毒毒株处理鸡胚细胞，那么活流感病毒便无法破坏这些细胞。艾萨克斯和林登曼推断，鸡细胞经过灭活流感病毒的处理后，产生了某种物质，能够抑制流感病毒生长的能力。他们将这种干扰物质称作干扰素。艾萨克斯认为，生物学家终于找到了生物学特有的元素。"是时候让生物学家拥有一个属于自己的基本粒子了。"他说，"物理学家有那么多基本粒子：电子、中子、质

---

① 关于这二人，参见：J. Lindenmann, "From Interference to Interferon: A Brief Historical Introduction," *Philosophical Transactions of the Royal Society of London* 299 (1982): 3 - 6; A. Isaacs and J. Lindenmann, "Virus Interference, I: The Interferon," *Journal of Interferon Research* 7 (1987): 429 - 38。

子。"许多持怀疑态度的科学家并不买账，他们更倾向于将艾萨克斯和林登曼的发现称为"想象素"。

莫里斯·希勒曼和默沙东的干扰素研究团队，20世纪60年代初

可惜，艾萨克斯和林登曼无法提纯干扰素，因而也无法研究干扰素是什么以及它是如何发挥作用的。是希勒曼通过研究出大规模生产干扰素的方法，彻底改变了干扰素研究领域。① 艾萨克

① 关于希勒曼的干扰素研究，参见：G. P. Lampson, A. A. Tytell, and M. R. Hilleman, "Purification and Characterization of Chick Embryo Interferon," *Proceedings of the Society for Experimental Biology and Medicine* 112 (1963)：468-78；G. P. Lampson, A. A. Tytell, M. M. Nemes, and M. R. Hilleman, "Characterization of Chick Embryo Interferon Induced by a DNA Virus," *Proceedings of the Society for Experimental Biology and Medicine* 118 (1965)：441-48；G. P. Lampson, A. A. Tytell, M. M. Nemes, and M. R. Hilleman, "Multiple Molecular Species of Interferons of Mouse and of Rabbit Origin," *Proceedings of the Society for Experimental Biology and Medicine* 121 (1966)：377-84；G. P. Lampson, A. A. Tytell, A. K. Field, M. M. Nemes, and M. R. Hilleman, "Inducers of Interferon and Host Resistance, I：Double- （转下页）

（接上页）Stranded RNA from Extracts of Penicillium funiculosum," *Proceedings of the National Academy of Sciences USA* 58 (1967): 782 – 89; A. K. Field, A. A. Tytell, G. P. Lampson, and M. R. Hilleman, "Inducers of Interferon and Host Resistance, II: Multi-Stranded Synthetic Polynucleotide Complexes," *Proceedings of the National Academy of Sciences USA* 58 (1967): 1004 – 10; A. A. Tytell, G. P. Lampson, A. K. Field, and M. R. Hilleman, "Inducers of Interferon and Host Resistance; III: Double-Stranded RNA from Reovirus Type 3 Virions (REO 3-RNA)," *Proceedings of the National Academy of Sciences USA* 58 (1967): 1719 – 22; A. K. Field, G. P. Lampson, A. A. Tytell, M. M. Nemes, and M. R. Hilleman, "Inducers of Interferon and Host Resistance; IV: Double-Stranded Replicative form RNA (MS2-RF-RNA) from E. coli Infected with MS2 Coliphage," *Proceedings of the National Academy of Sciences USA* 58 (1967): 2102 – 8; A. K. Field, A. A. Tytell, G. P. Lampson, and M. R. Hilleman, "Inducers of Interferon and Host Resistance; V: In vitro Studies," *Proceedings of the National Academy of Sciences USA* 61 (1968): 340 – 46; V. M. Larson, W. R. Clark, and M. R. Hilleman, "Influence of Synthetic (Poly I: C) and Viral Double-Stranded Ribonucleic Acids on Adenovirus 12 Oncogenesis in Hamsters," *Proceedings of the Society for Experimental Biology and Medicine* 131 (1969): 1002 – 11; V. M. Larson, W. R. Clark, G. E. Dagle, and M. R. Hilleman, "Influence of Synthetic Double-Stranded Ribonucleic Acid, Poly I: C, on Friend Leukemia Virus in Mice," *Proceedings of the Society for Experimental Biology and Medicine* 132 (1969): 602 – 7; M. M. Nemes, A. A. Tytell, G. P. Lampson, A. K. Field, and M. R. Hilleman, "Inducers of Interferon and Host Resistance; VI: Antiviral Efficacy of Poly I: C in Animal Models," *Proceedings of the Society for Experimental Biology and Medicine* 132 (1969): 776 – 83; M. M. Nemes, A. A. Tytell, G. P. Lampson, A. K. Field, and M. R. Hilleman, "Inducers of Interferon and Host Resistance; VII: Antiviral Efficacy of Double-Stranded RNA of Natural Origin," *Proceedings of the Society for Experimental Biology and Medicine* 132 (1969): 784 – 89; G. P. Lampson, A. A. Tytell, A. K. Field, M. M. Nemes, and M. R. Hilleman, "Influence of Polyamines on Induction of Interferon and Resistance to Viruses by Synthetic Polynucleotides," *Proceedings of the Society for Experimental Biology and Medicine* 132 (1969): 212 – 18; V. M. Larson, P. N. Panteleakis, and M. R. Hilleman, "Influence of Synthetic Double-Stranded Ribonucleic Acid (Poly I: C) on SV40 Viral Oncogenesis and Transplant Tumor in Hamsters," *Proceedings of the Society for Experimental Biology and Medicine* 133 (1970): 14 – 19; M. R. Hilleman, "Some Preclinical Studies in Animal Models with Double-Stranded RNA's," *Annals of the New York Academy of Sciences* 173 (1970): 623 – 28; G. P. Lampson, A. K. Field, A. A. Tytell, M. M. （转下页）

斯和林登曼的制剂中每毫升仅含 70 单位的干扰素，相当于五分之一茶匙的液体；而希勒曼的制剂里含有超过 20 万单位的干扰素。希勒曼的最终成品纯度极高：40 纳克的蛋白质（约为一粒沙子重量的二百万分之一）里就含有一个单位的活性干扰素；若按重量计算，它治疗病毒的效力实际上超过了青霉素治疗细菌的效力。

希勒曼是第一个提纯干扰素的人，因而也是第一个详细描述其物理、化学和生物学特性的人。他发现，能够产生干扰素的不

（接上页）Nemes, and M. R. Hilleman, "Relationship of Molecular Size of rI_u：rC_u (Poly I：C) to Induction of Interferon and Host Resistance," *Proceedings of the Society for Experimental Biology and Medicine* 135 (1970)：911 - 16；A. A. Tytell, G. P. Lampson, A. K. Field, M. M. Nemes, and M. R. Hilleman, "Influence of Size of Individual Homo-polynucleotides on the Physical and Biological Properties of Complexed rI_u：rC_u (Poly I：C)," *Proceedings of the Society for Experimental Biology and Medicine* 135 (1970)：917 - 21；C. L. Baugh, A. A. Tytell, and M. R. Hilleman, "In vitro Safety Assessment of Double-Stranded Polynucleotides Poly I：C and Mu - 9," *Proceedings of the Society for Experimental Biology and Medicine* 137 (1971)：1194 - 98；A. K. Field, A. A. Tytell, G. P. Lampson, and M. R. Hilleman, "Antigenicity of Double-Stranded Ribonucleic Acids Including Poly I：C," *Proceedings of the Society for Experimental Biology and Medicine* 139 (1972)：1113 - 19；A. K. Field, A. A. Tytell, G. P. Lampson, and M. R. Hilleman, "Cellular Control of Interferon Production and Release after Treatment with Poly I：C Inducer," *Proceedings of the Society for Experimental Biology and Medicine* 140 (1972)：710 - 14；A. K. Field, G. P. Lampson, A. A. Tytell, and M. R. Hilleman, "Demonstration of Double-Stranded Ribonucleic Acid in Concentrates of RNA Viruses," *Proceedings of the Society for Experimental Biology and Medicine* 141 (1972)：440 - 44；G. P. Lampson, M. M. Nemes, A. K. Field, A. A. Tytell, and M. R. Hilleman, "The Effect of Altering the Size of Poly C on the Toxicity and Antigenicity of Poly I：C," *Proceedings of the Society for Experimental Biology and Medicine* 141 (1972)：1068 - 72；B. Mendlowski, A. K. Field, A. A. Tytell, and M. R. Hilleman, "Safety Assessment of Poly I：C in NZB/NZW Mice," *Proceedings of the Society for Experimental Biology and Medicine* 148 (1975)：476 - 83；G. P. Lampson, A. K. Field, A. A. Tytell, and M. R. Hilleman, "Poly I：C/Poly-L-Lysine：Potent Inducer of Interferons in Primates," *Journal of Interferon Research* 1 (1981)：539 - 49。

仅有鸡胚细胞，还有牛犊、仓鼠、狗、兔子、小鼠和人类的细胞。他也发现，干扰素可以抑制许多人类病毒和动物病毒的生长，包括牛痘、狂犬病和黄热病病毒。他还发现，干扰素不仅可以预防由病毒引起的感染，还可以预防由病毒引起的癌症。"干扰素是第一种抗病毒药物，是所有抗病毒药物的祖师爷。它能够非常好地激发人体抵抗力。"希勒曼回忆道，"（有了它）我们可以抗击（致癌）病毒，可以阻止几乎所有该死的病毒。"

在 20 世纪 60 年代中期，莫里斯·希勒曼推断，干扰素可有助于治疗慢性感染和癌症。他是对的。如今，干扰素被用于治疗乙肝和丙肝病毒的慢性感染，也用于治疗白血病、淋巴瘤和恶性黑色素瘤等癌症。

希勒曼用一台漏水的沃林搅拌机制造了他的另一种疫苗。

1944 年，正值美国准备入侵远东地区，有一种病毒令美国军方十分担忧。这种病毒叫做日本脑炎病毒①（JEV，简称乙脑），是全球最常见的引起脑部感染的病毒之一。乙脑经由蚊子传播，会引起癫痫、瘫痪、昏迷和死亡，病死率高达三分之一，另有三分之一的幸存者会留下永久性脑损伤。实际上，乙脑现在仍然是东南亚地区的一种常见的传染病，每年有 2 万人感染——大多数是儿童，并会导致其中 6 000 人死亡。

美军士兵从未暴露于乙脑病毒，他们就像亚洲的儿童一样，很容易感染该疾病并受到危害。军方卫生官员要求制药公司竞标生产乙脑疫苗。当时，希勒曼刚刚加入施贵宝公司，他很想让施贵宝赢得这单合同。在芝加哥大学期间，希勒曼发现可以在小鼠

---

① 关于该病毒，参见：Plotkin and Orenstein, *Vaccines*。

的脑中培养乙脑病毒，并用福尔马林杀死病毒。他还从俄罗斯和日本的研究中得知，经过福尔马林处理的乙脑病毒能够预防疾病。"我们（施贵宝）报价 3 美元一针，而且保证可以在 30 天内建成一个生产设施并投入运行。"

希勒曼承诺为军队生产几十万剂乙脑疫苗。但施贵宝却没有同样高涨的爱国热情，认定希勒曼不可能在如此短的时间里造出这么多疫苗。"我们在厂址上除了一个旧马厩之外，什么也没有，"希勒曼回忆道，"而我们必须在 30 天内开始生产。公司给我派了个工程师。他说：'我们怎么可能在 30 天内开始生产?!'于是，我和他坐下来，讨论怎么想办法建一个实验室。我们把马厩里所有的马粪都铲走，浇成水泥地；把存放干草的阁楼清理干净，安上楼梯；然后通上暖气通上电。"

为了制造乙脑疫苗，希勒曼团队的技术人员将乙脑病毒注入鼠脑，几天后，病毒开始繁殖。希勒曼回忆起之后发生的事："姑娘们抓住小鼠，用乙醚（杀死）它们，把尸体在来苏尔里浸一下，然后从头部开始剥皮，用剪刀挖出大脑。"在使用福尔马林处理病毒之前，希勒曼把几百个鼠脑倒进了一台沃林搅拌机（以热门乐队领队弗雷德·沃林命名，弗雷德·沃林也是该搅拌机的代言人）。有时候，经过均质处理的大脑会从搅拌机里漏出来，希勒曼十分害怕技术人员会感染这种疾病。"我们把鼠脑放进弗雷德·沃林牌鸡尾酒搅拌机里。那些该死的搅拌机底座会漏，有时候大脑又从搅拌机的顶上喷出来。沃林根本无所谓损失点鸡尾酒，但是老鼠的大脑漏到地上，我吓坏了。"（不知为什么，20 世纪 50 年代的沃林搅拌机电视广告从来没有宣传过它能搅碎鼠脑使之均质这个功能。）30 个女技术人员，8 小时一班，每人每分钟处理 2 只老鼠，一天下来可以收集大约 3 万只鼠脑。由于乙脑疫苗是分三次接种的，因此希勒曼大约需要三个月时间才能生产出足够60万美军士兵接种的量。军方流行病学家从未探寻过希勒曼的乙脑疫苗是否在二战后期发挥了作用，但是它很可能保护了数千名士兵免于感染乙脑病毒。如今，乙脑疫苗依然通过小鼠的大脑制造。

尽管希勒曼在疫苗研发领域有着非凡的成功纪录，然而他没能制造出一种疫苗来预防全世界传播最广泛、最难缠的传染病：普通感冒。但是他努力过了。

自从有历史记录以来，普通感冒便一直侵扰着人类。

人类试图治愈感冒的无数次尝试统统以失败告终。[1] 公元前5世纪，希波克拉底指出，尽管他尝试了多次，但放血疗法还是没有奏效。公元1世纪，老普林尼建议"亲吻老鼠毛茸茸的口鼻"（这也行不通）。18世纪，本杰明·富兰克林说感冒会由一个人传给另一个人（这是事实），如果人们避开潮湿寒冷的环境，得感冒的几率便能降低（这不是事实）。现在，治疗感冒的方法包括紫锥菊、圣约翰草、维生素C、维生素E和锌。不过，最有用的建议可能来自19世纪著名的医生威廉·奥斯勒。"治疗感冒的方法只有一种，"他说，"那就是蔑视它。"

有一半的急性病症是由感冒引起的。虽然在分离、鉴定、测序和克隆感冒病毒方面已经有了重大的技术进步，对于免疫系统如何应对这些病毒的了解也取得了进展，但是科学家和研究人员没能找到任何预防普通感冒的有效措施。

---

① Williams, *Virus Hunters*; R. B. Couch, "Rhinoviruses," in *Fields Virology*, ed. D. M. Knipe and P. H. Howley, 4th ed. (Philadelphia: Lippincott Williams and Wilkins, 2001).

我们对普通感冒的研究了解大多来自二战的间接产物。当时，战争结束，美军撤离英国，在英格兰的索尔兹伯里（Salisbury）留下一座陆军医院，医院里的医生来自哈佛医学院。从人体分离出流感病毒的第一人——英国研究人员克里斯托弗·安德鲁斯，在这座废弃的医院里建立了普通感冒研究室。之后的四年中，安德鲁斯成功地说服了 2 000 名成年人来到他的研究室"度假十天"。他想知道，如果给志愿者注射感冒患者的鼻咽冲洗液会发生什么。（乍一听这可不像度假。）安德鲁斯发现了几件令他吃惊的事：大约一半注射了感冒病毒的人患上了感冒；女性比男性更容易得感冒；当时刚刚开发出来的抗组胺药物毫无作用；感到冷的人患感冒的几率并没有更高，事实上，是几率更低。关于这一点，安德鲁斯是通过让注射了感冒病毒的志愿者穿着湿漉漉的泳衣在冷风里站上半小时发现的。他还发现，人们接种某感冒患者的病毒几个月后，在受到另一位感冒患者的病毒攻击时，并不具备抵抗力。

　　预防普通感冒的第一次显著突破发生在 1953 年的秋天，当时，约翰·霍普金斯医院的 34 岁生物化学家温斯顿·普莱斯从一名卫校学生的鼻子里分离出一种病毒。他将病毒称为 JH 病毒，即约翰·霍普金斯（Johns Hopkins）的首字母缩写。接下来，温斯顿将病毒接种到猴肾细胞中进行繁殖，再用福尔马林杀死病毒，然后给当地某培训学校的 100 个男孩进行了手臂接种。结果十分惊人。后续两年内，接种过普莱斯疫苗的孩子得感冒的几率比未接种的孩子低 8 倍。普莱斯对此持谨慎态度。"如果谁觉得这意味着很快将有一种包治感冒的方法，那绝对是大大的误导。"他说，"这只是一个开始，是从一整只馅饼中切出来的第一块，也是我们之前从未遇到过的契机。我们希望通过类似方法分离出更多的感冒病毒，把这只感冒馅饼的其余几块补全。"[1]

科学家和医生盛赞普莱斯的发现具有开创性。纽约市公共卫生研究所所长乔治·赫斯特说："普莱斯博士对新型 JH 病毒的研究为阻击感冒提供了希望。"当年年底，一家疫苗生产商宣称将很快推出预防感冒的疫苗。然而，制造疫苗的前提是弄清楚引起普通感冒的病毒究竟有多少种。莫里斯·希勒曼在 20 世纪 60 年代初回答了这一问题。希勒曼从默沙东员工、宾夕法尼亚大学学生、费城儿童医院收治的孩子和其他研究人员的咽部采集了病毒样本。然后，他在实验室里用细胞培养这些病毒，又采集了刚刚染上感冒的人的血样，并测试血清，看病毒在免疫学上是否相似或不同。希勒曼鉴定出了 44 种不同类型的感冒病毒，其中 41 种是他的实验室首次分离出来的。此外，希勒曼还发现，自然感染一种类型的感冒病毒后至少 4 年内对同一类型病毒具备抵抗力；但是如果感染另一种类型的感冒病毒，则不具备防护力。普通感冒之所以"普通"，不是因为免疫力短暂，而是因为病毒类型太多。"如果只有一种类型，那么疫苗可以保护你余生都不得感冒，就如同麻疹疫苗和腮腺炎疫苗一样。"希勒曼说。

希勒曼将不同类型的感冒病毒放入胶囊，尝试制造普通感冒

---

[1] 关于普莱斯的研究工作，参见：Williams, *Virus Hunters*; "Text of Dr. Price's Report on Development of Cold Vaccine," *New York Times*, September 19, 1957; "Vaccine for a Type of Cold Reported Success in Tests," *New York Times*, September 19, 1957; "New Study Set on Cold Vaccines," *New York Times*, September 20, 1957; "Vaccine Hailed in City," *New York Times*, September 20, 1957; D. G. Cooley, "Fighting the Common Cold," *New York Times*, September 22, 1957; "Visit to a Common Cold Laboratory," *New York Times*, November 3, 1957.

的疫苗。[①] 1965 年 5 月 26 日，他给新泽西州的瓦恩兰州立学校（Vineland State School）的 19 个智障儿童喂食了疫苗，这符合当时的道德规范。希勒曼频繁地给孩子们拍胃部的 X 光片，以确认

① 关于希勒曼对普通感冒的研究，参见：Williams, *Virus Hunters*; V. V. Hamparian, A. Ketler, and M. R. Hilleman, "Recovery of New Viruses (Coryzavirus) from Cases of Common Cold in Human Adults," *Proceedings of the Society for Experimental Biology and Medicine* 108 (1961): 444 – 53; C. M. Reilly, S. M. Hoch, J. Stokes Jr., L. McClelland, V. V. Hamparian, A. Ketler, and M. R. Hilleman, "Clinical and Laboratory Findings in Cases of Respiratory Illness Caused by Coryzaviruses," *Annals of Internal Medicine* 57 (1962): 515 – 25; A. Ketler, V. V. Hamparian, and M. R. Hilleman, "Characterization and Classification of ECHO 28-Rhinovirus-Coryzavirus Agents," *Proceedings of the Society for Experimental Biology and Medicine* 110 (1962): 821 – 31; C. M. Reilly, J. Stokes Jr., V. V. Hamparian, and M. R. Hilleman, "ECHO Virus, Type 25, in Respiratory Illness," *Journal of Pediatrics* 62 (1963): 536 – 39; V. V. Hamparian, M. R. Hilleman, and A. Ketler, "Contributions to Characterization and Classification of Animal Viruses," *Proceedings of the Society for Experimental Biology and Medicine* 112 (1963): 1040 – 50; V. V. Hamparian, A. Ketler, and M. R. Hilleman, "The ECHO 28-Rhinovirus-Coryzavirus (ERC) Group of Viruses," *American Review of Respiratory Diseases* 88 (1963): 269 – 73; V. V. Hamparian, M. B. Leagus, M. R. Hilleman, and J. Stokes Jr., "Epidemiologic Investigations of Rhinovirus Infections," *Proceedings of the Society for Experimental Biology and Medicine* 117 (1964): 469 – 76; V. V. Hamparian, M. B. Leagus, and M. R. Hilleman, "Ad-ditional Rhinovirus Serotypes," *Proceedings of the Society for Experimental Biology and Medicine* 116 (1964): 976 – 84; C. C. Mascoli, M. B. Leagus, R. E. Weibel, H. Reinhart, and M. R. Hilleman, "Attempt at Immunization by Oral Feeding of Live Rhinovirus in Enteric-Coated Capsules," *Proceedings of the Society for Experimental Biology and Medicine* 121 (1966): 1264 – 68; C. C. Mascoli, M. B. Leagus, M. R. Hilleman, R. E. Weibel, and J. Stokes Jr., "Rhinovirus Infection in Nursery and Kindergarten Children: New Rhino-virus Serotype 54," *Proceedings of the Society for Experimental Biology and Medicine* 124 (1967): 845 – 50; M. R. Hilleman, C. M. Reilly, J. Stokes Jr., and V. V. Hamparian, "Clinical-Epidemiologic Findings in Coryzavirus Infections," *American Review of Respiratory Diseases* 88 (1963): 274 – 76; M. R. Hilleman, "Present Knowledge of the Rhinovirus Group of Viruses," *Ergebnisse der Mikrobiologie Immunitatsforschun und Experimentellen Therapie* 41 (1967): 1 – 22。

胶囊打开的时间。虽然吞食活的感冒病毒并未引起任何症状，然而没有哪个孩子的体内产生抗体；希勒曼制作普通感冒疫苗的尝试失败了。在这之后，希勒曼尝试在不同类型的感冒病毒之间找出某种程度的相似性，以期利用这些病毒制造疫苗，但是他没能找到。"这些毒株之间根本没有交叉。"他说。今天，已经发现的感冒病毒类型超过 100 种，但是没人能发明出疫苗预防它们。

那么，温斯顿·普莱斯在巴尔的摩做的疫苗试验为什么成功了呢？如果至少有 100 种不同类型的感冒病毒，为什么他的单一毒株疫苗可以让患感冒率连续两年大幅下降呢？事实是，这一切并没有发生。"他的研究是彻头彻尾的骗局。"希勒曼说，"他编造了数据。我在沃尔特·里德研究所工作的时候发现的。"到现在为止，没有人能复制温斯顿·普莱斯在 20 世纪 50 年代中期取得的成功；况且，用一种病毒去预防由 100 多种不同类型的病毒引起的疾病几乎是不可能完成的任务，未来可能也不会有人成功。

虽然希勒曼没能成功研制出预防普通感冒的疫苗，但是他找到了普通感冒之所以"普通"的原因。接下来，他将目光投向了一种大多数医生都会忽略的病毒，只有感染者是孕妇时才会予以关注。

第六章　怪物制造者

"如果你无法拥有你所相信的，就必须相信你所拥有的。"

——萧伯纳

　　1941 年春天，在澳大利亚悉尼，两位母亲在一位医生的候诊室攀谈，两人的膝上各自抱着孩子。很快，她们发现她们来看医生的原因是相同的——孩子失明。想着为共同的不幸找找原因，两位母亲开始对比孕期的经历：两人都没出过悉尼，家中无人患眼疾，吃得健康，都认真地补充维生素。她们还有一个共同点——都在怀孕早期感染过风疹（德国麻疹）①。眼科医生诺曼·麦卡利斯特·格雷格②在护士站整理文件时，不经意间听到了这段对话。格雷格只把风疹当作儿童时期的一种轻微感染，没什么大不了。他难以相信风疹竟会导致儿童失明。

　　对德国麻疹最早的描述出自德国医生，他们认为这是一种与麻疹类似的疾病。后来，印度的一所寄宿制男校爆发了德国麻疹，一位英国医生将该病命名为风疹（rubella）。这名医生报告称，学生们起初感到耳后和颈后的淋巴结肿胀难受，几天后，出现乏力、发烧、眼睛发红，接着发际线处开始长皮疹——红色、微微凸起，一直扩散到整张脸。（在拉丁语中，rubella 的意思是"微红"。）皮疹很不起眼，发烧程度轻微，乏力感也很弱，只有几个学生没去上学。和其他引起皮疹和发烧的疾病如麻疹、天花和猩红热相比，风疹似乎是所有儿童期感染的疾病中最轻的一种。

在接下来的几周里，格雷格把他负责的每一个有先天缺陷婴儿的女患者的病历全部翻看了一遍。他知道两年前，也就是 1939 年，全澳洲暴发过一次风疹。格雷格翻查病历时，有一种不安的感觉，那就是自风疹暴发的第九个月起，他看诊的失明婴儿越来越多。风疹是否可能损伤了子宫中的胎儿？格雷格找到了 78 个有失明孩子的母亲，其中 68 人在怀孕早期出现过风疹症状。

1941 年，诺曼·麦卡利斯特·格雷格在《澳大利亚眼科学会会刊》（*Transactions of the Ophthalmological Society of Australia*）这本鲜为人知、鲜有人读的医学期刊上，发表了一篇对后世具有里程碑意义的论文，题为《孕妇患德国麻疹导致的婴儿先天性白内障》。那一年他 50 岁，此前从未发表过任何科学论文，不为医学研究人员所知，又身处远离美国和欧洲知名医学中心的澳洲大陆。一个路人甲，再加上提出了"病毒可能导致先天缺陷"这个从未被提出过的观点，这让人不禁对他的观察结果产生了怀疑。没有多少人相信他。

① Plotkin and Orenstein, *Vaccines.*
② N. M. Gregg, "Congenital Cataract Following German Measles in the Mother," *Transactions of the Ophthalmologic Society of Australia* 3 (1941): 35 - 46; "Sir Norman McAlister Gregg, 1892 - 1966," *American Journal of Ophthalmology* 63 (1967): 180 - 81.

虽然许多研究人员抱持怀疑态度，但还是有一些人对格雷格的假设产生了兴趣。格雷格发表论文后的 20 年中，澳大利亚、瑞典、英国和美国的研究人员纷纷证实并拓展了他的结论。他们发现，孕期感染风疹不仅会导致婴儿失明，还会导致婴儿先天性心脏缺陷和失聪。（损伤子宫内胎儿的病毒或药物被称为致畸物，字面意思就是"怪物制造者"。）

整个 20 世纪，风疹疫情时有暴发；然而直到 60 年代，美国人才真正体会到风疹的可怕。1963 年至 1964 年间暴发的风疹是美国历史上最严重的流行病之一，1 200 万美国人感染，其中包括数千名孕妇。[1] 风疹病毒导致 6 000 个胎儿死在孕妇腹中，2 000 个婴儿在出生时夭折。该病毒还通过感染肝脏，引起肝炎；感染胰腺，引起糖尿病；感染肺部，引起肺炎；感染大脑，引起智障、失聪、失明、癫痫和自闭症，对 2 万个未出生的胎儿造成永久性损伤。准妈妈们知道，在怀孕初期感染过风疹的孕妇，每十个里有八个会生下受到风疹病毒严重伤害的婴儿，因此，她们面临着"苏菲的抉择"——决定未出世孩子是生是死。5 000 名孕妇不愿承受如此巨大的风险，选择堕胎。许多人再也没有怀孕。

20 世纪 60 年代初，风疹病毒席卷全球，彼时越南战争刚刚开始。十年后战争结束时，5.8 万名美军士兵丧生。[2] 在美国国内，风疹病毒每年导致 3 万名儿童死亡或健康受损。和越战不同的是，风疹对美国儿童发动的战争没有新闻报道、没有示威游行、没有激烈的国会辩论。而且没有开过一枪。

风疹是第一个被发现导致先天缺陷的传染病，却不是唯一——

---

① 此次风疹疫情，参见：Plotkin and Orenstein，*Vaccines*。
② National Archives：http://www. archives. gov/research/vietnam-war/casualty-statistics. html.

个。细菌，如引起梅毒的梅毒螺旋体，如弓形虫这样的寄生虫，以及如水痘病毒等其他病毒，都会造成先天缺陷。不过，在众多有机体当中，对胎儿造成的破坏最为普遍、伤害最大的始终是风疹病毒。

20 世纪 60 年代初，在历史上最严重的一次风疹疫情发生几年前，莫里斯·希勒曼开始研发风疹疫苗。[①] 他知道 1935 年、

---

① 关于希勒曼对风疹疫苗的研究，参见：E. B. Buynak, M. R. Hilleman, R. E. Weibel, and J. Stokes Jr., "Live Attenuated Rubella Virus Vaccines Prepared in Duck Embryo Cell Culture," *Journal of the American Medical Association* 204 (1968)：195 – 200; R. E. Weibel, J. Stokes Jr., E. B. Buynak, J. E. Whitman, M. B. Leagus, and M. R. Hilleman, "Live Attenuated Rubella Virus Vaccines Prepared in Duck Embryo Cell Culture, II: Clinical Tests in Families in an Institution," *Journal of the American Medical Association* 205 (1968)：554 – 58; M. R. Hilleman, E. B. Buynak, R. E. Weibel, and J. Stokes Jr., "Live Attenuated Rubella Vaccine," *New England Journal of Medicine* 279 (1968)：300 – 303; M. R. Hilleman, "Toward Prophylaxis of Prenatal Infection by Viruses," *Obstetrics and Gynecology* 33 (1969)：461 – 69; M. R. Hilleman, E. B. Buynak, J. E. Whitman Jr., R. E. Weibel, and J. Stokes Jr., "Summary Report on Rubella Virus Vaccines Prepared in Duck Embryo Cell Culture," International Symposium on Rubella Vaccines, *Symposium Series on Immunobiological Standards* 11 (1969)：349 – 56; M. R. Hilleman, E. B. Buynak, J. E. Whitman Jr., R. E. Weibel, and J. Stokes Jr., "Live Attenuated Rubella Virus Vaccines," *American Journal of Diseases of Children* 118 (1969)：166 – 71; J. Stokes Jr., R. E. Weibel, E. B. Buynak, and M. R. Hilleman, "Clinical-Laboratory Findings in Adult Women Given HPV – 77 Rubella Vaccine, International Symposium on Rubella Vaccines, *Symposium Series Immunobiological Standards* 11 (1969)：415 – 22; R. E. Weibel, J. Stokes Jr., E. B. Buynak, and M. R. Hilleman, "Rubella Vaccination in Adult Females," *New England Journal of Medicine* 280 (1969)：682 – 85; J. Stokes Jr., R. E. Weibel, E. B. Buynak, and M. R. Hilleman, "Protective Efficacy of Duck Embryo Rubella Vaccines," *Pediatrics* 44 (1969)：217 – 24; R. E. Weibel, J. Stokes Jr., E. B. Buynak, and M. R. Hilleman, "Live Rubella Vaccines in Adults and Children," *American Journal of Diseases of Children* 118 (1969)：226 – 29; E. B. Buynak, V. M. Larson, W. J. McAleer, C. C. Mascoli, （转下页）

1943 年、1952 年和 1958 年，美国都暴发过大规模的风疹疫情，差不多每七年一次。在风疹疫苗研发期间，希勒曼目睹了 1963 年至 1964 年间的风疹疫情。他预测下一次风疹暴发将在 1970 年到 1973 年之间。要想挽救未出生婴儿的生命，他必须迅速研制出风疹疫苗。

希勒曼首先从一个姓贝努瓦的 8 岁费城男孩的咽喉里捕获了风疹病毒。这种疫苗后来被命名为贝努瓦株。希勒曼通过在猴肾和鸭胚胎中培养病毒并弱化病毒。1965 年 1 月 26 日，他给费城一带大型集体之家的智障儿童通过手臂注射的方式接种了风疹疫苗。所有孩子的体内都产生了风疹病毒抗体，无人出现感染症状。几个月后，宾夕法尼亚州暴发了一场小规模的风疹疫情，希勒曼发现 88% 未接种疫苗的孩子感染了风疹，而接种过疫苗的孩子全部安然无恙。他满怀信心，迫不及待地要在更多的孩子身上进行测试。然而很快，希勒曼的努力就因为一个他听说过但没见过的人而付诸东流，这个人既不是研究人员、医生、政客，也不是

（接上页）and M. R. Hilleman, "Preparation and Testing of Duck Embryo Cell Culture Rubella Vaccine," *American Journal of Diseases of Children* 118 (1969): 347 - 54; T. A. Swartz, W. Klingberg, R. A. Goldwasser, M. A. Klingberg, N. Goldblum, and M. R. Hilleman, "Clinical Manifestations, According to Age, among Females Given HPV - 77 Duck Rubella Vaccine," *American Journal of Epidemi ology* 94 (1971): 246 - 51; R. E. Weibel, J. Stokes Jr., E. R. Buynak, and M. R. Hilleman, "Influence of Age on Clinical Response to HPV - 77 Duck Rubella Vaccine," *Journal of the American Medical Association* 222 (1972): 805 - 7; V. M. Villarejos, J. A. Arguedas, G. C. Hernandez, E. B. Buynak, and M. R. Hilleman, "Clinical Laboratory Evaluation of Rubella Vaccine Given to Postpartum Women without Pregnancy Preventive," *Obstetrics and Gynecology* 42 (1973): 689 - 95; R. E. Weibel, V. M. Villarejos, E. B. Klein, E. B. Buynak, A. A. McLean, and M. R. Hilleman, "Clinical and Laboratory Studies of Live Attenuated RA27/3 and HPV77-DE Rubella Virus Vaccines," *Proceedings of the Society for Experimental Biology and Medicine* 165 (1980): 44 - 49。

制药公司高管或卫生官员，但权势却大过科学界和医学界的任何人。

这个人就是广告界高管阿尔伯特·拉斯克的妻子玛丽·拉斯克①。阿尔伯特"有一个赚钱的新路子，就是干活不要钱"，希勒曼回忆道。高中一毕业，阿尔伯特便加入了纽约的洛德＆托马斯广告公司。他知道自己年纪太轻，人不起眼，便提出免费干活，用客户的股份支付薪酬即可。后来，当一些客户成为财富500强公司时，阿尔伯特·拉斯克也成了千万富翁。28岁这年，他便成为洛德＆托马斯广告公司的老板；两年后，他退休了。1940年，60岁的阿尔伯特迎娶了40岁的玛丽·伍德尔德。两人相识之时，玛丽在纽约的莱因哈特美术馆（Reinhardt Galleries）工作，举办法国大师画家的私人借阅展览。玛丽出生于威斯康星州的沃特敦（Watertown），1923年毕业于拉德克利夫学院②，在牛津大学进行短暂学习后返回美国。1942年，玛丽说服阿尔伯特创立了玛丽和阿尔伯特·拉斯克基金会。

20世纪有许多慈善家对资助社会变革抱有兴趣，但是很少人拥有玛丽·拉斯克那样坚定的意志、勇气或资源。20世纪30至40年代，她向美国计划生育联合会（Planned Parenthood）慷慨解囊，是美国节育运动的主要出资人。然而，她真正的热情在于医学研究。1971年出台的一项联邦法案将征服癌症列为国家目

---

① Mary Lasker Papers, 1940 - 1993. http://www. columbia. edu/cu/libraries/indiv/rare/guides/Lasker/main. html；Congressional Gold Medal Recipients, Mary Woodard Lasker (1900 - 1994), http://www. congressionalgoldmedal. com/MaryLasker. htm；Mary Lasker's activism in the birth control movement, http://ourworld. compuserve. com/homepages/CarolASThompson/birthcon. html.

② 七姐妹女子学院之一，创办于1879年，1999年全面整合进哈佛大学。——译者

1961年4月11日于白宫举办的平等就业机会委员会会议上，玛丽·拉斯克站在美国时任总统约翰·肯尼迪和副总统林登·约翰逊中间。照片由贝特曼档案馆提供。

标，其推动者便是拉斯克。她还主导创建了美国国立卫生研究院下属的第一个研究所——国家癌症研究所（National Cancer Institute）。科学家和媒体都十分爱戴玛丽·拉斯克。乔纳斯·索尔克说："当我想到玛丽·拉斯克，我想到的是科学与社会之间的媒人。"人造心脏的发明者、心脏移植和陆军野战医疗部队（MASH）的先驱迈克尔·德巴基说："美国国立卫生研究院之所以能蓬勃发展，很大程度上是因为（玛丽·拉斯克的）亲手孕育和悉心照料。研究院确实已经存在，但是是她争取到了资金。"《商业周刊》称她为"医学研究的仙女教母"。拉斯克获得过法国荣誉军团勋章、总统自由勋章和国会金质奖章。她还设立了美国最具声望的生物医学奖项——拉斯克奖。（拉斯克奖的获奖者通常之后会获得诺贝尔奖。）尽管玛丽·拉斯克做了许多很好的工作，莫里斯·希勒曼却惧怕她。"玛丽·拉斯克做了那么多事情，确实值得赞赏。"他说，"但是她可以弄死你。"

拉斯克打电话到默沙东，请希勒曼的老板、默沙东研究实验室的总裁马克斯·蒂斯勒①去纽约开会。她希望蒂斯勒和默沙东停止研发风疹疫苗。她知道，生物制品标准处（负责美国新疫苗审批的机构）的哈里·迈耶和保罗·帕克曼正在开发他们的风疹疫苗。他们从一个新兵体内捕获了风疹病毒，并将病毒在猴肾细胞里一遍一遍培养了 77 次。拉斯克认为，迈耶和帕克曼在为审批机构工作，他们的疫苗会比希勒曼的更快获批；她不希望竞争拖慢进程。拉斯克一开始想和蒂斯勒单独会面，但是蒂斯勒表示拒绝，说除非希勒曼也在场，他才愿意与她见面。"有一天，我接到了马克斯·蒂斯勒的电话。"希勒曼说，"他问：'你认识哈里·迈耶吗?'玛丽·拉斯克说迈耶已经研发出了风疹疫苗。她已经和一些人聊过了，觉得那可能是个不错的疫苗，她想让我们去她纽约的公寓听她谈谈接下来应该怎么做。"蒂斯勒以为，希勒曼现在有了一个强大的盟友。

和玛丽·拉斯克一样，马克斯·蒂斯勒也习惯了想得到什么就要得到什么。蒂斯勒出生于 1906 年，父母是欧洲的犹太移民。家中有六个孩子，他排行老五，童年时期很是艰难。蒂斯勒的父亲是个鞋匠，在他年仅五岁时便抛弃了一家人。为了贴补家用，小马克斯卖报纸，给药剂师当助理，还为当地一家面包店送甜甜

---

① Max Tishler: Biographical memoirs, http://www.nap.edu/readingroom/books/biomems/mtishler.html; Max Tishler: Professor of Chemistry, 1970 - 1987, http://wesleyan.edu/chem/Leermakers/max_tishler.html; National Inventors Hall of Fame: Max Tishler, http://www.invent.org/hall_of_fame/145.html.

圈。蒂斯勒学习成绩优异。他毕业于塔夫茨学院（Tufts College）和哈佛大学，获得哈佛大学化学博士学位，在校期间多次获得奖项和奖学金。然而，学术界的职位稀缺，于是蒂斯勒在 1937 年加入了默沙东，这是一家位于新泽西州拉威市（Rahway）的处于成长期的制药公司。蒂斯勒被默沙东吸引的原因有三：公司的化学品业务如碘、硝酸银、乙醚和氯仿的营收十分稳健；默沙东是当时美国少数愿意雇用犹太人的化学公司之一；公司总裁乔治·默克对创新感兴趣。

蒂斯勒的天才配以默沙东的资源，造就了一系列无与伦比的成功。蒂斯勒研究出了大规模生产核黄素（维生素 B2）和吡哆醇（维生素 B6）的方法，使得食品制造商可以在白面包中添加维生素来丰富营养。1942 年，随着医生发现青霉素能够治疗致命感染，美国最早一批生产出青霉素的人里就有马克斯·蒂斯勒。1948 年，梅奥医院（Mayo Clinic）的一位年轻研究员发现了一种可以治疗关节疼痛的激素可的松，随后蒂斯勒研究出了一种大量合成可的松的方法。除了青霉素以外，蒂斯勒还制造出了其他抗生素，其中之一是磺胺喹噁啉，用于治疗鸡的细菌感染。自从在鸡饲料中加入了这种药物后，鸡的产量得以提升，价格也随之降低。

马克斯·蒂斯勒个子不高，有着一头红色鬈发，戴一副角质框的眼镜，嗓音沙哑，不好相处。"马克斯凡事力求完美。"一位前同事回忆道，"他不能容忍放着问题不解决。在困难面前，他无所畏惧。事实上，任何坏消息都会让他不耐烦，比如某个好想法失败了，或是什么原因导致事情受阻。马克斯和我们大多数人不一样，我们一般会需要一段时间消化失败，但是他连眼睛都不眨一下。"默沙东的前首席执行官、降胆固醇药物的早期先驱罗伊·

瓦杰洛斯也记得马克斯·蒂斯勒，他说："传闻是这样的，不过也确有真事，说马克斯当时做足了准备，让团队分离出维生素 B12。维生素 B12 是红宝石色的，从成吨的肝脏里提取出来，是默沙东公司的一大突破。团队夜以继日地赶工。马克斯有个习惯，随时到实验室转悠，突然闯进来发问。一天深夜，团队完成物质纯化以后，接着通过压力过滤，正挤着管子，管子破了，液体开始往外漏。这时候门开了，马克斯走了进来。他看了看地上那摊红色的东西，又看了看在场的人——那些人已经满头大汗。马克斯说：'我希望那是某人的血。'"①

1966 年春，希勒曼和蒂斯勒乘坐火车从费城前往纽约，再搭乘出租车去了拉斯克的新公寓。公寓楼俯瞰中央公园西侧，住户多是权贵精英，其中包括小说家杜鲁门·卡波特、司法部长威廉·罗杰斯和参议员罗伯特·肯尼迪。拉斯克将希勒曼和蒂斯勒引进了装饰着米罗、雷诺阿、塞尚和达利的画作的房间。两位科学家安静又紧张地坐在餐桌旁，等待拉斯克发话。

拉斯克解释道，近期的风疹疫情使她颇为忧心。她说，默沙东决定研制疫苗，她感到很骄傲，但是她还知道哈里·迈耶已经做出了疫苗，担心竞争只会拖延进程。希勒曼逐渐意识到了拉斯克想说什么——她想要他放弃在研疫苗。"我向她解释，我们必须研发出疫苗才能阻止下一场风疹疫情。"希勒曼回忆道，"她说：'在两种疫苗相互竞争的情况下，我认为无法及时做到这一点。其中一种疫苗是联邦监管机构研发的，那么你觉得哪个疫苗会更快

---

① Symposium in honor of Maurice R. Hilleman, American Philosophical Society, January 26, 2005.

获批呢?'"希勒曼还记得
当时自己内心的想法:"迈耶
的疫苗(不会)率先获批的,
因为他那根本谈不上疫苗,
只是做了个该死的试验。"[1]
拉斯克让希勒曼和蒂斯勒回
去好好考虑她的要求。

　　会面之后,蒂斯勒站在
拉斯克公寓楼前的大街上,
转身对希勒曼说:"随便你怎
么做,我都支持你,你只管
开口。"这一次,也是他人生
中仅有的几次,希勒曼在压
力面前屈服了。"我会这么

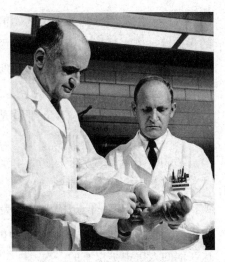

莫里斯·希勒曼在同事尤金·比纳克的协
助下,给一只鸭子注射风疹病毒,20 世纪
60 年代末

做,"希勒曼说,"我会问迈耶把他的(疫苗)病毒拿来,看看我能
做些什么。"希勒曼给费城一带的孩子们注射了迈耶的病毒。然而,
他发现副作用极大,远远超出可接受的范围。"我拿到(迈耶的疫
苗)以后,给差不多 20 个孩子接种了。天哪,实在糟糕,太毒,太
毒,太毒。所以我又把病毒在鸭胚胎里培养了五遍进行弱化。"

　　与玛丽·拉斯克的会面过去一年后,希勒曼将自己研发的疫
苗和经他手改良的迈耶疫苗进行了对比。他发现,两种疫苗都能

①　关于迈耶和帕克曼的风疹疫苗研究工作,参见:P. D. Parkman, H. M. Meyer,
　　R. L. Kirchstein, and H. E. Hopps, "Attenuated Rubella Virus, I:
　　Development and Laboratory Characterization," *New England Journal of
　　Medicine* 275 (1966): 569 - 74; H. M. Meyer, P. D. Parkman, and T. C.
　　Panos, "Attenuated Rubella Virus, II: Production of an Experimental Live-Virus
　　Vaccine and Clinical Trial," *New England Journal of Medicine* 275 (1966):
　　575 - 80。

诱发抗体产生，而且都是安全的；但是，他也发现他的疫苗诱发的保护性抗体水平要高得多。希勒曼面临着选择，自己的疫苗显然更好，可是，是继续接种自己的疫苗，还是顺了玛丽·拉斯克的意呢。1967年，希勒曼放弃了自己的疫苗。后来他说："我的一生，要说遗憾，只有一个，那就是听了玛丽·拉斯克的话，放弃了我的风疹疫苗。"

1969年，希勒曼改良的迈耶和帕克曼的疫苗获批上市。在接下来的十年中，默沙东在美国供应了一亿剂风疹疫苗。风疹没有如预期般地在1970年至1973年暴发，但是第一种风疹疫苗并不是最后一种，因为莫里斯·希勒曼的疫苗将被更好的疫苗取代；这在他的人生中是仅有的一次。

当莫里斯·希勒曼和哈里·迈耶在研制风疹疫苗时，斯坦利·普洛特金①也在做疫苗。迈耶使用的是猴肾细胞，希勒曼使用的是鸭胚细胞，普洛特金使用的则是流产的人类胎儿的细胞。他的选择打开了一扇从未关闭的争议之门。

斯坦利·普洛特金是一位精力充沛的科学家，亲和友善，平易风趣。他出生于纽约的布朗克斯，就读于布朗克斯科学高中——一所为天才少年开设的竞争激烈的学校。"我这辈子最激烈的智力角逐就是在高中，"普洛特金说，"不是在大学，不是在医学院，也不是在研究界。"普洛特金走上科学的道路是受到了辛克莱·刘易斯所著的小说《阿罗史密斯》（*Arrowsmith*）的启迪。这部小说的主人公马丁·阿罗史密斯来自明尼苏达州，是中西部

---

① 斯坦利·普洛特金于2005年2月15日接受采访；伦纳德·海弗里克于2006年11月6日和7日接受采访。

的一名家庭医生。阿罗史密斯觉得工作无法在精神上满足他，于是前往虚构的纽约麦克古尔克研究所，师从睿智且公平持正的德裔犹太科学家马克斯·戈特利布。在戈特利布的帮助下，阿罗史密斯发现了一种能够杀死细菌的病毒，并推断这一发现将彻底改变细菌感染的治疗方式。（辛克莱·刘易斯写出《阿罗史密斯》比抗生素的发现早了十年。）很快，斯坦利·普洛特金将经历堪比马丁·阿罗史密斯的人生。

以优异的成绩从高中毕业后，普洛特金先后就读于纽约大学和位于布鲁克林的纽约州立大学州南医学中心（Downstate Medical Center），并在两所大学都获得了全额奖学金。后来，他加入了亚特兰大传染病中心（也就是现在的美国疾控中心）的流行病情报服务部门（EIS）工作。EIS的负责人亚历山大·朗缪尔希望普洛特金研究炭疽病，一种致命的呼吸道疾病，于是将他派往全美炭疽病发病率最高的城市——费城。"炭疽病在费城高发，是（因为）制衣业（费城是重要的制衣业中心）从印度进口山羊毛。"普洛特金回忆道，"这种山羊毛经常会被炭疽菌污染。工厂工人吸入羊毛上附着的炭疽孢子就会被感染。但亚历山大（·朗缪尔）惊讶的是，竟然有人愿意去费城。他想起了坊间传说中的W. C. 菲尔兹[1]的墓志铭'宁愿躺在此处，好过身在费城'。不幸的是，我对炭疽病一丁点也不了解。我去费城是想研究脊髓灰质炎。"费城之行给了普洛特金一个在享誉全球的威斯塔研究所（Wistar Institute）[2] 工作的机会。对于普洛特金而言，威斯塔研

---

[1] 美国喜剧演员。——译者

[2] The Wistar Institute, http://www. wistar. upenn. edu/about _ wistar/history. html；Caspar Wistar Papers, American Philosophical Society, http://www. amphilsoc. org/library/mole/w/wistar. htm.

究所于他而言就是麦克古尔克研究所，而研究所所长希拉里·科普罗夫斯基则相当于他的马克斯·戈特利布。

　　威斯塔解剖与生物学研究所是美国历史最悠久的独立医学研究所，位于西费城的宾夕法尼亚大学校园的中心位置。研究所成立于1892年，坐落在一栋气派的三层褐石建筑里，以美国18世纪顶尖的解剖学家卡斯帕·威斯塔的名字命名，植物里的紫藤（wisteria）也是以他的名字命名的。他在19世纪初编写了第一部解剖学教科书，并且开发了一系列解剖学教具，其中包括用蜡保存的人体四肢和人体器官。该研究所的解剖学博物馆中藏有独眼畸胎的标本、连体双胞胎的标本、两具印度木乃伊、七个注了蜡的人心，以及奥利弗·克伦威尔、艾萨克·牛顿爵士和伏尔泰死

伊士曼柯达公司于1939年捐赠的活人X光片，人体内注射的染料使动脉可见（前景）。威斯塔研究所博物馆，20世纪40年代前后

后拓下的脸部模型，还有世界上数量最多的人类和动物的骨骼。博物馆的天花板上悬吊着一副巨大的鲸鱼骨架。虽然威斯塔研究所创立之初的目的是推进解剖学研究，但是到了20世纪60年代初，希拉里·科普罗夫斯基已然将它建成了世界领先的癌症和病毒研究机构之一。

科普罗夫斯基出生于波兰。在加入威斯塔研究所之前，他在纽约珀尔里弗（Pearl River）的立达实验室工作。和小说中的马克斯·戈特利布一样，科普罗夫斯基口音浓重，对科学富有激情。20世纪50年代，科普罗夫斯基和阿尔伯特·萨宾展开了一场比赛，看谁先研制出第一种使用弱化的人类脊髓灰质炎活病毒制出的脊髓灰质炎疫苗。科普罗夫斯基眼看着即将胜出。他率先通过老鼠弱化了脊髓灰质炎病毒，并率先给儿童接种了疫苗，率先在数千人中进行测试。然而，萨宾在猴肾和猴睾丸的细胞中培养脊髓灰质炎病毒制成的疫苗，最终被认为是较之更安全的疫苗。到20世纪60年代初，阿尔伯特·萨宾的脊髓灰质炎疫苗被制成糖块分发给全世界的儿童服用，从而在许多国家彻底根除了这一疾病。[1] 虽然科普罗夫斯基输给了萨宾，但是在他的领导下，威斯塔研究所研发出了风疹疫苗和狂犬病疫苗，并提升了人类对细胞癌变的方式及癌变原因的认知。

完成炭疽病研究后，普洛特金离开了威斯塔研究所。"到1961年，我已经完成了脊髓灰质炎和炭疽病的研究，希望尝试一些不同的事情。"他回忆道，"所以我决定离开威斯塔研究所，去伦敦

---

[1] 关于科普罗夫斯基和萨宾的脊髓灰质炎疫苗研究，参见：Oshinsky, *Polio*；J. Smith, *Patenting the Sun*；Carter, *Breakthrough*。

的大奥蒙德街医院（Great Ormond Street Hospital）完成儿科专业的培训。临行前，我写了好几份申请书（寻求）研究风疹（的经费）。我在伦敦的一年里，英国暴发了一场严重的风疹疫情。"在和英国病毒学家阿利斯泰尔·达金的合作中，普洛特金亲眼见证了几百个因风疹病毒造成永久伤害的婴儿。"这种体验是你无法从书里读到的。"他说。

普洛特金在英国完成了一年的培训后回到了美国。"我准备在威斯塔研究所建立自己的实验室，专攻风疹，希拉里·科普罗夫斯基非常支持。突然之间，风疹疫情跨越大西洋，席卷了整个美国，数千个婴儿被病毒所伤，大众媒体都在谈论这一话题。疫情最严重的时候，1‰的费城新生儿的母亲曾经感染风疹。"普洛特金不得不告诉几百位母亲，她们腹中的胎儿很可能已经被风疹病毒所伤。许多准妈妈选择终止妊娠。"这段经历震彻心扉。"他说。

普洛特金给予妇女终止妊娠的选择，从技术上讲，违背了希波克拉底誓词①，也就是他从医学院毕业时许下的誓言。公元前4世纪，希波克拉底写道："我必不予妇人堕胎之药。"事实上，美国所有的医学院都会向毕业生宣读希波克拉底誓词，但是在普洛特金毕业后，希波克拉底誓词已被修改，删除了禁止堕胎的内容。同时被删除的内容还有禁止安乐死："我必不予他人致命药物，并不做此项之指导，虽人请求，亦必不予之"；禁止与病人发生性关系："无论置身何处，遇男或女，自由或奴役，我之唯一目的，乃为病人谋益，不作各类恶劣行径，尤不为奸淫之事"；禁止手术：

---

① Hippocratic Oath, classical version，http://www. pbs. org/wgbh/nova/doctors/oath_classical. html；Hippocratic Oath, modern version，http://www. pbs. org/wgbh/nova/doctors/oath_modern. html；"The Hippocratic Oath Today：Meaningless Relic or Invaluable Guide，" http://www. pbs. org/wgbh/nova/doctors/oath_today. html.

"我不施刀"（这个规定在公元前 4 世纪似乎并不糟糕）以及医学生免费接受教育："如欲受业，当免费并无条件授之"。

伦纳德·海弗里克在威斯塔研究所自己的实验室中，20 世纪 60 年代末

　　普洛特金急切地想要制出风疹疫苗，但不同于迈耶和希勒曼的是，他没有从病人的咽喉后面着手。"我在胎儿身上寻找风疹病毒，而不是从喉咙里找。"普洛特金回忆道，"因为我不确定风疹病人的喉咙里是否有其他病毒，但是胎儿所处的环境是无菌的。"1964 年，一名 25 岁的费城孕妇在怀孕八周时发现脸上起了淡淡的红疹。她担心自己得了风疹，就找到普洛特金看病。她最害怕的事情成了现实，普洛特金告知了孕妇胎儿面临的风险。几周后，流产的胎儿被送到普洛特金的实验室。这是普洛特金收到的第 27个流产胎儿，加之他从测试的第三个器官——肾脏当中捕获到风疹病毒，于是他将用作疫苗的病毒命名为"风疹流胎 27/3"

（Rubella Abortus，RA27/3）。

如今，既然普洛特金拥有了自己的病毒，接下来他必须找到方法弱化病毒。虽然希勒曼和迈耶使用动物细胞来弱化风疹病毒，但普洛特金想用胎儿的细胞，而这他不需要费大力气就能找到。伦纳德·海弗里克曾短暂地和普洛特金共用过一间实验室，当时，他正在用流产胎儿的细胞做研究，于是便将细胞提供给了普洛特金制造风疹疫苗。由于他的慷慨相助，不久后，海弗里克便被反对使用人类胎儿制作疫苗的人士当成了主要抨击对象。起初，海弗里克对疫苗无甚兴趣，他想研究的是人类如何衰老以及为何会衰老。

世界上迄今为止最长寿的人是法国的珍妮·卡门特，她于1997 年去世，享年 122 岁，远远超过大多数国家人口 76 岁的平均寿命。无论饮食多么健康，锻炼多么充分，或者多么注意自身安全，人终免不了一死。人类之所以会死亡，是因为我们的细胞逐渐丧失了其本来的功能，即制造人体所需的酶、抵抗感染，以及抵御癌细胞突变。海弗里克想要了解这一切发生的原因，于是，他从他能找到的最年轻的细胞开始研究。

伦纳德·海弗里克是西费城本地人，毕业于宾夕法尼亚大学。他的父亲是牙科器械制造商。为了获得所需的细胞，海弗里克让斯文·加德帮他寻觅人类胎儿，斯文·加德是瑞典病毒学家，后来成为诺贝尔奖委员会委员。"（加德）在我对面的实验室工作，"海弗里克回忆道，"他说：'你想要什么胎儿（器官）都可以给你从斯德哥尔摩运来。在那里是合法的，每天都这么干。让我和我的同事聊一下，我们可以建立一个系统。'"加德满足了海弗里克的心愿，给他运来了一个三个月大的流产女胎。"（胎儿的）父亲是个水手，"海弗里克回忆道，"他显然是个酒鬼，妻子不想再生孩子了。他们寄来的不是一个完整的胎儿，因为那时我明确知道我想要什么（器官），一个肺或是一个肾，所以他们就只取了这些器官，把它们浸在细胞培养液中，装在试管或者小烧瓶里，用冰块打包，然后空运，只不过走的是普通航空件。"①

　　海弗里克发现，放在实验室烧瓶里的胎儿细胞可以增殖，如果他将增殖出来的细胞放一些到另一个烧瓶，细胞会继续增殖。但是，他同时也发现，胎儿细胞并不会无限次繁殖。繁殖大约 50 次以后，细胞会衰亡。"我一开始并没有往深处想，"海弗里克回忆道，"我觉得所有人都知道正常的细胞不可能无限次分裂；只有癌细胞是永生的。"海弗里克在实验室里验证了德国生物学家奥古斯特·魏斯曼在 80 年前提出的假设："人之所以死亡，是因为细胞分裂的次数有限，而非永续的。"

　　有限的细胞分裂次数被称为海弗里克极限。最初，研究人员认为海弗里克观察到的现象是在实验室烧瓶里培养的细胞所特有的；只要条件合适，细胞是可以永远繁殖下去的。然而，海弗里克发现，细胞能够精确地知晓繁殖的次数。哪怕经过数月甚至数年的冷冻，一旦解冻，放入烧瓶，细胞会接着冷冻前的计数，分裂到 50 次自动停止。海弗里克的发现似乎与亚历克西斯·卡雷尔的工作相矛盾，卡雷尔的鸡心在实验室里活了足足 32 年。但是，卡雷尔其实无意中作了弊。技术人员在用鸡胚粗提取液滋养鸡心的时候，不经意间往培养物里加入了新细胞。"亚历克西斯·卡雷

---

① 关于海弗里克的研究工作，参见：Hall, *Merchants of Immortality*；J. W. Shay, and W. E. Wright, "Hayflick, His Limit, and Cellular Ageing," *Nature* 1 (2000)：72-76；L. Hayflick, "The Limited in vitro Lifetime of Human Diploid Cell Strains," *Experimental Cell Research* 37 (1965)：614-36。

尔是个自大狂。"海弗里克回忆道，"技术人员心里清楚，往鸡心里添加的鸡胚提取液里有鸡细胞，但是他们不敢告诉卡雷尔，生怕这会毁了卡雷尔的职业生涯，害自己丢了工作。"

海弗里克通过一次绝妙的实验，证明了决定细胞繁殖次数的并非外部条件。他取了繁殖过 10 次的女胎细胞和繁殖过 30 次的男胎细胞，将这两组放进同一个烧瓶，观察每组细胞接着分裂的次数。男胎细胞里有 Y 染色体，因而海弗里克能够分辨出哪个是男胎细胞，哪个是女胎细胞。他发现，在完全相同的生长条件下，女胎细胞又分裂了 40 次以上，而男胎细胞只分裂了 20 次以上。细胞内部仿佛设有一个时钟，限定了细胞存活的时间。

后来，海弗里克和其他研究人员找到了细胞无法永远复制下去的原因。细胞存活和生长的关键在于细胞的基因，这些基因在一种叫做脱氧核糖核酸（DNA）的化学物质的长链上编码。细胞复制的同时，DNA 也会被复制，负责复制 DNA 的酶叫做 DNA 聚合酶。DNA 复制过程开始时，DNA 聚合酶位于 DNA 上方，就像火车停在铁轨上。随着火车（聚合酶）向前行驶，前方的铁轨（DNA）被复制，但是火车一开始停着的那段铁轨不会被复制。这就意味着，聚合酶并没有复制整段 DNA。因此，细胞每复制一次，细胞的 DNA 就会变短一些，再复制，再变短。和弗朗西斯·克里克一起发现了 DNA 结构的詹姆斯·沃森将这个现象称为末端复制问题。

但是，并非所有的细胞都会遵循海弗里克极限而死亡，比如，癌细胞就是永生的。不论在人体内还是在实验室里，癌细胞都可以不断地分裂。如果癌细胞和普通细胞一样，每复制一次，DNA就变短一些，那么它是如何实现永生的呢？答案就是一种叫做端粒酶的酶。无法被复制的 DNA 末端叫做端粒。癌细胞通过端粒酶来解决 DNA 变短的问题，端粒酶可以折返回去复制聚合酶漏掉的 DNA 末端。如今，科学家正在研究端粒酶在延长普通细胞的存活时间上的作用，这也许是人类在追寻永生之路上迈出的一步。①

2004 年的好莱坞电影《狂蟒之灾 2：搜寻血兰》② 中提及了海弗里克极限和永生的问题。故事从纽约市开始，几家制药公司的高管正在听取科学家的演讲。科学家们提到了一种只在婆罗洲（Borneo）生长、具有神奇力量的稀有兰花：血兰（Perrenia immortalis），他们之间发生了如下对话：

> 科学家：我猜在场的诸位不太了解海弗里克极限吧？
>
> 高管甲：海弗里克说，一个细胞复制 56 次以后就会死于积聚的毒素。按照他的理论，这就是人类死亡的原因。
>
> 科学家：但如果我们能够超越这个极限呢？
>
> 高管甲：这不可能。
>
> 科学家：我们的研究发现，血兰里的某种化学物质能够极大地延长生命。
>
> 高管甲：你说的意思是我想的那个意思吗？一种相当于不老泉的药物？
>
> 高管乙：这可比伟哥更劲爆！
>
> 高管甲：那你们还在等什么？快去婆罗洲啊！

① 关于端粒与衰老，参见：M. A. Blasco, "Telomeres and Human Disease: Aging, Cancer and Beyond," *Nature Reviews Genetics* 6（2005）：611 - 12；S. E. Artandi, "Telomeres, Telomerase, and Human Disease," *New England Journal of Medicine* 355（2006）：1195 - 97.

② *Anacondas: The Hunt for the Blood Orchid*, Sony Pictures, 2004.

科学家们到达婆罗洲后，大多数人一个接一个地被巨大无比的蟒蛇吃掉了。（显然，追寻永生有着海弗里克都没考虑到的代价。）

最后，海弗里克总结道："我的目标是活到100岁，而且拥有完全的认知和行动能力，然后在100岁生日当天翘辫子。"

斯坦利·普洛特金虽然和伦纳德·海弗里克共用过一个实验室，但是他对海弗里克关心的永生却不感兴趣，他只想制造疫苗。因此，普洛特金将风疹病毒注入海弗里克提供的流产胎儿细胞，并将细胞温度控制在86华氏度（30摄氏度），低于人体的正常体温98.6华氏度（37摄氏度）。病毒连续在细胞里培养了25次后，适应了在低温环境下繁殖，但在人体体温下繁殖的能力变得很差。普洛特金的疫苗做成了。当他在数千人身上进行测试后，发现这款疫苗相比希勒曼的改良版哈里·迈耶疫苗，对风疹有更强大、更持久的防护作用。[①]（如果希勒曼最初的贝努瓦株风疹疫苗能和

---

① 关于普洛特金的风疹疫苗研究工作，参见：S. A. Plotkin, D. Cornfeld, and T. H. Ingalls, "Studies of Immunization with Living Rubella Virus," *American Journal of Diseases of Children* 110 (1965): 381 – 89; S. A. Plotkin, J. Farquhar, M. Katz, and T. H. Ingalls, "A New Attenuated Rubella Virus Grown in Human Fibroblasts: Evidence for Reduced Nasopharyngeal Excretion," *American Journal of Epidemiology* 86 (1967): 468 – 77; S. Saidi and K. Naficy, "Subcutaneous and Intranasal Administration of RA27/3 Rubella Vaccine," *American Journal of Diseases of Children* 118 (1969): 209 – 12; S. A. Plotkin, J. D. Farquhar, and M. Katz, "Attenuation of RA27/3 Rubella Virus in WI – 38 Human Diploid Cells," *American Journal of Diseases of Children* 118 (1969): 178 – 85; D. M. Horstmann, H. Liebhaber, G. L. Le Bouvier, D. A. Rosenberg, and S. B. Halstead, "Rubella: Reinfection of Vaccinated and Naturally Immune Persons Exposed in an Epidemic," *New England Journal of Medicine* 283 (1970): 771 – 78; A. Fogel, A. Moshkowitz, L. Rannon, and C. B. Gerichter, "Comparative Trials of RA27/3 and （转下页）

普洛特金的风疹疫苗比试一下，倒是一件有意思的事。当然，因为希勒曼按照玛丽·拉斯克的要求放弃了自己的疫苗，这场比试的结果我们永远无从得知。)

普洛特金知道，他的疫苗安全且有效。但是，过了不久，他使用人类胚胎的决定遭到了一个人的强烈反对，一个他意想不到的人——就是那个打败了希拉里·科普罗夫斯基，率先研制出首个减毒活脊髓灰质炎疫苗的阿尔伯特·萨宾。萨宾和索尔克一样，父母是俄裔犹太移民；萨宾和索尔克不一样的是，他为人刻薄，有时报复心很重。20世纪60年代末，萨宾已经是知名的有影响力的科学家。他的脊髓灰质炎疫苗已经取代了索尔克的疫苗，正一步一步在西半球消灭脊髓灰质炎。

萨宾担心普洛特金用来制造风疹疫苗的胎儿细胞会癌变，而且可能携带危险的人类病毒。普洛特金还记得他和萨宾对决的场景："1969年2月，我参加了一场在马里兰州贝塞斯达（美

（接上页）Cendehill Rubella Vaccines in Adult and Adolescent Females," *American Journal of Epidemiology* 93 (1971)：392 - 98；H. Liebhaber，T. H. Ingalls，G. L. Le Bouvier，and D. M. Horstmann，"Vaccination with RA27/3 Rubella Vaccine," *American Journal of Diseases of Children* 123 (1972)：133 - 36；S. L. Spruance，L. E. Klock，A. Bailey，J. R. Ward，and C. B. Smith，"Recurrent Joint Symptoms in Children Vaccinated with HPV77DK12 Rubella Vaccine," *Journal of Pediatrics* 80 (1972)：413 - 17；S. A. Plotkin，J. D. Farquhar，and P. L. Ogra，"Immunologic Properties of RA27/3 Rubella Virus Vaccine：A Comparison with Strains Presently Licensed in the United States," *Journal of the American Medical Association* 225 (1973)：585 - 90；S. L. Spruance，R. Metcalf，C. B. Smith，M. M. Griffiths，and J. R. Ward，"Chronic Arthropathy Associated with Rubella Vaccination," *Arthritis and Rheumatism* 20 (1977)：741 - 77；B. F. Polk，J. F. Modlin，J. A. White，and P. C. DeGirolami，"A Controlled Comparison of Joint Reactions among Women Receiving One of Two Rubella Vaccines," *American Journal of Epidemiology* 115 (1982)：19 - 25；H. L. Nakhasi，D. Thomas，D. Zheng，and T.-Y. Liu，"Nucleotide Sequence of Capsid，E2，and E1 Protein Genes of Rubella Virus Vaccine Strain RA27/3," *Nucleic Acids Research* 17 (1989)：4393 - 94。

国国立卫生研究院）的园区举办的风疹疫苗大会，会议为期三天。对这一话题感兴趣的与会者多达数百人，全场座无虚席，其中就有阿尔伯特·萨宾。他本人并没有研发过风疹疫苗，而是以权威专家的身份出席的。会议开始后，我听说萨宾多次在私下里发表言论并反对接种（我的疫苗）。大会的最后一天上午，《华盛顿邮报》甚至刊登了一篇对他的采访，他在采访里公开表达了这个观点。会议临近尾声时，萨宾终于起立发言，用他那种犹太拉比式的口吻痛斥（我的疫苗），阴险地暗指疫苗里可能潜藏着某些不明物质，但是他没有任何证据。这听起来可能有点戏剧化，但是我记得我当时脑海里蹦出了《圣经》里的一句话：'主已将他交在我手中。'等萨宾坐下后，我拿过了话筒，详尽地逐条驳斥了他的言论，明确表示这些完全是无稽之谈，没有任何事实根据。令我惊讶的是，我说完以后，全场响起了雷鸣般的掌声。在科学面前，权威不占优势，这就是科学的伟大之处。说到底，科学研究才是决定性因素，并将胜过任何主流观点。科学总是在自我修正。今日的离经叛道可能会成为明日的正统。"

后来，希勒曼劝说公司用普洛特金的风疹疫苗取代了他改良的迈耶的疫苗。"1978 年的某个时候，我记得是，我在办公室里。电话响了，是莫里斯·希勒曼打来的。"普洛特金回忆道，"莫里斯说，（耶鲁大学的研究员）多萝西·霍斯特曼说服了他，应该用我的疫苗取代他的疫苗。回过神来以后，我一口答应了。"

在研制风疹疫苗的过程中，希勒曼和普洛特金有过同样的担忧——他们的疫苗可能会被那些不知道自己已经怀孕的妇女接种。从 1969 年起，数千名孕妇在无意中接种了风疹疫苗；其中许多人感染风疹的风险极高，而且是在怀孕头三个月里接种的疫苗。[1]但是，只出现过一例风疹疫苗损伤胎儿的事件——这也许是最好的证据，证明他们两人的疫苗都是非常安全的。

2005 年 3 月 21 日，一个在 20 世纪 60 年代初似乎遥不可及的梦想成为现实。时任美国疾控中心主任的朱莉·格伯丁博士召开了一次新闻发布会，称："官方正式宣布，美国已经根除风疹。"[2]许多聋人学校现在要关门了。

这距离诺曼·麦卡利斯特·格雷格首次指出风疹病毒可导致严重的先天缺陷仅仅过去了六十几年。截至 2000 年，全球约一半的国家和地区使用了风疹疫苗，效果显著。如果有更多国家使用风疹疫苗，那么很有可能，从发现风疹专挑胎儿攻击到从地球上消灭风疹，用时将不到 100 年。然而，就目前而言，每年依然有数十万未出生的婴儿受到风疹病毒的侵害。

虽然普洛特金的风疹疫苗获得了成功，但是他使用流产胎儿的细胞的做法激怒了反堕胎组织。普洛特金并不是唯一一个使用流产胎儿的细胞制造疫苗的人。狂犬病、水痘和甲肝疫苗的研发中都用到了流产胎儿。在一切平息之前，围绕使用胎儿细胞的争议将引得天主教会发表官方声明，知名科学家出面驳斥，并引发了对伦纳德·海弗里克的迫害。

---

[1] 关于孕妇接种风疹疫苗的研究，参见：Plotkin and Orenstein, *Vaccines*；W. F. Fleet, E. W. Benz, D. T. Karzon, L. B. Lefkowitz, and K. L. Herrmann, "Fetal Consequences of Maternal Rubella Immunization," *Journal of the American Medical Association* 227 (1974): 621 - 27。

[2] "CDC Announces Rubella, Once a Major Cause of Birth Defects, Is No Longer a Health Threat in the U. S.," telebriefing transcript, March 21, 2005.

第七章　政治学①

"努力多年，我们终于发现，不是我们走上一段旅途，而是旅途在牵引着我们。"

——约翰·斯坦贝克，《横越美国》

在反对斯坦利·普洛特金风疹疫苗的阵营中，首当其冲的是德比·温尼奇——"上帝之子"（Children of God for Life）组织的负责人。"上帝之子"设在佛罗里达州拉哥市，自称是一个"专注于人类克隆、胚胎和胎儿组织研究方面的生物伦理学问题的反堕胎组织"。温尼奇是两个孩子的母亲，五个孩子的祖母，她对于普洛特金使用人类胚胎制造疫苗感到十分愤怒。"随意将流产胎儿的细胞系用于医疗是对人类的公然侮辱，"她说，"是对人类生命价值和尊严的无耻践踏，是为流产婴儿的大规模商业化背书。这些婴儿被扯离母亲的子宫，以便一些人可以从中牟利。这样的话，我们必然会沦为死亡文化的奴隶。将流产婴儿变作商品去帮助那些幸运的没有被扼杀于腹中的孩子，这简直就是最邪恶的同类相食。然而，我们却要因为各种冠冕堂皇的理由接受它。我就问一句话：'人类文明发展到现在，当我们找不到比利用被谋杀的孩子的遗体更好的保护自己的方法时。这算是哪门子文明？'"

尽管温尼奇的措辞极具煽动性，但是反对使用人类胚胎制造医疗产品的人的逻辑是十分清晰的：

正如《圣经》和使徒的训导所示，天主教的至高教诲权威在教理问答（catechism）中已有定夺。

教理问答认为，堕胎是彻头彻尾的邪恶行径，严重到足以被逐出教会。

梵蒂冈②和美国天主教主教团大会（National Conference of Catholic Bishops）均对堕胎和胚胎研究予以谴责。

因此，温尼奇认为，天主教徒凭借自己的良心，遵照天主教会的直接教诲，有绝对义务拒绝任何来自流产胎儿的医疗产品。③

---

① 菲尔·普罗沃斯特于 2006 年 5 月 15 日接受采访；斯坦利·普洛特金于 2005 年 2 月 15 日和 2006 年 9 月 15 日接受采访；基尔蒂·沙哈于 2006 年 5 月 22 日接受采访；伦纳德·海弗里克于 2006 年 11 月 6 日及 7 日接受采访。

② 是罗马教皇居住和办公的地方，指代罗马天主教教廷。——译者

③ 关于温尼奇和天主教会在此事上的态度，参见：Catholic Exchange, "Vaccines and Abortion: What's the Right Choice," http://www. catholicexchange. com/ vm/index. asp? art _ id=31229; American Life League, "Activism: Vaccines and the Catholic Doctrine," http://www. vaclib. org/basic/activism. htm; C. Glatz, "Vatican Says Refusing Vaccines Must Be Weighed against Health Threats," Catholic News Service, http://www. catholicnews. com/data/stories/cns/0504240. htm; "Vatican Statement on Vaccines Derived from Aborted Human Fetuses," Pontifica Academia Pro Vita, http://www. immunize. org/concerns/vaticandocument. htm; Debi Vinnedge and Children of God for Life, http://www. prolifepac. com/html/ who19vinnedge. htm; "Vaccines and Fetuses," The Millennium Project, http://www. ratbags. com/rsoles/vaxliars/foeti. htm; "Vaccines Originating in Abortion," Ethics and Medics 24 (1999): 3–4; "Moral Reflection on Vaccines Prepared from Cells Derived from Aborted Human Foetuses," Pontifical Academy for Life, Congregation for the Doctrine of Faith, http://www. consciencelaws. org/ Conscience-Policies-Papers/PPPCatholic03. html; D. Vinnedge: "Responding to the Call: Is Anyone Listening?" http://www. cogforlife. org/responding. htm, and "Vaccines from Abortion: The Truth," http://www. all. org/celebrate _ life/ c10107c. htm; National Network for Immunization Information, "Vaccine Components: Human Fetal Links with Some Vaccines," http://www. immunizationinfo. org/vaccine _ components _ detail. cfv? id=32。

德比·温尼奇知道斯坦利·普洛特金的风疹疫苗当中含有人类胚胎的 DNA。她绝不允许这种 DNA 通过手臂注射进入孩子们的体内。于是，2003 年 6 月 4 日，她给时任天主教信理部（Congregation of the Doctrine of Faith）红衣主教约瑟夫·拉辛格写了一封信。拉辛格是一位知名的神学家，也是一位多产的作家。约瑟夫·拉辛格现在是本笃十六世，即第 265 位在位教宗。

2005 年 7 月，温尼奇收到梵蒂冈宗座生命学院（Pontifical Academy for Life）的回信。信函措辞谨慎，并不是她所期望的答案。学院认为，那些参与最初堕胎的人"是真正在与邪恶合作"。此外，那些使用流产胎儿制造疫苗的人所从事的行为"同样非法"；但是，负责接种疫苗的医生和护士与邪恶的合作只是一种"非常非常轻度的"形式，轻到在预防危及生命的感染这一公众利益面前，"不产生任何（负面的）道德影响"。梵蒂冈推断，拒绝接种斯坦利·普洛特金的风疹疫苗的家长，可能需要为风疹引起的堕胎和胎儿受损负责。相比接受道德上有问题的疫苗，拒绝疫苗的家长才是"在与邪恶进行更紧密的合作"。

位于波士顿的美国天主教生物伦理中心（National Catholic Bioethics Center）和梵蒂冈持有相同的观点。"显然，现在接种疫苗并不代表伙同曾经的堕胎者，也不代表怀有堕落的意图或参与堕落的行为。人类历史充斥着不公。过去的错误举动往往惠及后人，而后人与最初的罪行毫无关系。若要求当下享受的福利丝毫不沾染过去的任何不道德行为，实在是一种苛责。"

不过，梵蒂冈并未完全放过疫苗制造商，它强调使用不道德的疫苗丝毫不代表教廷认可其生产。"使用这些疫苗的合法性不应被曲解为对其生产、销售和使用的合法性声明。我们始终负有道义上的责任去反对并采取一切合法手段，要让那些肆无忌惮的无良无德的制药公司的日子更加不好过。"美国天主教生物伦理中心在梵蒂冈的表态的基础上进一步警告道："在这件事上，真正的丑闻不是天主教徒使用这些疫苗，而是研发这些产品的研究人员和科学家未能充分顾及数百万同胞的道德信仰。"

因为德比·温尼奇和斯坦利·普洛特金对于堕胎有着完全不同的体会，他们所持的观点也截然相反。温尼奇受到的天主教教诲是，在受精的瞬间，胎儿就有了生命，堕胎即谋杀。谋杀，则罪无可恕。对温尼奇而言，给孩子注射含有少量流产胎儿DNA的疫苗是不道德的。普洛特金（是犹太人）作为传染病专家，经历过人类历史上最严重的风疹疫情之一。他亲眼见到风疹病毒致使数千个婴儿胎死腹中，并导致数千个孩子出生时失明、失聪、智障。他接诊过数百名孕妇，每个人都问他是否应该结束腹中胎儿的生命。普洛特金的决定源于他的亲眼所见，他决定竭尽所能预防风疹。"我见过风疹病毒对胎儿造成的伤害。"他说，"我认为使用（胎儿）细胞是百分之百的道德行为。坦率地讲，我认为我们的风疹疫苗预防的堕胎数量比所有反堕胎人士加起来阻止的还要多。"

温尼奇对预防风疹的必要性没有异议，她有异议的是使用胎儿细胞制作疫苗这件事。她不明白，普洛特金为什么不能直接用动物细胞。毕竟，马克斯·蒂勒研发黄热病疫苗使用的是老鼠细胞和鸡细胞；乔纳斯·索尔克和阿尔伯特·萨宾研发脊髓灰质炎疫苗使用的是猴细胞；莫里斯·希勒曼制造麻疹疫苗、腮腺炎疫苗和流感疫苗使用的是鸡细胞。所有这些科学家都是在动物细胞里培养人类病毒而制得了疫苗。但是，这其中存在运气成分。部分人类病毒无法在动物细胞里有效繁殖，它们只能在人类细胞里生长良好。普洛特金选择胎儿细胞制造疫苗，是因为风疹就是这样一种病毒。

选择使用胎儿细胞还有一层更重要的原因——胎儿细胞不会受到动物病毒的污染。希勒曼从约翰·恩德斯的麻疹疫苗里发现了鸡白血病病毒。马克斯·蒂勒的黄热病疫苗里也有这种病毒。这些都是例子。20 世纪 50 年代后期，希勒曼正在研发自己的脊髓灰质炎疫苗，在此期间他有了一项发现，而在这项发现面前，鸡白血病病毒的问题根本不值一提。由于他的这项发现，科学家们吓得纷纷舍弃动物细胞，转投安全的人类胎儿细胞。

乔纳斯·索尔克和阿尔伯特·萨宾当时并不知道，他们的脊髓灰质炎疫苗已经被一种猴病毒污染了。这是一种从未被发现的猴病毒，会导致动物得癌，而且已经进入了数百万孩子的体内。

为了制造疫苗，索尔克和萨宾使用的是恒河猴和食蟹猴的肾细胞，这两种猴子很久以前便开始被用作研究动物。美国国家航空航天局（NASA）的科学家曾将恒河猴送入太空；血液学家通过恒河猴发现了一种存在于人类红细胞表面的蛋白质——Rh 因子。食蟹猴同样很受研究人员的欢迎。行为心理学家研究食蟹猴，因为它们是除了人类以外，唯一在进食前把食物洗净的非人灵长类动物；宗教领袖崇拜食蟹猴，日本日光的东照宫门前就有三只食蟹猴——一只捂住耳朵、一只蒙住眼睛、一只遮住嘴巴，代表"不闻恶，不见恶，不说恶，自身便不沾染恶"的宗教原则。食蟹猴也是"不见恶事，不闻恶词，不说恶言"警句的由来。

在索尔克和萨宾研发脊髓灰质炎疫苗时，已知的猴病毒共有39 种。监管部门对这些病毒自然心存担忧，但是他们知道，猴病毒感染猴子的能力比感染人类的能力强许多，而且福尔马林能够彻底杀死这些病毒，于是便放下心来。但是，希勒曼想要制造出完全不含猴病毒的疫苗。他不希望依赖福尔马林杀死病毒。因此，1958年，希勒曼在华盛顿特区参加一次会议期间，给美国国家动物园园长威廉·曼恩打了电话。曼恩邀请希勒曼当天晚上到自己家里做客。"曼恩这个人很有意思。"希勒曼回忆道，"我和他说了（动物病毒）污染问题的严重性，以及病毒性疫苗领域因此受到的种种影响。然后他说：'到我家来，见见我的蒙大拿妻子。'（当晚）我去了他家，一走进客厅就感觉像是走进了一个非洲帐篷，到处是飞镖、箭、面具和巫毒娃娃。他家完全是用非洲手工艺品装饰的。"曼恩解释了猴细胞的污染为何如此普遍。"（猴子）在非洲被捉，在机场被卸下以后就互相传染病毒。"他说，"它们被迫挤在狭小的空间里，彼此的屎尿混杂在一起。对动物一窍不通的机场工作人员负责饲养和管理这些猴子，情况真是一团糟。"但是，曼恩也提出了解决方案。"他说我的问题解决起来很简单。"希勒曼说，"（他）让我去西非，捉非洲绿（猴），也称黑长尾猴，西非有许多这种猴子。把它们运到马德里机场——人类是唯一会去马德里的灵长类动物，再用大型运输机把它们运到纽约，在纽约卸下，就完事了。"接下来，莫里斯·希勒曼即将从曼恩提议的非洲绿猴体内发现第40种猴病毒。

希勒曼雇了一名捕手从西非捉来几只非洲绿猴，付钱让人把它们从马德里运抵纽约。他将猴子接到实验室，杀死后取出它们的肾脏并捣碎，将肾细胞放入实验室烧瓶中，检查细胞中是否含有病毒。首先，他在电子显微镜下观察，没有发现病毒。然后，他破坏肾细胞，将它们添加到其他多种细胞中，以观察是否有病毒生长。也没有。看来，在西非本土捕获、直接从西非运出的非洲绿猴不携带猴病毒，希勒曼十分满意。

然后，他又做了一项实验。"人们总是担心（细胞）培养物里有可检测到的病毒。那我怎么知道里面没有我检测不到的病毒呢?"希勒曼从恒河猴和食蟹猴的肾细胞里提取了被认为不含污染病毒的细胞(通常用于制造多种疫苗),并将它们加入他的非洲绿猴肾细胞中。很快,这些细胞形成大洞,聚集在一起,随即死亡。希勒曼推断,是某种猴病毒杀死了细胞。他将这种新病毒命名为猿猴病毒 40(Simian Virus 40),即 SV40。[①]

① 关于希勒曼的 SV40 研究工作,参见:B. H. Sweet and M. R. Hilleman, "Detection of a 'Non-Detectable' Simian Virus (Vacuolating Agent) Present in Rhesus and Cynomolgus Monkey-Kidney Cells Culture Material: A Preliminary Report," Second International Conference on Live Poliovirus Vaccines, Pan American Health Organization and World Health Organization, Washington, D. C. , June 1960; B. H. Sweet and M. R. Hilleman, "The Vacuolating Virus, SV40," *Proceedings of the Society for Experimental Biology and Medicine* 105 (1960): 420 – 27; A. J. Girardi, B. H. Sweet, V. B. Slotnick, and M. R. Hilleman, "Development of Tumors in Hamsters Inoculated in the Neonatal Period with Vacuolating Virus, SV40," *Proceedings of the Society for Experimental Biology and Medicine* 109 (1962): 649 – 60; A. J. Girardi, B. H. Sweet, and M. R. Hilleman, "Factors Influencing Tumor Induction in Hamsters by Vacuolating Virus, SV40," *Proceedings of the Society for Experimental Biology and Medicine* 112 (1963): 662 – 67; A. J. Girardi, and M. R. Hilleman, "Host-Virus Relationships in Hamsters Inoculated with SV40 Virus during the Neonatal Period," *Proceedings of the Society for Experimental Biology and Medicine* 116 (1964): 723 – 28; H. Goldner, A. J. Girardi, V. M. Larson, and M. R. Hilleman, "Interruption of SV40 Virus Tumorigenesis Using Irradiated Homologous Tumor Antigen," *Proceedings of the Society for Experimental Biology and Medicine* 117 (1964): 851 – 57; H. Goldner, A. J. Girardi, and M. R. Hilleman, "Enhancement in Hamsters of Virus Onco-genesis Attending Vaccination Procedures," *Virology* 27 (1965): 225 – 27; J. H. Coggin, V. M. Larson, and M. R. Hilleman, "Prevention of SV40 Virus Tumorigenesis by Irradiated, Disrupted and Iododeoxyuridine-Treated Tumor Cell Antigens," *Proceedings of the Society for Experimental Biology and Medicine* 124 (1967): 774 – 84; V. M. Larson, W. G. Raupp, and M. R. Hilleman, "Prevention of SV40 Virus Tumorigenesis in Newborn Hamsters by Maternal Immunization," *Proceedings of the Society for Experimental Biology and Medicine* 126 (1967): 674 – 77; V. M. Larson, W. R. Clark, and M. R. Hilleman, "Cryosurgical Treatment of Primary SV40 Viral and Adenovirus 7 (转下页)

接下来，希勒曼做了一系列实验，实验结果令公共卫生官员大惊失色，而且不出几年，SV40 就成为全球研究最广泛的病毒之一。希勒曼将 SV40 病毒注入新生的仓鼠体内，发现其中 90% 的小仓鼠皮下、肺部、肾脏和大脑长出了大型肿瘤。部分肿瘤的重量接近半磅，是仓鼠自重的两倍还多。希勒曼随后发现，虽然乔纳斯·索尔克的脊髓灰质炎疫苗经过福尔马林处理，但他的疫苗里依然含有极少量的活 SV40 病毒。在希勒曼发现这一情况时，已经有数千万人接种了索尔克的疫苗，新接种者的数量以每天数千人增长。希勒曼还发现，阿尔伯特·萨宾未经福尔马林处理的脊髓灰质炎疫苗受到 SV40 病毒的严重污染。萨宾的疫苗尚未在美国获批，但是已经有 9 000 万俄罗斯人接种了，大多数是儿童。

1960 年 6 月，莫里斯·希勒曼到华盛顿特区参加第二届脊髓灰质炎活疫苗国际会议，并上台发表演讲。希勒曼决定展示 SV40 的研究数据，尽管他知道这有可能激怒萨宾，也知道萨宾就坐在台下的观众里。希勒曼解释说，他在索尔克和萨宾的疫苗里都检出了 SV40，而且 SV40 会导致仓鼠患癌。房间里的每个人都明白这番话的含义。当年晚些时候，希勒曼发表了一篇论文，陈述了显而易见的事实。"到目前为止，已有数百万志愿者口服接种（萨宾的疫苗），研究结果充分表明，疫苗短期内对人没有显著的有害

（接上页） Transplant Tumors in Hamsters," *Proceedings of the Society for Experimental Biology and Medicine* 128 (1968)：983 - 88；P. N. Panteleakis, V. M. Larson，E. S. Glenn, and M. R. Hilleman, "Prevention of Viral and Transplant Tumors in Hamsters Employing Killed and Fragmented Homologous Tumor Cell Vaccines," *Proceedings of the Society for Experimental Biology and Medicine* 129 (1968)：50 - 57；V. M. Larson，W. R. Clark，and M. R. Hilleman, "Comparative Studies of SV40 and Adenovirus Oncogenesis in Random Bred and Inbred Hamsters," *Proceedings of the Society for Experimental Biology and Medicine* 137 (1971)：607 - 13。

影响，至于长期影响，尚未可知。"萨宾认为希勒曼的演讲是为了诋毁他的疫苗。"我和他说了，他的疫苗被 SV40 污染了，这是铁板钉钉的事实。"希勒曼说，"他气疯了，对我破口大骂。"

之后的几年里，希勒曼和其他研究人员开展了一系列研究，其结果大体上令人安心。研究人员发现，仓鼠注射了 SV40 后会得癌；若是口服病毒，则不会得癌。萨宾的疫苗是口服接种，而不是注射接种。后来，研究人员检测接种过萨宾疫苗的儿童的粪便，从中检测出了 SV40，但是这些孩子的体内都没有产生病毒抗体。显然，SV40 只是经过消化道，没有引发感染。研究人员还发现，虽然制造索尔克疫苗时使用的福尔马林没能完全杀死其中的 SV40，但它确实将病毒的感染性降低到至少万分之一。索尔克疫苗中残留的 SV40 估计不足以致癌。但是在这一点上，当时没人敢下定论。[1]

---

[1] 关于 SV40 与癌症的关系，参见：M. D. Innis, "Oncogenesis and Poliomyelitis Vaccine," *Nature* 219 (1968): 972 - 73; J. F. Fraumeni Jr. , C. R. Stark, E. Gold, and M. L. Lepow, "Simian Virus 40 in Polio Vaccine: Follow-Up of Newborn Recipients," *Science* 167 (1970): 59 - 60; K. V. Shah, H. L. Ozer, H. S. Pond, et al. , "SV40 Neutralizing Antibodies in Sera of U. S. Residents without History of Polio Immunization," *Nature* 231 (1971): 448 - 49; K. Shah and N. Nathanson, "Human Exposure to SV40: Review and Comment," *American Journal of Epidemiology* 103 (1976): 1 - 12; E. A. Mortimer, M. L. Lepow, E. Gold, et al. , "Long-Term Follow-Up of Persons Inadvertently Inoculated with SV40 as Neonates," *New England Journal of Medicine* 305 (1981): 1517 - 18; B. Kuska, "SV40: Working the Bugs out of the Polio Vaccine," *Journal of the National Cancer Institute* 89 (1997): 283 - 84; M. Carbone, P. Rizzo, and H. I. Pass, "Simian Virus 40, Polio Vaccines and Human Tumors: A Review of Recent Developments," *Oncogene* 15 (1997): 1877 - 88; L. Hayflick, "SV40 and Human Cancer," *Science* 276 (1997): 337 - 38; A. Procopio, R. Marinacci, M. R. Marinetti, et al. , "SV40 Expression in Human Neoplastic and Non-Neoplastic Tissues: Perspectives on Diagnosis, Prognosis and Therapy of Human Malignant Melanoma," *Development of Biological Standards* 94 (1998): 361 - 67; P. Olin and J. Giesecke, "Potential Exposure to SV40 in Polio Vaccines Used in Sweden during 1957: No Impact on Cancer Incidence （转下页）

（接上页）Rates 1960 to 1993," *Development of Biological Standards* 94 (1998)：227 - 33；H. D. Strickler and J. J. Goedert, "Exposure to SV40-Contaminated Poliovirus Vaccine and the Risk of Cancer：A Review of the Epidemiologic Evidence," *Development of Biological Standards* 94 (1998)：235 - 44；S. C. Stenton, "Simian Virus 40 and Human Malignancy," *British Medical Journal* 316 (1998)：877；H. D. Strickler, P. S. Rosenberg, S. S. Devesa, et al., "Contamination of Poliovirus Vaccines with Simian Virus 40 (1955 - 1963) and Subsequent Cancer Rates," *Journal of the American Medical Association* 279 (1998)：292 - 95；H. D. Strickler, P. S. Rosenberg, S. S. Devesa, et al., "Contamination of Poliovirus Vaccine with SV40 and the Incidence of Medulloblastoma," *Medical and Pediatric Oncology* 32 (1999)：77 - 78；S. G. Fisher, L. Weber, and M. Carbone, "Cancer Risk Associated with Simian Virus 40 Contaminated Polio Vaccine," *Anticancer Research* 19 (1999)：2173 - 80；D. Sangar, P. A. Pipkin, D. J. Wood, and P. D. Minor, "Examination of Poliovirus Vaccine Preparations for SV40 Sequences," *Biologicals* 27 (1999)：1 - 10；M. R. Gold-man and M. J. Brock, "Contaminated Polio Vaccines：Will the Next Shot Be Fired in the Courtroom?" *Journal of Legal Medicine* 20 (1999)：223 - 49；J. S. Butel, "Simian Virus 40, Poliovirus Vaccines, and Human Cancer：Research Progress versus Media and Public Interests," *Bulletin of the World Health Organization* 78 (2000)：195 - 98；H. Ohgaki, H. Huang, M. Haltia, et al., "More about Cell and Molecular Biology of Simian Virus 40：Implications for Human Infection and Disease," *Journal of the National Cancer Institute* 92 (2000)：495 - 96；C. Carroll-Pankhurst, E. A. Engels, H. D. Strickler, et al., "Thirty-five Year Mortality Following Receipt of SV40-Contaminated Polio Vaccine during the Neonatal Period," *British Journal of Cancer* 85 (2001)：1295 - 97；D. Ferber, "Creeping Consensus on SV40 and Polio Vaccine," *Science* 298 (2002)：725 - 27；M. Carbone, H. I. Pass, L. Miele, and M. Bocchetta, "New Developments about the Association of SV40 with Human Mesothelioma," *Oncogene* 22 (2003)：5173 - 80；P. Minor, P. Pipkin, Z. Jarzebek, and W. Knowles, "Studies of Neutralizing Antibodies to SV40 in Human Sera," *Journal of Medical Virology* 70 (2003)：490 - 95；E. A. Engels, L. H. Rodman, M. Frisch, et al., "Childhood Exposure to Simian Virus 40-Contaminated Poliovirus Vaccine and Risk of AIDS-Associated Non-Hodgkin's Lymphoma," *International Journal of Cancer* 106 (2003)：283 - 87；R. A. Vilchez, A. S. Arrington, and J. S. Butel, "Cancer Incidence in Denmark Following Exposure to Poliovirus Vaccine Contaminated with Simian Virus 40," *Journal of the National Cancer Institute* 95 (2003)：1249；H. D. Strickler, J. J. Goedert, S. S. Devesa, et al., "Trends in U. S. Pleural Mesothelioma Incidence Rates Following Simian Virus 40 Contamination of Early Poliovirus Vaccines," *Journal of the National Cancer Institute* 95 (2003)：38 - 45；（转下页）

研究人员对儿童接种了一种可能致癌的病毒感到后怕，于是将接种了被 SV40 污染的脊髓灰质炎疫苗的儿童的癌症发生率和未接种该疫苗的儿童的癌症发生率进行了比较。8 年后，两组人的癌症发病率相同；15 年和 30 年后也是如此。在美国、英国、德国和瑞典，接种了被 SV40 污染疫苗的儿童也是如此。到 20 世纪 90 年代中期，公共卫生官员确信，意外受到 SV40 污染的脊髓灰质炎疫苗不会引起癌症。然后，国家癌症研究所（位于马里兰州贝塞斯达）的一位研究人员有了新的发现，重燃争议。

米歇尔·卡波恩对找出癌症发生的原因很感兴趣。因此，他提取了癌细胞，并研究它们的基因，希望从中找到线索。卡波恩研究了各类罕见癌症，包括胸部癌（间皮瘤）、脑癌（室管膜瘤）

（接上页）E. A. Engels, H. A. Katki, N. M. Nielson, et al., "Cancer Incidence in Denmark Following Exposure to Poliovirus Vaccine Contaminated with Simian Virus 40," *Journal of the National Cancer Institute* 95 (2003): 532 – 39; F. Mayall, K. Barratt, and J. Shanks, "The Detection of Simian Virus 40 in Mesotheliomas from New Zealand and England Using Real Time FRET Probe PCR Protocols," *Journal of Clinical Pathology* 56 (2003): 728 – 30; M. Carbone, and M. A. Rkzanek, "Pathogenesis of Malignant Mesothelioma," *Clinical Lung Cancer* 5 (2004): S46 – S50; G. Barbanti-Brodano, S. Sabbioni, F. Martini, et al., "Simian Virus 40 Infection in Humans and Association with Human Diseases: Results and Hypotheses," *Virology* 318 (2004): 1 – 9; K. V. Shah, "Simian Virus 40 and Human Disease," *Journal of Infectious Diseases* 190 (2004): 2061 – 64; M. Jin, H. Sawa, T. Suzuki, et al., "Investigation of Simian Virus 40 Large T Antigen in 18 Autopsied Malignant Mesothelioma Patients in Japan," *Journal of Medical Virology* 74 (2004): 668 – 76; D. E. M. Rollison, W. F. Page, H. Crawford, et al., "Case-Control Study of Cancer among U. S. Army Veterans Exposed to Simian Virus 40-Contaminated Adenovirus Vaccine," *American Journal of Epidemiology* 160 (2004): 317 – 24; E. A. Engels, J. Chen, R. P. Viscidi, et al., "Poliovirus Vaccination during Pregnancy, Maternal Seroconversion to Simian Virus 40, and Risk of Childhood Cancer," *American Journal of Epidemiology* 160 (2004): 306 – 16.

和骨癌（骨肉瘤）。与白血病、乳腺癌和前列腺癌不同，卡波恩研究的癌症非常罕见。他惊讶地发现，有一个基因在各类癌细胞中反复出现，而 SV40 病毒中也含有这个基因。卡波恩已知 SV40 会导致仓鼠患癌，也知道在仓鼠身上发现的癌症类型与人类的癌症类型相似。这背后的含义再清楚不过——20 世纪 50 年代和 60 年代早期，受到 SV40 污染的脊髓灰质炎疫苗引发了癌症。卡波恩认为，早期的研究是错误的。

卡波恩的发现激起了新一轮的研究热潮。这一次，研究人员着重研究了卡波恩关注的罕见癌症。他们扩大研究范围，研究了数十万人而不是数千人。但结果还是一样，不论研究多少次，都未发现接种被意外污染 SV40 的疫苗的人群有更高的患癌风险。此外，研究人员也发现，许多癌细胞里含有 SV40 基因片段的癌症患者其实从未接种过受污染的脊髓灰质炎疫苗。而且他们还发现，许多血液中含有 SV40 病毒抗体的成年人，出生时间远早于被 SV40 污染的脊髓灰质炎疫苗问世的时间。

约翰·霍普金斯大学公共卫生学院的教授基尔蒂·沙哈研究 SV40 病毒已有 40 多年。当卡波恩在间皮瘤等肺癌细胞里发现 SV40 的基因残留时，沙哈也尝试寻找，但是没有找到。"1998 年，发生了一场大争论。"沙哈回忆道，"我们在间皮瘤细胞里找不到 SV40。有些实验室从来没找到过，比如我们的实验室。有些实验室永远能找到，比如卡波恩的实验室。争议很大。人们不理解怎么会出现这种情况。还有许多相互指责的声音：'你们根本不知道如何化验，你们搞砸了。'国家癌症研究所和 FDA 后来也组织开展了一项研究。九家实验室同时检测间皮瘤，并以健康的肺作为对照组，结果没有一家检测出 SV40。现在，所有新的（研究人员）都无法在脑瘤、淋巴瘤或间皮瘤里找到任何 SV40 残留的证据。"沙哈的结论是，"SV40 从未在人类中引起癌症。"

在希勒曼生命的最后几年，默沙东希望他不要公开评论 SV40 和癌症之间是否存在关联的问题，担心有人会曲解希勒曼的话或者在未决诉讼中引用他的话，对他造成不利。不过，希勒曼十分愿意在私下谈论。他毫不怀疑，他在 20 世纪 50 年代中期发现的污染了脊髓灰质炎疫苗的猴病毒，不会在人类中引起癌症。"我当时建议（联邦监管机构）将（脊髓灰质炎）疫苗撤市，但是现在回想起来，我觉得他们是对的。这些疫苗从未在人群中致癌。而中断（脊髓灰质炎疫苗）接种计划反而可能让数千人丧命。"

围绕 SV40 污染脊髓灰质炎疫苗的争端在短期内不太可能平息，不久前还引发了一系列相关诉讼，并且出版了一本书，叫做《病毒与疫苗——一种致癌的猴病毒、被污染的脊髓灰质炎疫苗以及数百万美国人暴露于病毒中的真实故事》，作者是黛比·布钦和吉姆·舒马赫。基尔蒂·沙哈接受了作者的深度采访，但是他对作者在书中下的结论无法苟同。"这本书的功课做得很足，"他说，"（作者）找了很多过去的资料，挖掘得很不错。但是他们不懂科学。在他们眼里，到处都是阴谋；事实是，根本不存在阴谋。"

20 世纪 70 和 80 年代的研究人员被 SV40 的这场磨难吓坏了，于是放弃动物细胞，转而使用人类胚胎细胞制造疫苗——狂犬病疫苗、水痘疫苗和甲肝疫苗。

泰德·维克多想制造一种狂犬病疫苗。和斯坦利·普洛特金一样，他也在威斯塔研究所主任希拉里·科普罗夫斯基的指导下进行疫苗研发。维克多和科普罗夫斯基相识于肯尼亚的穆古加

（Muguga），他俩当时参加了同一场由世界卫生组织主办的狂犬病会议。维克多身材高大，气场十足，行坐举止有如军官，和科普罗夫斯基一样都是波兰人。科普罗夫斯基立刻被维克多的激情和才智所吸引，邀请他加入自己在威斯塔研究所的团队。维克多答应了，并且一待就是30年，直到去世。

希拉里·科普罗夫斯基去非洲还有另外一个原因。他一心想着预防脊髓灰质炎的灾难——而且由此和阿尔伯特·萨宾展开了一场竞争——于是希望在非洲儿童当中测试他的减活脊髓灰质炎疫苗。后来，两名记者指责科普罗夫斯基和他的脊髓灰质炎疫苗是引发艾滋病流行的罪魁祸首，还称他为艾滋病之父。[①] 1992年，《滚石》杂志的调查记者汤姆·柯蒂斯写了一篇题为《艾滋病的起源——一个惊人的新理论试答"天灾还是人祸？"》的文章。几年后，英国广播公司驻伦敦的无偿自由撰稿人爱德华·胡珀出版了一本书，名为《河流——追寻艾滋病毒和艾滋病源头之旅》，试图坐实柯蒂斯的论调。柯蒂斯和胡珀认定科普罗夫斯基的脊髓灰质炎疫苗是艾滋病的起源，其推理如下：黑猩猩偶尔会感染一种

---

① 关于脊髓灰质炎疫苗是艾滋病之源的说法，参见：E. Hooper, *The River: A Journey to the Source of HIV and AIDS* (Boston: Little, Brown, 1999); S. A. Plotkin and H. Koprowski, "No Evidence to Link Polio Vaccine with HIV," *Nature* 407 (2000): 941; S. A. Plotkin, D. E. Teuwen, A. Prinzie, and J. Desmyter, "Post-script Relating to New Allegations Made by Edward Hooper at the Royal Society Discussion Meeting on 11 September 2000," *Philosophical Transactions of the Royal Society of London* 356 (2001): 825 – 29; S. A. Plotkin, "Untruths and Consequences: The False Hypothesis Linking CHAT Type 1 Polio Vaccination to the Origin of Human Immunodeficiency Virus," *Philosophical Transactions of the Royal Society of London* 356 (2001): 815 – 23; S. A. Plotkin, "Chimpanzees and Journalists," *Vaccine* 22 (2004): 1829 – 30。

HIV 样病毒，叫做猴免疫缺陷病毒（SIV）；科普罗夫斯基用来制造疫苗的黑猩猩细胞被 SIV 污染；非洲儿童吃下 SIV，病毒变异为 HIV。他们还提出了进一步的证明，指出艾滋病开始在中非流行的时间和地点，与科普罗夫斯基给非洲儿童接种脊髓灰质炎疫苗的时间和地点完全吻合。

柯蒂斯和胡珀的理论听起来头头是道，实则漏洞百出。首先，艾滋病的流行并非从科普罗夫斯基进行研究的地区开始；其次，科普罗夫斯基用来制造疫苗的并非黑猩猩细胞，而是猴细胞（黑猩猩不属于猴类，是猿类）；最后，虽然 SIV 的某些毒株可能是 HIV 的前身，但是从一种毒株突变成另一种毒株可能需要数十年的时间，而不是短短数年。研究人员使用了一种叫做聚合酶链反应（PCR）、能够检测极少量病毒 DNA 的灵敏测定法对科普罗夫斯基的脊髓灰质炎疫苗进行了检测，正如意料之中，里面没有发现任何 SIV、HIV 或黑猩猩的细胞 DNA，由此，科普罗夫斯基的脊髓灰质炎疫苗得以正名，即其中不含 SIV 或 HIV。2000 年 9 月，英国皇家学会（Royal Society of London）在伦敦最终正式推翻了柯蒂斯和胡珀的理论。斯坦利·普洛特金曾经参与在非洲开展的脊髓灰质炎疫苗试验，他后来对于爱德华·胡珀追寻艾滋病流行背后"冒烟的枪口"一事发表了评论："没有枪，没有枪手，没有子弹，没有动机。"

2006 年 5 月，亚拉巴马大学伯明翰分校的比阿特丽斯·哈恩和她的同事们证实，HIV 源自 SIV。基因分析证实，喀麦隆的野生黑猩猩所感染的 SIV 在 20 世纪 30 年代初已经演化成为 HIV，这比科普罗夫斯基在非洲开展脊髓灰质炎疫苗试验早了 20 年。哈恩说："两种病毒之间遗传上的相似度高得惊人。"据推测，起因有可能是喀麦隆农村的一名猎人被黑猩猩咬伤，或是在屠宰黑猩猩时割伤了自己。①

　　维克多和科普罗夫斯基想要改进之前生产的狂犬病疫苗。他们知道，由于巴斯德的狂犬病疫苗是由兔脊髓制成的，所以接种者偶尔会出现虚弱、瘫痪、昏迷的症状，甚至死亡。② 他们还知道，20世纪50年代中期，研究人员用鸭胚胎制造了一种疫苗，这种疫苗不太可能引起这些副作用。但是，因为用鸭子制作的疫苗里依然含有一些来自鸭脑和鸭脊髓的细胞——这些细胞里含有髓磷脂碱性蛋白，偶尔会引发自身免疫反应，所以还是没能彻底解决问题。另外，鸭疫苗必须每天注射，连打三周左右，也就是手臂、腿和腹部一共要打23针，这个过程极为痛苦，以至于许多人对打疫苗的恐惧超过了对狂犬病的恐惧。为了做出更好的疫苗，维克多和斯坦利·普洛特金一样，找到了他在威斯塔研究所的同事伦纳德·海弗里克，求取1961年在瑞典进行的人工流产的胎儿细胞。维克多知道，海弗里克提供的细胞里不含SV40和其他病毒，也不含胎儿的大脑和脊髓的细胞，完全符合他的需求。几年后，维克多找到方法，在海弗里克的细胞里培养狂犬病毒，然后用一种化学物质将病毒完全灭活。斯坦利·普洛特金将维克多的

①　关于 HIV 的来源的说法，参见：L. Neergaard, "Scientists Trace AIDS Origin to Wild Chimps: Gene Tests Match Virus to Primates in Cameroon to First Known Human Case," Associated Press, May 25, 2006; L. Roberts, "Polio Eradication: Is It Time to Give Up?" *Science* 312 (2006): 832 – 35。

②　关于巴斯德的狂犬病疫苗的研究，参见：T. J. Wiktor, F. Sokol, E. Kuwert, and H. Koprowski, "Immunogenicity of Concentrated and Purified Rabies Vaccine of Tissue Culture Origin," *Proceedings of the Society of Experimental Biology and Medicine* 131 (1969): 799 – 805; T. J. Wiktor, S. A. Plotkin, and D. W. Grella, "Human Cell Culture Rabies Vaccine," *Journal of the American Medical Association* 224 (1973): 1170 – 71。

狂犬病疫苗注入科普罗夫斯基和维克多的手臂，发现它能在体内诱发大量的狂犬病毒抗体。备受鼓舞的威斯塔研究团队带着疫苗去了街头时有疯狗游荡的伊朗，给被疯狗严重咬伤的人接种了疫苗。结果，疫苗百分百起效，打几针就行，而且也非常安全。

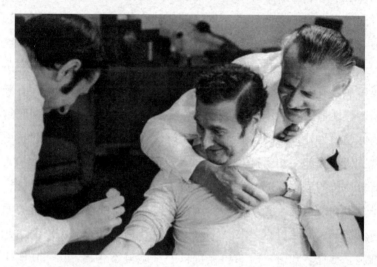

斯坦利·普洛特金（左）给希拉里·科普罗夫斯基注射实验性狂犬病疫苗，泰德·维克多微笑拍照，1971 年 12 月

泰德·维克多和希拉里·科普罗夫斯基借助海弗里克的胎儿细胞，一举解决了狂犬病疫苗的问题，现在，每年有 1 000 万人接种他们的疫苗。然而不幸的是，许多需要狂犬病疫苗的人还是接种不到疫苗。全球范围内，每年约有 5 万人死于狂犬病。

下一个用人类胎儿制成的疫苗是水痘疫苗。在水痘疫苗问世之前，美国每年有 4 000 万人感染水痘病毒，全球有 1 亿人感染。虽然在许多人眼里，水痘只是一种轻度感染，仿佛孩童必经的成年礼，其实并不是这样。水痘病毒会感染大脑，引起脑炎；感染肝脏，引起肝炎；感染肺部，引起致命的肺炎。[①]（2002 年，夏威夷国会议员帕特西·明克便死于水痘引发的肺炎。）也许在水痘造成的问题当中，最可怕也最为媒体广泛关注的是 A 组链球菌（即所谓的食肉细菌）引起的疾病数量急剧增加。这种细菌通过破掉的水痘水泡侵入皮肤和肌肉。在水痘疫苗问世前，单单在美国，每年就有约 1 万人因水痘住院，100 人死亡。

当临床医生意识到了水痘的危害性有多大时，他们试图制造一种疫苗预防水痘。用流产胎儿细胞进行脊髓灰质炎病毒实验，从而赢得了诺贝尔奖的托马斯·韦勒，在水痘疫苗的问题上迈出了第一步。1951 年，韦勒 5 岁的儿子彼得得了水痘。韦勒挤破一个水泡，收集了脓液，将其注入各种取自不同物种和不同器官的细胞里。[②] 他发现病毒在人类胚胎细胞里生长的效果最好；其他研究者后来也证实了这一发现。"所有已知的人类病毒都能在（人类胎儿细胞）里生长，"海弗里克回忆道，"所以研究人员才那么爱用它做疫苗。"

20 世纪 70 年代，日本大阪大学的微生物学家高桥理明（Michiaki Takahashi）迈出了下一步。高桥身材瘦小，为人谦和，他制作疫苗的方式不同寻常。和韦勒一样，他也是从水痘患儿的水泡里提取了脓液——患儿是个小男孩，3 岁，姓冈（Oka）。然后，高桥在低温下用日本的流产胎儿细胞培养了病毒 11 遍，用豚鼠胚胎细胞培养了 12 遍，用海弗里克的胎儿细胞培养了 2 遍，最后用英国的流产胎儿细胞（1966 年流产的 14 周龄男胎）培养了 5

---

① Plotkin and Orenstein, *Vaccines*.
② 关于韦勒的水痘疫苗研究，参见：Weller, *Growing Pathogens*。

遍。最终得到的疫苗病毒被命名为冈株。[①]

希勒曼在高桥疫苗的基础上继续开发，并于 1995 年将该疫苗引入美国。[②] 截至 2005 年，几乎所有的儿童都接种了水痘疫苗，水痘的感染人数和死亡人数下降了 90%。

最后一种用海弗里克的胎儿细胞制作的疫苗是甲肝疫苗。在甲肝疫苗问世之前，美国每年有大约 20 万人感染甲肝，100 人死亡。在发展中国家，污水和饮用水经常混在一起，每年感染甲肝的人数更是达到数百万之多，导致数千人死亡；几乎所有人都被甲肝感染了。甲肝病毒还引起了美国历史上最严重的一次单源性传染病暴发，疫情发生在宾夕法尼亚州西部。

14 岁的詹妮弗·西弗和朋友一起去吃墨西哥菜为友人庆生。她其实不爱吃墨西哥菜，但是又不想错过聚会。2003 年 10 月，詹妮弗和安布里奇高中（Ambridge High School）的另外十几个女生在 Chi-Chi 餐厅聚餐，点了许多墨西哥玉米片、烤肉和玉米饼，这家餐厅位于宾夕法尼亚州比弗市，在匹兹堡西北方向 25 英里处。几周后，詹妮弗的一个朋友病倒，出现发烧、胃痛、肌肉疼痛、虚弱无力、恶心、呕吐等症状。女孩的尿液变成了深棕色，皮肤变成了黄色，每一次呼吸，肋骨下方都像刀扎般的疼。女孩

---

① 关于高桥的水痘疫苗研究，参见：M. Takahashi, T. Otsuka, Y. Okuno, et al., "Live Vaccine Used to Prevent the Spread of Varicella in Children in Hospital," *Lancet 2* (1974)：1288 – 90；M. Takahashi, Y. Okuno, T. Otsuka, et al., "Development of a Live Attenuated Varicella Vaccine," *Biken Journal* 18 (1975)：25 – 33。

② 关于希勒曼的水痘疫苗研究，参见：R. E. Weibel, B. J. Neff, B. J. Kuter, et al., "Live Attenuated Varicella Virus Vaccine: Efficacy Trial in Healthy Children," *New England Journal of Medicine* 310 (1984)：1409 – 15。

的父母吓坏了，把她送去医院。验血结果显示，女孩得了甲肝。①

　詹妮弗意识到自己侥幸逃过了一劫。"我没得病，真是走运，"她说，"但是很多人没那么走运。"詹妮弗的朋友就是其中一个不走运的人。第一例甲肝出现在 2003 年 10 月 2 日。之后的几周里，该地区又有好几个人生病了。到 11 月 3 日，当地卫生官员确认发

---

① 关于 Chi-Chi 餐厅的肝炎事件，参见："Officials Link Chi-Chi's Hepatitis Outbreak to Green Onions," *USA Today*, November 21, 2003; S. Waite, "Thousands at Risk of Hepatitis," *Beaver County Times*, November 5, 2003; C. Snowbeck, writing in *Pittsburgh PostGazette*: "Hepatitis Outbreak in Beaver County Reaches 130," November 7, 2003; "Hepatitis Outbreak Claims First Fatality," November 8, 2003; "240 Cases of Hepatitis Listed in Beaver," November 11, 2003; "Hepatitis Outbreak Reaches 300," November 11, 2003; "How Hepatitis A Was Spread Remains a Mystery in Beaver County," November 12, 2003; "Beaver County Hepatitis Probe Changes Focus," November 13, 2003; "Second Death in Hepatitis Outbreak," November 14, 2003; "Hepatitis Probe Following Pattern," November 16, 2003; "Investigation Lets Chi-Chi's Staff off Hook," November 19, 2003; "FDA Stops Green Onions from 3 Mexican Suppliers," November 21, 2003; "Mexico Closes 4 Green Onion Exporters," November 25, 2003; " 'Smoking Gun' in Outbreak Will Be Hard to Find," November 27, 2003; "How Going Out For a 'Decent Meal' Led to Transplant for Beaver Man," December 2, 2003; "Hepatitis Cases Rise to 635 in Beaver County," December 4, 2003; C. Sheehan, "PA. Hepatitis A Outbreak Kills 3rd Victim," Associated Press, November 14, 2003; L. Polgreen, "Community Is Reeling from Hepatitis Outbreak," *New York Times*, November 17, 2003; B. Bauder, "Hepatitis Cause Eludes Officials," *Beaver County Times*, November 18, 2003; B. Batz, "Hepatitis News Affecting Beaver County Residents in Different Ways," *Pittsburgh PostGazette*, November 18, 2003; A. Manning and E. Weise, "Hepatitis A Outbreak Tied to Imported Food," *USA Today*, November 19, 2003; "U. S. Bars Mexican Onions Due to Hepatitis Outbreak," Reuters, November 19, 2003; "Onions Blamed for Deadly Virus," CBS/AP, November 21, 2003; "Toll of Hepatitis A Outbreak Climbing," *Pittsburgh NewsLeader*, November 21, 2003; J. Mandak, "Chi-Chi's Exec Calls Restaurants Safe," Associated Press, November 22, 2003; K. Roebuck, "Hepatitis Victims Describe Ordeals," *TribuneReview*, April 25, 2004; C. Wheeler, T. M. Vogt, G. L. Armstrong, et al., "An Outbreak of Hepatitis A Associated with Green Onions", *New England Journal of Medicine* 353 (2005): 890 - 97。

生了肝炎疫情，要求 Chi-Chi 餐厅停业。因为从感染甲肝病毒到出现最初症状最长可达七周，所以 9 月到 11 月之间去这家餐厅吃过饭的顾客都有感染的风险。这几个月里，Chi-Chi 餐厅一共供应了 1.1 万份食物。截至 11 月 5 日，感染甲肝的人数升至 84 人；11 月 6 日，达到 130 人；11 月 7 日，达到 200 人。宾夕法尼亚州阿利基帕（Aliquippa）的车身修理工杰弗里·库克为了活命，孤注一掷地接受了肝脏移植手术，于 11 月 7 日去世。

卫生官员确信，此次疫情的源头是餐厅的一名员工，随着调查深入，他们发现餐厅里好几名员工都得了肝炎，但是得病的时间和顾客一样，并非更早得病。时间对不上，说明病毒另有源头。到 11 月 11 日，感染人数已经升至 300 人，新增的两人病情危重。11 月 12 日，感染人数又增加了 40 多人，调查员终于锁定了一个疑似源头。那年早些时候，在佐治亚州、田纳西州和北卡罗来纳州爆发甲肝期间，公共卫生官员流调了数千人，询问病了的和没病的各自都吃了什么。然后，他们仔细地调查了食物中的所有食材。有一种食材反复出现在甲肝病人吃过的食物清单上——青葱。调查员发现，餐厅的青葱是从甲肝感染率高的墨西哥进口的。佐治亚州卫生部发言人理查德·夸塔罗内说："青葱是一层一层的，很难洗净。要确保百分百地杀死了青葱里携带的肝炎病毒，唯一的方法是煮熟，但是青葱一般被用作摆盘的装饰，不会去煮。"Chi-Chi 餐厅使用的青葱也是从墨西哥进口的，消息一出，餐厅立马将青葱从其在明尼苏达州到大西洋中部地区的另外 99 家门店的菜单上撤下，然而为时已晚。

到 11 月 13 日，感染人数已升至 400 人，出现第二例死亡病例——宜家的客户服务代表迪恩·维克佐雷克。10 月 6 日，她在 Chi-Chi 餐厅吃了饭，以庆祝结婚纪念日。她的女儿达琳·特隆佐回忆道："一顿饭，就一顿饭，人就没了。每天都有人在外面吃饭，我每天都在外面吃饭，从来没想到会发生这种事。"到 11 月 14 日，感染人数已经升至 500 人，第三人死亡——他是某薪资处理公司的员工约翰·斯普拉特。斯普拉特和女儿一起在 Chi-Chi 吃过饭，两个人都点了墨西哥烤鸡肉，但是斯普拉特吃了盘子里的配菜，他女儿没吃。就是这个动作导致了他的死亡。

当一切结束时，这场从 Chi-Chi 餐厅开始的甲肝疫情最终导致约 700 人染病，4 人死亡。这是美国历史上最严重的一次甲肝疫情，但不是全世界最严重的一次。1989 年，在中国上海，从东海捕捞的未经烹煮的毛蚶被甲肝病毒污染，导致超过 30 万人感染，47 人死亡。[①] 毛蚶和贻贝、牡蛎一样，每小时可过滤多达 10 加仑的水，所以毛蚶中的病毒浓度是海水中病毒浓度的 100 倍。

在 Chi-Chi 餐厅暴发甲肝疫情时，一种本可以阻止这场悲剧发生的疫苗已经上市 8 年了。第一种甲肝疫苗成功研发的关键人物是弗雷德里希·"弗里茨"·丹赫（Friedrich "Fritz" Deinhardt）。

20 世纪 60 年代中期，弗里茨·丹赫还是个默默无闻的研究员。丹赫出生于德国居特斯洛县，毕业于哥廷根大学，并获得汉堡大学的医学学位。他在汉堡做完实习医师和住院医师后来到美国，在此认识了他的妻子吉茵，并且后来成为芝加哥长老会圣卢克医院的微生物学主任。1965 年在圣卢克医院工作期间，丹赫采集了一名 34 岁、姓名首字母缩写为 G. B. 的外科医生的血样。这名外科医生得了肝炎，已经病了三天，皮肤和眼睛变黄，边吃东西边吐，疲倦乏力，无法工作。为了捕获他身上的病毒，丹赫将

---

① 关于此次上海疫情，参见：G. Yao, "Clinical Spectrum and Natural History of Viral Hepatitis A in a 1988 Shanghai Epidemic," in *Viral Hepatitis and Liver Diseases* (Baltimore: Williams and Wilkins, 1991), 76 - 77。

患病医生的血液注入了狨猴的血管。狨猴是南美洲的一种猴子——白唇、脸部多毛、体型小巧类似松鼠。几年后，狨猴将被列为濒危物种。但在美国政府禁止使用狨猴开展实验之前，丹赫将狨猴进口到美国并饲养起来——他的妻子帮忙给狨猴宝宝喂奶。在丹赫给狨猴注射了那名外科医生的血液几周后，所有的狨猴都患上了肝炎，病倒了。[①]

尽管丹赫在分离甲肝病毒方面取得了显著的成功，但是资助他研究的美国军方却对他的结果持怀疑态度。军方找到希勒曼，问他对丹赫的工作有什么看法。虽然丹赫这个人不好相处，争强好胜，爱争辩，但是希勒曼还是力挺自己的朋友，他回忆道："（弗里茨）采集了一位姓氏缩写为 G. B. 的外科医生的血样并从中分离出了一种病毒。据说，这名医生得了甲肝。（丹赫）又证明他把病毒传给了狨猴。这个项目一直是由军方资助的。他们问我：'你觉得他真的做成了吗？你认为他是对的吗？'我说：'弗里茨·丹赫非常聪明。如果他不研究甲肝，你们还能找谁去研究？你们一定要资助他。'当时我没有任何理由认为他没有分离出甲肝病毒。"

1992 年 4 月 30 日，弗里茨·丹赫死于癌症，享年 66 岁。他的一篇讣告上提到了他用狨猴开展的研究："对甲肝真正有意义的专项研究始于此处。这一突破性发现是甲肝研究的起点，为后续研究打开了一扇窗，并为研制疫苗照亮了前路。若非这些开创性

---

① 关于丹赫的研究工作，参见：R. Deinhardt, A. W. Holmes, R. B. Capps, and H. Popper, "Studies on the Transmission of Human Viral Hepatitis to Marmoset Monkeys, I: Transmission of Disease, Serial Passages, and Description of Liver Lesions," *Journal of Experimental Medicine* 125 (1967): 673 – 88。

的狨猴研究，我们可能依然在与甲肝的奥秘作斗争。"[1] 然而事实上，弗里茨·丹赫从没有研究过甲肝病毒。他分离出的是一种十分罕见的病毒，现在被叫做庚型肝炎病毒，是一种罕见的人类疾病病因。虽然丹赫在不知不觉中研究了另一种病毒，但是他对狨猴的判断是正确的——狨猴确实是研究甲肝的绝佳选择。

在丹赫研究的引领下，希勒曼采集了一个 9 岁的患有肝炎的哥斯达黎加男孩的血液并注入一只狨猴的静脉中；几周后，从狨猴的肝脏中检测到了甲肝病毒。但是狨猴变得越来越难找了，希勒曼需要其他细胞来培养他的病毒。只有海弗里克的胎儿细胞管用。

在接下来的 13 年里，莫里斯·希勒曼成为第一个检测出甲肝病毒和甲肝病毒抗体的人，第一个在胎儿细胞里培养甲肝病毒的人，第一个弱化甲肝病毒（作为额外的安全保障）的人，第一个用福尔马林杀死甲肝病毒的人，而且是第一个证明自己的先减活再灭活的甲肝疫苗在动物身上起效的人。[2] 希勒曼信心满满，准

---

① M. R. Hilleman, "A Tribute to Dr. Friedrich W. Dein-hardt MD: 1926 – 1992," *Journal of Hepatology* 18 (1993): S2 - S4.

② 关于希勒曼所做的甲肝研究，参见: C. C. Mascoli, O. L. Ittensohn, V. M. Villarejos, J. A. Arguedas, P. J. Provost, and M. R. Hilleman, "Recovery of Hepatitis Agents in the Marmoset from Human Cases Occurring in Costa Rica," *Proceedings of the Society for Experimental Biology and Medicine* 142 (1973): 276 – 82; P. J. Provost, O. L. Ittensohn, V. M. Villarejos, J. A. Arguedas, and M. R. Hilleman, "Etiologic Relationship of Marmoset-Propagated CR326 Hepatitis A Virus to Hepatitis in Man," *Proceedings of the Society for Experimental Biology and Medicine* 142 (1973): 1257 – 67; P. J. Provost, O. L. Ittensohn, V. M. Villarejos, and M. R. Hilleman, "A Specific Complement-Fixation Test for Human Hepatitis A Employing CR326 Virus Antigen: Diagnosis and Epidemiology," *Proceedings of the Society for Experimental Biology and Medicine* 148 (1975): 962 – 69; P. J. Provost, B. S. Wolanski, W. J. Miller, O. L. Ittensohn, W. J. McAleer, and M. R. Hilleman, "Physical, Chemical and Morphologic Dimensions of Human Hepatitis A Virus Strain CR326," （转下页）

（接上页）*Proceedings of the Society for Experimental Biology and Medicine* 148 (1975): 532 - 39; M. R. Hilleman, P. J. Provost, W. J. Miller, et al., "Immune Adherence and Complement-Fixation Tests for Human Hepatitis A: Diagnostic and Epidemiologic Investigations," *Development of Biological Standards* 30 (1975): 383 - 89; M. R. Hilleman, P. J. Provost, B. S. Wolanski, et al., "Characterization of CR326 Human Hepatitis A Virus, a Probable Enterovirus," *Development of Biological Standards* 30 (1975): 418 - 24; W. J. Miller, P. J. Provost, W. J. McAleer, O. L. Ittensohn, V. M. Villarejos, and M. R. Hilleman, "Specific Immune Adherence Assay for Human Hepatitis A Antibody: Application to Diagnostic and Epidemiologic Investigations," *Proceedings of the Society for Experimental Biology and Medicine* 149 (1975): 254 - 61; P. J. Provost, B. S. Wolanski, W. J. Miller, O. L. Ittensohn, W. J. McAleer, and M. R. Hilleman, "Biophysical and Biochemical Properties of CR326 Human Hepatitis A Virus," *American Journal of Medical Sciences* 270 (1975): 87 - 91; M. R. Hilleman, P. J. Provost, W. J. Miller, et al., "Development and Utilization of Complement-Fixation and Immune Adherence Tests for Human Hepatitis A Virus and Antibody," *American Journal of Medical Sciences* 270 (1975): 93 - 98; V. M. Villarejos, A. Gutierrez-Diermissen, K. Anderson-Visona, A. Rodriguez-Aragones, P. J. Provost, and M. R. Hilleman, "Development of Immunity against Hepatitis A Virus by Sub-clinical Infection," *Proceedings of the Society for Experimental Biology and Medicine* 153 (1976): 205 - 8; P. J. Provost, V. M. Villarejos, and M. R. Hilleman, "Suitability of the Rufiventer Marmoset as a Host Animal for Human Hepatitis A Virus," *Proceedings of the Society for Experimental Biology and Medicine* 155 (1977): 283 - 86; P. J. Provost, V. M. Villarejos, and M. R. Hilleman, "Tests in Rufiventer and Other Marmosets of Susceptibility to Human Hepatitis A Virus," *Primates in Medicine* 10 (1978): 288 - 94; P. J. Provost and M. R. Hilleman, "An Inactivated Hepatitis A Vaccine Virus Prepared from Infected Marmoset Liver," *Proceedings of the Society for Experimental Biology and Medicine* 159 (1978): 201 - 3; P. J. Provost and M. R. Hilleman, "Propagation of Human Hepatitis A Virus in Cell Culture in vitro," *Proceedings of the Society for Experimental Biology and Medicine* 160 (1979): 213 - 21; P. J. Provost, P. A. Giesa, W. J. McAleer, and M. R. Hilleman, "Isolation of Hepatitis A Virus in vitro in Cell Culture Directly from Human Specimens," *Proceedings of the Society for Experimental Biology and Medicine* 167 (1981): 201 - 6; P. J. Provost, F. S. Banker, P. A. Giesa, W. J. McAleer, E. B. Buynak, and M. R. Hilleman, "Progress Toward a Live, Attenuated Human Hepatitis A Vaccine," *Proceedings of the Society for Experimental Biology and Medicine* 170 (1982): 8 - 14; P. J. Provost, （转下页）

备开始在人身上测试。当年他测试麻疹疫苗、腮腺炎疫苗和风疹疫苗时，需要找到感染这些疾病的高风险人群，所以希勒曼选择了收容机构的智障儿童。现在他需要的是感染甲肝的高风险人群。巧的是，就在希勒曼寻觅一个地点去做其研究的当口，艾伦·维茨伯格来到默沙东参观，他是基里亚斯·乔尔医学研究所（Kiryas Joel Institute of Medicine）的医生。

　　1974 年，哈西迪犹太人为了解决其人口在布鲁克林威廉斯堡地区的不断增长，其中一群人选择搬到纽约市西北 50 英里处的哈德逊河谷。他们建起了一座名为基里亚斯·乔尔的村庄，让一个安静的乡村摇身一变成为繁华的市中心，在这里，蓄须的男人在炎炎夏日身着黑色长外套，戴头巾的妇女推着婴儿车经过路边用希伯来语写的标志。他们从布鲁克林带去了一种独特的生活方式。基里亚斯·乔尔的居民在 18 岁时结婚，家族庞大。到 20 世纪 90 年代初，此地大约有 8 000 位居民。[①]

　　基里亚斯·乔尔村之所以与众不同，原因还有一个——那里的甲肝发病率异常地高。一般来说，婴幼儿哪怕感染甲肝病毒也不会出现特别严重的感染症状。但是，稍大一些的孩子、青少年和成人一旦感染，便会患上严重的疾病。在基里亚斯·乔尔，生活条件使得年幼的儿童很容易把病毒传给年纪较大的孩子。"高出

（接上页）P. A. Conti, P. A. Giesa, F. S. Banker, E. B. Buynak, W. J. McAleer, and M. R. Hilleman, "Studies in Chimps of Live, Attenuated Hepatitis A Vaccine Candidates," *Proceedings of the Society for Experimental Biology and Medicine* 172 (1983): 357 - 63; W. M. Hurmi, W. J. Miller, W. J. McAleer, P. J. Provost, and M. R. Hilleman, "Viral Enhancement and Interference Induced in Cell Culture by Hepatitis A Virus: Application to Quantitative Assays for Hepatitis A Virus," *Proceedings of the Society for Experimental Biology and Medicine* 175 (1984): 84 - 87。

① M. Hill, "Hasidic Enclave Has Growing Pains in Suburbia," Associated Press, September 11, 2004.

生活在基里亚斯·乔尔的哈西迪男孩接种实验性甲肝疫苗，临床试验执行人
艾伦·维茨伯格（左一）在一边观看，1991 年

生率、庞大的家族规模和类似日托中心的校园氛围，使得小孩子和大孩子的接触十分密切。"维茨伯格说，"（我们）很难一直管住（年幼）孩子的手干了些什么，他们不按要求洗手，还会偷偷摸摸地拿手指去蘸学校的公共食物。""所有孩子都在社区的公共水池里洗澡，"希勒曼在默沙东的甲肝疫苗项目同事菲尔·普罗沃斯特回忆道，"这是当地社区的一种传统习俗。但是，这些公共水池里充斥着甲肝病毒。病毒就是这样传开的。"1985 年至 1991 年间，当地的医生在基里亚斯·乔尔诊治了 300 个感染甲肝病毒的孩子。当地 70％的居民感染了病毒。

　　测试希勒曼先减活再灭活的甲肝疫苗的任务落在了艾伦·维茨伯格的身上。维茨伯格找来了 1 000 个从未感染甲肝病毒的儿童，把他们平分成两组，一组接种疫苗，另一组接种安慰剂。三个月后，他发现参与研究的这些孩子中有 34 人感染了甲肝病毒，全部来自安慰剂组。[①] 维茨伯格在《新英格兰医学杂志》上发表了一篇论文，其结论是希勒曼的甲肝疫苗100％有效。

自1995年默沙东的甲肝疫苗获批以来，美国的甲肝发病率下降了约75％。

当斯坦利·普洛特金、泰德·维克多、高桥理明和莫里斯·希勒曼使用海弗里克的胎儿细胞制造疫苗时，他们并不认为自己的行为是不道德的。胎儿细胞之所以如此受欢迎，是因为它没有受动物病毒的污染，易于在实验室中生长，而且对所有已知的人类病毒高度敏感。从许多方面来看，它们都是制造疫苗的理想细胞。在疫苗研发阶段，从媒体、公众、宗教组织到FDA、国立卫生研究院和世界卫生组织，没有出现任何反对的声音。此外，提供胎儿细胞给伦纳德·海弗里克用于疫苗研究的妇女是主动要求堕胎。然而，时过境迁，如今一些像德比·温尼奇领导的"上帝之子"那样的团体认为由胎儿细胞制成的疫苗是不道德的。

在温尼奇看来，解决方案很简单。既然现在有了更精妙的方法检测污染病毒，那么我们可以用动物细胞重新制造这些疫苗了。真要做起来其实并不容易。首先，生产厂商必须找到合适的动物细胞来培养这些病毒，然后必须充分弱化或杀死病毒，开展临床试验测试新疫苗，且试验的规模需要不断扩大（将成千上万的儿童纳入其中）；再然后，新建或改建制造疫苗的工厂，在美国申请

---

① 关于维茨伯格的甲肝疫苗研究，参见：A. Werzberger, B. Mensch, B. Kuter, L. Brown, J. Lewis, R. Sitrin, W. Miller, D. Shouval, B. Wiens, G. Calandra, J. Ryan, P. Provost, and D. Nalin, "A Controlled Trial of a Formalin-Inactivated Hepatitis A Vaccine in Healthy Children," *New England Journal of Medicine* 327 (1992): 453–57.

获得 FDA 的批准，并在全球申请各国监管机构的批准。由于这些疾病如今已不常见，因此开展规模大到足以证实疫苗有效的试验非常困难，或者说根本不可能。而且，由于新疫苗可能不会效果太好，届时，这些临床试验将担上不道德的骂名。此外，从监管机构的角度出发，这些公司生产的新产品必须经过新产品的标准审核流程，监管成本将是巨大的。每生产一种新疫苗要耗去至少 8 亿美元成本。这些新疫苗不会增加销售额，只会增加成本。所有这些费用最终将由纳税人、医疗保险费和国际卫生机构分摊。

疫苗生产商不太可能在明知没有经济利益的情况下，还以高昂的成本重制常规儿童疫苗（例如风疹疫苗、甲肝疫苗和水痘疫苗）。针对目前市面上使用的疫苗发表具有煽动性且错误的言论也无济于事。"广泛使用这些疫苗极有可能会促使从新的流产胎儿身上建立更多的细胞系。"温尼奇说，"纳粹大屠杀停止了，胎儿大屠杀却在继续。"然而事实上，制造这些疫苗根本没有用到新的流产胎儿。1961 年的流产胎儿细胞一直被冷冻着，会定期拿出来解冻放进实验室烧瓶里进行培养，数量足够几代人使用。

向普洛特金、维克多、希勒曼和高桥提供胎儿细胞来制造疫苗的伦纳德·海弗里克，成了人人喊打的过街老鼠。1968 年，海弗里克离开了威斯塔研究所，加入了斯坦福大学医学院担任医学微生物学教授。离开时，他带走了胎儿细胞。彼时，海弗里克已经成立了一家名叫 Cell Associates 的公司，是他和他妻子的独资公司，通过公司将胎儿细胞卖给全球数百名研究人员。海弗里克只收取制备和运输细胞的费用，从未从销售中获利，总收益仅为1.5 万美元。但是，有些人认为海弗里克利用工作赚取私利。威斯塔研究所的一位同事回忆道:"在当时那种环境下,靠政府拨款做研究,研究就属于公共资产。伦纳德把这些细胞拿出来卖,震惊了许多人。"

当时,海弗里克拿着国立卫生研究院的大笔经费,在关于人类如何衰老以及为何衰老的研究中已有重要发现,并受到众多同行科学家的敬重,可谓风头正劲。然而,短短两年后,伦纳德·海弗里克却出现在帕洛阿托市的失业人员队伍之列。

1976年1月30日,国立卫生研究院的管理会计师詹姆斯·W.施里弗提交了一份报告,称海弗里克正在卖他没有资格卖的东西。施里弗声称,海弗里克的研究经费来自国立卫生研究院,所以出售胎儿细胞所得的钱款不该归他,而应该归国立卫生研究院所有。随着丑闻不断升级,斯坦福大学医学院惊慌不已,最终判定海弗里克的行为有违操守。2月27日,海弗里克辞职。"1975年,我主动联系国立卫生研究院的负责人,要求他对(胎儿)细胞(的归属权)做出明确的判定。"海弗里克回忆道,"他们没有派一位或许能理解我的主张的律师或者科学家,而是派了个会计跑到(斯坦福大学医学院院长)克莱顿·里奇那里说:'你知道吗?你们微生物学系有个小偷。'这个会计建议(院长)好好合作,因为(斯坦福)90%的预算来自国立卫生研究院。斯坦福大学给校警打了电话,让他们联系地区检察官。(然后)国立卫生研究院的公务员就进入了我的实验室,没收了(我的胎儿细胞)并据为己有。国立卫生研究院坚称,商业组织、俄罗斯人和他们自己都有权利以数千万美元的价格出售(我的胎儿细胞),而发明者本人或他的公司从中获利就是偷盗行为。"在同行眼里,海弗里克已经毁了。"不到一周,我从斯坦福大学的正教授变成了失业人员。"海弗里克回忆道,"接下去的一年里,我和我的妻子只能靠每周 104 美元的生活费度日。"① 普洛特金回忆这场争端时说道："我认为，这是一场真正意义上的古希腊悲剧——一个人在自己能呼风唤雨的时候，亲手把自己拉下马来。"

海弗里克起诉联邦政府，又被联邦政府反诉。他说："我觉得，而且我也有资格觉得，这些细胞就像我的孩子。"曾被要求出庭指证海弗里克的希勒曼回忆道："我被要求作为关键证人指证他。我说，如果有人试图定他的罪，我就自己来搞一场运动，让两名高级政府官员和他一起坐牢。他本应被视为科学界的英雄，受人景仰，不该遭受迫害。"1982 年 9 月，该案达成庭外和解，结果对海弗里克有利，历时六年的争端至此告一段落。海弗里克获得了托管的 1.5 万美元本金和利息，政府也允许他保留自己的细胞。海弗里克的和解金没能留住，全拿去支付了律师费了。同事们团结起来支持海弗里克。《科学》杂志上刊登了一封由 85 位科学家签名的信，信中写道："海弗里克博士的磨难有了令人欣慰的结果，为后世提供了诸多重要的范例。面对磨难，他勇敢无惧，时而孤独，情绪受创，职业生涯被毁。鉴于和解条款和政府采取的其他行动，鲜有人会不同意最初对他的指控是毫无道理的。"海弗里克的斗争改变了法律。如今，获得联邦经费的科学家可以拥有并出售他们的研究成果。这项裁决催生了 20 世纪 80 和 90 年代私营机构生物技术的蓬勃发展。"我是个先行者，"海弗里克回忆道，"先行者容易背部中箭。"

---

① 关于伦纳德·海弗里克所受的这一迫害，参见：P. M. Boffey, "The Fall and Rise of Leonard Hayflick," *New York Times*, January 19, 1982; L. Hayflick, "WI‐38: From Purloined Cells to National Policy," *Current Contents*, January 15, 1990; N. Wade, "Hayflick's Tragedy: The Rise and Fall of a Human Cell Line," *Science* 192 (1976): 125‐27; C. Holden, "Hayflick Case Settled," *Science* 215 (1982): 271; B. L. Strehler, "Hayflick-NIH Settlement," *Science* 215 (1982): 240‐42。

虽然在一部分人的眼中，使用胎儿细胞制造疫苗仍然存在争议，但是这些疫苗是安全的。有了胎儿细胞，希勒曼和其他科学家得以避免感染如鸡白血病病毒和 SV40 病毒。不过，莫里斯·希勒曼制造下一个疫苗即将使用的材料，哪怕在疫苗获批上市以后，也很少有人认为它是安全的。这种材料就是人血。20 世纪 70 年代末，希勒曼采集纽约市的吸毒者和男同性恋者的血液时，正好美国首现艾滋病毒。可以说，人血是制造医疗产品的起始物料中最危险的一种。

第八章　血　液①

"这个流程可以杀死一切活物。"

——莫里斯·希勒曼

　　1984 年，美国疾控中心的研究人员发表了一篇论文，题为
《获得性免疫缺陷综合征（AIDS）病例群——通过性接触相联的
患者》②。艾滋病，一种包括不寻常感染和癌症的综合征，正在席
卷美国，数千人被感染。

　　艾滋病患者的死因众多，比如肺炎。艾滋病出现在美国之前，
每年有数万人死于肺炎球菌引起的肺炎。但是艾滋病患者不一样，
他们死于肺孢子虫这种生物——按照以往的经验，这是一种只在
癌症患者中发现的引起肺炎的有机体。还有死于脑膜炎的，但是
同样地，他们不是死于常见细菌（如脑膜炎球菌），而是死于罕见
的真菌（如隐球菌）。还有人死于卡波西肉瘤——一种先前十分罕
见的癌症，会导致皮下长出可怕的深紫色斑点。

　　疾控中心的研究人员发现了几类艾滋病高危人群：居住在美
国的海地人、静脉注射吸毒者和经常需要输血的人，但是，没有
哪个群体的风险能大过男同性恋。美国最先确诊的 40 名艾滋病患
者全部是男同性恋者，他们来自加利福尼亚州、佛罗里达州、佐

治亚州、新泽西州、宾夕法尼亚州和得克萨斯州。为了弄清楚艾滋病毒——不久后即改名为人类免疫缺陷病毒（HIV）——的传播方式，研究人员绘制了一张图表，以显示谁与谁发生过性关系。有一个人处在关系图的中心位置。所有40名艾滋病患者要么直接与他发生过性关系，要么与和他发生过性关系的人发生过性关系。研究人员将此人称为"零号病人"。他的名字叫做盖坦·杜加斯③。

杜加斯是土生土长的魁北克人，在加拿大航空公司当空乘，飞遍了整个美国，光顾过很多同志酒吧和同志浴室。每当杜加斯走进酒吧，他会站在门口，扫视整间屋子，仔细地观察每位顾客，然后对自己宣布："我是最好看的。"确实如此。兰迪·席尔茨在《世纪的哭泣》（*And the Band Played On*）一书中，形容杜加斯"金色的头发散落在额前，像个大男孩；笑容迷人，笑声仿佛能将黑白的房间变得色彩斑斓"。他的性爱故事可谓传奇。席尔茨写道："在旧金山，盖坦每次沿着卡斯特罗街（同性恋社区的中心区域）走一走，回去之后口袋里必定塞满了各种火柴盒壳子和纸巾，上面写满了地址和电话号码。有时候，（他）会满心好奇地盯着他的通讯录，试图回想这个人是谁，那个人又是谁。"

杜加斯右耳下方的一个紫色斑点不断扩大，活检显示他患了卡波西肉瘤或称"男同性恋癌"，这一年，杜加斯28岁。据杜加斯估计，他每年睡250个男人，已经这么睡了十年，也就是说总共有过2 500个性伴侣。杜加斯明知艾滋病具有传染性，却没有

---

① 琼·斯塔布和伯特·佩尔蒂埃分别于2006年5月15日和2005年1月11日接受采访。

② D. M. Auerbach, W. W. Darrow, H. W. Jaffe, and J. W. Curran, "Cluster of Cases of Acquired Immune Deficiency Syndrome: Patients Linked by Sexual Contact," *American Journal of Medicine* 76 (1984): 487–92.

③ R. Shilts, *And the Band Played On* (New York: St. Martin's Press, 1987).

停下满足自己性欲的脚步。席尔茨写道:"卡斯特罗街头开始有传闻,第八霍华德浴室(Eighth and Howard bathhouse)里有一个奇怪的男人,金发,带着法国口音。他会跟你做爱,完事后,会打开小隔间里的灯,指着他的卡波西肉瘤病灶说:'我得了癌,快死了。(现在)你也快死了。'"

在 HIV 首现美国几年前,莫里斯·希勒曼开始研发一种新疫苗——它不是针对 HIV 的,HIV 当时还不为人知;而是针对肝炎的。由于希勒曼在制造疫苗上选用的方法,人们对艾滋病的恐惧很快就会延伸到希勒曼的疫苗上。近 200 年来,研究人员一直在使用猴子、鸡、老鼠、兔子和鸭子的细胞制作疫苗。希勒曼即将开辟新局面。他将成为第一个(也是最后一个)使用人血制造疫苗的人。直到后来,希勒曼才知道他所使用的血液已经被艾滋病毒严重污染了。

有好几种病毒会感染肝脏。但迄今为止,最常见、最严重、最可怕的就是乙肝病毒[1],它感染了全球三分之一的人口,也就是差不多 20 亿人。大多数感染了乙肝病毒的人能够彻底康复,但不是所有人都能康复。一些人感染后,短短几周内便死于暴发性感染;一些人则是持续性感染——美国有 100 万人,全球有超过 3 亿人是慢性感染乙肝病毒,这一点大多数人并不自知。慢性乙肝感染者极有可能面临两种结局:肝脏逐渐受损,死于肝硬化,或死于肝癌。乙肝病毒是全球已知的第三大癌症病因。阳光,导致皮肤癌,排名第一;抽烟,导致肺癌,排名第二。

---

[1] Plotkin and Orenstein, *Vaccines*.

莫里斯·希勒曼在制造乙肝疫苗前，必须先捕获病毒。当年，希勒曼研制麻疹疫苗、腮腺炎疫苗、风疹疫苗时，只需要简单地用棉签擦拭患有相关疾病的儿童的咽喉。不幸的是，从唾液里几乎检测不到乙肝病毒，而血液里却有大量的病毒——每茶匙约含5亿个病毒颗粒。不过，乙肝感染者的血液里不仅含有病毒颗粒，还有另一种物质，是日后根除乙肝的关键。

每种病毒都有各自的生存策略。为了避免引发消灭它们的免疫反应，水痘病毒和单纯疱疹病毒都静静地潜伏于神经。许多人在初次感染后康复，过了几十年，病毒却以带状疱疹或疱疹水泡的形式卷土重来。流感病毒通过不断改变其表面的一种叫做血凝素的蛋白质来骗过免疫系统。人体这一年产生出针对流感病毒血凝素的抗体，到了下一年，却发现这些抗体并不能完全保护他们，抵御流感病毒。就这样，流感病毒继续猖獗。狂犬病病毒藏身于唾液之中，完全躲开免疫系统。患病动物咬伤了人以后，病毒经伤口进入人体，缓慢地不可逆转地顺着手臂神经或腿部神经一路向上进入大脑，从一个神经细胞转移到另一个神经细胞，从来不进入血液。许多感染了狂犬病病毒的人，体内会产生抗体，但是病毒在从一个细胞转移到另一个细胞时，可以巧妙地躲过血液中的抗体。一旦狂犬病病毒最终进入大脑——这个过程大约需要两个月但也可能长达六年之久——则人必死无疑。

HIV可能是最令人发指的一种病毒，因为它只盯着一类细胞群攻击——T细胞。T细胞起着指挥免疫系统的重要作用。T细胞一旦被破坏，免疫系统便无法工作。更糟糕的是，HIV一边感染细胞，一边快速变化。人体刚刚产生病毒抗体，就发现不同的HIV病毒已经替代了旧的HIV病毒。

乙肝病毒的生存策略不同于其他任何一种已知的病毒。乙肝病毒为了感染肝脏，必须先通过位于病毒表面的一种蛋白质与肝细胞结合。人体会产生针对这种病毒表面蛋白的抗体，以阻止病毒附着肝细胞。如果病毒不能与肝细胞结合，便不能感染肝细胞。但是，乙肝病毒会通过生产大量的病毒表面蛋白来反击，而且是大到远远超出制造新病毒颗粒所需的量，企图用这种过量的表面蛋白吸收血液中的抗体，让游离病毒附着在肝细胞上。乙肝病毒是如此坚决贯彻这种生存方法，以至于感染该病毒的人在感染期间，体内的病毒表面蛋白颗粒数量高达约 500 000 000 000 000 000 个。但是事实证明，乙肝病毒过量生产表面蛋白的策略最终成了它的致命弱点。

希勒曼顺着巴鲁克·布伦伯格开辟的道路来研发自己的乙肝疫苗。布伦伯格是费城西北部福克斯·蔡斯癌症中心（Fox Chase Cancer Center）的一名研究员。他不是病毒学家，也不是免疫学家或传染病学家，而是一名遗传学家。在很长一段时间里，他研究乙肝病毒表面蛋白时，却对自己在研究的东西一无所知。

巴鲁克·布伦伯格是土生土长的纽约人，体形矮胖，身强力壮，性格外向。他从纽约斯克内克塔迪联合学院（Union College in Schenectady）毕业获得物理学学位后，进入哥伦比亚大学内科医生和外科医生学院（College of Physicians and Surgeons at Columbia University）学习。改变布伦伯格一生的事件发生在 20 世纪 50 年代初，也就是他在医学院的第三年和第四年之间。[1] 布

---

[1] 关于布伦伯格的背景，参见：B. S. Blumberg, "The Discovery of the Hepatitis B Virus and the Invention of the Vaccine: A Scientific Memoir," *Journal of Gastroenterology and Hepatology* 17（2002）：S502；Hall of Fame, Inventor Profile, "Vaccine against Viral Hepatitis and Process: Process of Viral （转下页）

伦伯格回忆道："我的寄生虫学教授哈罗德·布朗让我去蒙戈（Moengo）待几个月。蒙戈是一座与世隔绝的采矿小镇，只通水路，位于（南美洲）苏里南的北部，那里多沼泽，灌木丛生。"蒙戈是个大熔炉，各种民族混杂，有爪哇人、非洲人、中国人、印度的印度教徒和巴西的犹太人。布伦伯格发现，不同背景的人对某些传染病有着不同的易感性。

象皮病是苏里南常见的一种传染病，由班氏丝虫（Wuchereria bancrofti）引起。班氏丝虫是一种微小的蠕虫，能够阻断腿部或生殖器的淋巴液流动，导致巨大的畸形的肿胀——腿部皮肤变得粗糙、增厚；男性患者的阴囊极度肿胀，走动时必须用手推车载着它们。

一部分人感染了班氏丝虫会得严重的象皮病，一部分人却只得轻症或者根本不得病。布伦伯格发现，对诸如象皮病等疾病的易感性可能与祖先直接相关。他推论，对某一特定疾病易感性不同的人，体内产生的蛋白质功能并无不同（如抵御疾病），只是这些蛋白质的大小或形状略有不同，因而被称为"多态性"，意即"有许多形态"。研究人员已经发现了几种蛋白质多态性。例如，他们发现人类的红细胞表面有多种蛋白质——A、B、O。血型蛋白质差异非常重要。如果 A 型血的人输入 B 型血液，人体就会产生 B 型蛋白质抗体，摧毁输入体内的细胞。这种反应来势汹汹，

（接上页）Diagnosis and Reagent Vaccine for Hepatitis B," http：//www. invent. org. hall _ of _ fame/17. html；P. Wortsman, "Profile：Baruch Blumberg '51," *P & S Journal* 16，no. 1（Winter 1996）；F. Blank, "76 Revolutionary Minds," phillymag. com, http：//www. phillymag. com/Archives/2001Nov/smart _ 2. html；"Baruch S. Blumberg," http：//britannica. com/nobel/micro/74 _ 63. html；"Baruch S. Blumberg：Autobiography," http：//nobelprize. org/medicine/laureates/1976/ Blumberg-autobio. html；"The Hepatitis B Story," http：//www. beyond discovery. org.

可能危及生命。这就是医生在输血前必须确认患者血型的原因。

布伦伯格假设，疾病易感性具有遗传性；最能说明这一点的也许是一种特殊类型的血红蛋白，即血红蛋白 S 的来源和功能，它是一种存在于红细胞中的蛋白质，也有几种不同的形态。胎儿和新生儿的血红蛋白为 F 型；大多数儿童和成人的血红蛋白为 A 型；一部分人的血红蛋白为 S 型，这些人大多是非洲后裔。这三种不同的血红蛋白具有相同的功能——将氧气从肺部运送到身体各处，但是它们的大小和形状明显不同。血红蛋白 S 多见于非裔人群中并非偶然。血红蛋白为 S 型的人比血红蛋白为 A 型的人更能抵御疟疾，疟疾是非洲常见的寄生虫传染病。当疟原虫进入红细胞后，血红蛋白 S 通过改变细胞的形状，增加寄生虫的生存难度。不幸的是，一些含有红细胞的镰刀状血红蛋白 S 很难通过毛细血管。为抵御疟疾感染而产生的遗传适应性疾病被称为镰状细胞病。

为了寻找蛋白质多态性，布伦伯格找到一群至少输过 25 次血的人，采集他们的血液进行检查。他推断，多次输血的人体内含有异于自身蛋白质抗体的可能性更高。1963 年，布伦伯格发现纽约一名血友病患者的血液中含有一种蛋白质抗体，然而这种抗体却是来自远在地球另一端的澳洲土著人的。他将澳洲土著人血液中的这种蛋白质称为澳大利亚抗原。（抗原是一种激发免疫反应的蛋白质。）布伦伯格发现，澳大利亚抗原在美国十分罕见，每 1 000 个人里只有 1 人携带，但是在热带和亚洲国家却相当常见。

此时，布伦伯格还不知道自己无意间发现了什么。两年后的 1965 年，布伦伯格吃惊地发现，澳大利亚抗原在白血病患者中十分常见。他认为，这种蛋白质要么是白血病的标志物，要么就是导致白血病的病毒的一部分。1967 年，他发现除白血病患者外，美国唐氏综合征患者的血液里也经常含有澳大利亚抗原。这一次，他依然认为澳大利亚抗原是白血病的标志物，因为唐氏综合征患儿罹患白血病的风险较高。但是事实上，唐氏综合征患儿的血液中更有可能含有澳大利亚抗原是因为他们感染乙肝病毒的几率更高，而他们更容易感染乙肝的原因是诸如威洛布鲁克那样恶劣的生活环境。布伦伯格仍然没有意识到自己发现的这种蛋白质其实是乙肝病毒的一部分。①

最终，是纽约一家输血中心的病毒学家阿尔弗雷德·普林斯发现了这一事实。② 20 世纪 60 年代初，普林斯在患者输血前和输血后分别采集了他们的血样。1968 年，他发现一名患者得了肝炎。这名患者的早期血样不含布伦伯格发现的澳大利亚抗原，后期的血样里却有。普林斯得出结论："（澳大利亚）抗原位于病毒颗粒的表面，这种病毒颗粒与某些或所有血清肝炎（不久后被称为乙型肝炎病毒）之间存在病因学上的相关性。"普林斯是第一个意识到澳大利亚抗原是乙肝病毒的一部分的人。10 年后，1976 年，巴鲁克·布伦伯格因为发现澳大利亚抗原而获得了诺贝尔医学奖。他在获奖感言中只轻描淡写地顺带提了一嘴阿尔弗雷德·普林斯，这是有失公允的。他说："澳大利亚抗原与乙肝的联系，

① 关于布伦伯格在肝炎方面的研究工作，参见：B. S. Blumberg, "Polymorphisms of the Serum Proteins and the Development of Iso-Precipitins in Transfused Patients," *Bulletin of the New York Academy of Medicine* 40 (1964): 377 – 86; B. S. Blumberg, J. S. Gerstley, D. A. Hungerford, et al., "A Serum Antigen (Australia Antigen) in Down's Syndrome, Leukemia, and Hepatitis," *Annals of Internal Medicine* 66 (1967): 924 – 31; B. S. Blumberg, A. I. Sutnick, and W. T. London, "Hepatitis and Leukemia: Their Relation to Australia Antigen," *Bulletin of the New York Academy of Medicine* 44 (1968): 1566 – 86; B. S. Blumberg, "Australia Antigen and the Biology of Hepatitis B: Nobel Lecture," December 13, 1976.

② 关于普林斯在肝炎方面的研究工作，参见：A. M. Prince, "An Antigen Detected in the Blood During the Incubation Period of Serum Hepatitis," *Proceedings of the National Academy of Sciences* 60 (1968): 814 – 21。

1968 年也被曾在我们的实验室工作过的阿尔贝托·维鲁奇博士，以及阿尔弗雷德·M. 普林斯博士证实了。"

如今，研究人员既然知道了澳大利亚抗原是乙肝病毒产生的一种蛋白质，便开始探寻用它制作疫苗的可行性。曾经给威洛布鲁克的智障儿童喂食肝炎病毒的传染病专家索尔·克鲁格曼开展了这一备受争议的试验。

克鲁格曼出生于布朗克斯，父母是俄罗斯移民。① 后来，他们举家搬迁到新泽西州的帕特森（Paterson），离克鲁格曼的表哥阿尔伯特·萨宾家不远。高中时期的克鲁格曼活泼外向，参加过辩论小组、戏剧俱乐部和学生会。高中毕业后，他就读于俄亥俄州立大学，读完两年后，负担不起学费，便辍了学。他工作了一年，最后进入里士满大学，毕业后又进入弗吉尼亚医学院学习，直到毕业。两年后，第二次世界大战期间，他在南太平洋战区担任空军外科医生，获得铜星勋章（Bronze Star）。战争结束后，克鲁格曼回到纽约，在维拉德·帕克医院（Willard Parker Hospital）担任非住院医生（实习且其间无薪）。他从底层开始一步一步往上走，最终成为纽约大学医学院的儿科学教授和儿科系主任。克鲁格曼涉足学术医学的时间比较晚。39 岁时，他才发表第一篇科学论文，但是到他退休的时候，一共发表了 250 多篇论文，并且与人合著了一本领先的传染病教科书，此书已经出到了第 11 版。在克鲁格曼的同事们的印象中，他诚实、周到、勤奋、道德高尚，是一个很好的父亲、导师和朋友。但是由于克鲁格曼开展的乙肝试验，后来许多媒体和公众视他为恶魔——尽管他的

① 克鲁格曼的背景，参见：Saul Krugman: Physician, scientist, teacher, 1911 - 1995, http://library.med.nyu.edu/library/eresources/featuredcollections/krugman/html。

试验为最终成功预防乙肝铺平了道路。

克鲁格曼了解布伦伯格和普林斯的研究，他采集了一名感染乙肝病毒的患者的血液，待血液凝结后抽取血清，注入了 25 个智障儿童的静脉中，这一次又是在威洛布鲁克。[①] 他想知道肝炎患者的血清里是否含有肝炎病毒。不出意外，确实有。病毒侵袭肝脏，25 人里有 24 人得病。克鲁格曼总结道："这项研究表明，血清对易感人群具有高度传染性。"其中一个注射了危险的活乙肝病毒而患上乙肝的孩子，五年后仍未痊愈，最终很有可能走向肝硬化或肝癌。

既然克鲁格曼找到了一种能让孩子们病倒的传染性血清，接下来他想看看是否可以用血清来保护孩子。于是，他取出传染性血清，在水中稀释，再加热一分钟。克鲁格曼的想法是，通过将血清加热至比沸点低一点点的温度，杀死乙肝病毒，但是保全澳大利亚抗原，即乙肝病毒表面蛋白。他给一些孩子注射了一剂疫苗，给另一些孩子注射了两剂。然后，克鲁格曼给这些孩子注射了未经处理的传染性血清。他清楚，如果疫苗无效，基本上所有孩子都会感染乙肝。结果疫苗奏效了，所有接种过两剂疫苗的孩子和一半接种过一剂疫苗的孩子都安然无恙。"那是一个非常非常激动人心的时刻，"克鲁格曼回忆道，"不过，我并不是真的想研制疫苗。事实上，在我们那间小实验室、那间小厨房里所做的一

---

① 关于克鲁格曼在威洛布鲁克的研究，参见：S. Krugman and R. Ward, "Clinical and Experimental Studies of Infectious Hepatitis," *Pediatrics* 22 (1958)：1016 - 22；S. Krugman, J. P. Giles, and J. Hammond, "Viral Hepatitis, Type B (MS - 2 Strain)：Studies on Active Immunization," *Journal of the American Medical Association* 217 (1971)：41 - 45；S. Krugman, J. P. Giles, and J. Hammond, "Hepatitis Virus：Effect of Heat on the Infectivity and Antigenicity of the MS - 1 and MS - 2 Strains," *Journal of Infectious Diseases* 122 (1970)：432 - 36；S. Krugman, "The Willowbrook Hepatitis Studies Revisited：Ethical Aspects," *Reviews of Infectious Diseases* 8 (1986)：157 - 62。

切，可以说，不过是煮沸了乙肝血清和水。"

一位当地政客很快浇灭了克鲁格曼的兴奋之情。1967年1月10日，纽约州参议员西摩·泰勒[①]在奥尔巴尼的参议院会议上发言。泰勒说，"他对自己的灵魂和良知进行了拷问"，认为"医学界已经把自己当成上帝了，对医疗弱势群体的健康和生命擅作决定"。他说："我有文件可以证明。我内心挣扎了许久，是否要将每天有成千上万的患者被当作医用小白鼠这个事实公之于众。"威洛布鲁克的负责人杰克·哈蒙德站出来表示反对，说："我们之所以用孩子做试验，不是因为他们是智障，而是因为威洛布鲁克的肝炎问题尤为严重。我们得到了所有受试儿童的父母的同意。"纽约州的医务官员支持哈蒙德，指出多亏了索尔·克鲁格曼，威洛布鲁克学校才基本根除了肝炎。泰勒不肯罢休。他提出了一项法案，禁止使用儿童开展医学研究。尽管该法案在审议阶段即被否决，但是它的影响力以及它为索尔·克鲁格曼引来的关注并未消退。"泰勒参议员的那件事真的很难应付。"克鲁格曼回忆道，"当时他在竞选连任，政客必须要有曝光度。所以他在威洛布鲁克召开了新闻发布会，还请了好多媒体来，当然他（提出的各种指控）完全是断章取义。真的太难了。"

索尔·克鲁格曼在威洛布鲁克的研究证明了几件事：有两种不同类型的肝炎病毒（甲肝和乙肝）；丙种球蛋白可以预防疾病；澳大利亚抗原可以用作疫苗。显而易见，人类从他的工作中受益了。克鲁格曼也因为个人的研究工作获得了许多奖项，包括约翰·霍兰德奖、布里斯托尔奖和拉斯克奖。他还当选为美国国家科学院院士，这是一名科学家从同行那里获得的最高荣誉之一。

---

① Radetsky, *Invaders*.

此外，他还收到了威洛布鲁克的儿童家长们的特别鸣谢，感谢他帮助了自己的孩子。但是，1972 年，当克鲁格曼去费城领取美国医师学会（American College of Physicians）颁发给他的奖项时，却需要警察护送。现场来了近 200 名抗议者，对他进行高声谴责。抗议者们认为，克鲁格曼给智障儿童注射危险的病毒的行为令人作呕。这些抗议的声音自此伴着索尔·克鲁格曼度过了余生。

克鲁格曼清楚，他在威洛布鲁克开展的试验仅仅是第一步。他说："我不喜欢把它称作疫苗，因为它确实不是一种疫苗。我们的发现纯属偶然。现在我们了解到，开发疫苗是完全有可能的，接下来需要疫苗制造商运用他们精密的技术，在这一发现的基础上继续推进。"布伦伯格发现了澳大利亚抗原，普林斯证明了澳大利亚抗原是乙肝表面蛋白，克鲁格曼证实了这种表面蛋白的抗体能够预防儿童免于感染乙肝病毒。"现在万事俱备。"希勒曼回忆道，"因为疫苗学家需要的就是抗原。我必须（先）确认乙肝病毒携带者的血液里的澳大利亚抗原是否足够多（作为商用），然后还要确认血液的安全性。"[1]

---

[1] 关于希勒曼的血源性乙型肝炎疫苗研究工作，参见：M. R. Hilleman, E. B. Buynak, R. R. Roehm, et al. , "Purified and Inactivated Human Hepatitis B Vaccine," *American Journal of the Medical Sciences* 270 (1975): 401 - 4; E. B. Buynak, R. R. Roehm, A. A. Tytell, A. U. Bertland, G. P. Lampson, and M. R. Hilleman, "Development and Chimpanzee Testing of a Vaccine against Human Hepatitis B," *Proceedings of the Society for Experimental Biology and Medicine* 151 (1976): 694 - 700; E. B. Buynak, R. R. Roehm, A. A. Tytell, A. U. Bertland, G. P. Lampson, and M. R. Hilleman, "Vaccine against Human Hepatitis B," *Journal of the American Medical Association* 235 (1976): 2832 - 34; E. Tabor, E. Buynak, L. A. Smallwood, P. Snoy, M. Hilleman, and R. Gerety, "Inactivation of Hepatitis B Virus by Three Methods: Treatment with Pepsin, Urea, or Formalin," *Journal of Medical Virology* 11 (1983): 1 - 9.

20世纪70年代末，为了获取足量的乙肝病毒表面蛋白用于疫苗开发，希勒曼找到了乙肝感染风险最高的人群——男同性恋者和吸毒者。（他们当中的许多人住在纽约市最臭名昭著的一大街区包厘街，睡在廉价旅馆、楼梯间、房门口和消防通道。）然后，希勒曼开展了一项看似不可能完成的任务。他采集了这些人的血液（这里面充斥着乙肝表面蛋白、危险的活的乙肝病毒、大量其他血液蛋白以及希勒曼当时还不知道的HIV），并将血液纯化到只剩下乙肝表面蛋白。这项工作没有任何研究先例可循，在希勒曼之前没有人进行过尝试。

起初，希勒曼决定像克鲁格曼那样加热血液。希勒曼回忆道："这个项目朝着两个不同的方向走。一路我称之为克林克制机（Klink's Clunk）。克林克是默沙东的一名工程师。我让他造一台机器，一个连续流系统，我们将高度纯化的乙肝血浆倒入其中，经过装有热水的管道，通过紫外线照射，（最后）进入福尔马林池。那鬼东西技术性太强了，我们必须保持恒定的流量；如果要把纯化的血浆放进热油里，那么所有的东西都必须（快速处理）。不过，没等克林克制机取得实质性进展，我们就开发出了一套化学工艺。"

克林克的机器没能成功，于是启用了备用方案。希勒曼决定使用三种不同的化学物质处理血液。他先用了胃蛋白酶，胃蛋白酶能够分解蛋白质。希勒曼希望以此破坏血液中大量存在的血液蛋白，例如丙种球蛋白，但是他要不破坏其中的乙肝表面蛋白。他成功了。"因为某些原因，胃蛋白酶没有破坏（澳大利亚）抗原。"希勒曼回忆道，"实际上，处理出来的东西几乎是完全纯净的。"希勒曼发现，胃蛋白酶使血液中具有传染性的乙肝病毒颗粒的数量减少至十万分之一。但是他也清楚，这个量可能不足以干掉所有的病毒颗粒。因此，希勒曼增加了一个步骤，使用尿素。尿素是蛋白质代谢的产物，大量存在于哺乳动物的尿液中，故而得名。和胃蛋白酶一样，浓缩尿素也能破坏蛋白质。希勒曼之所以使用尿素，是因为它能破坏朊病毒，后者是一组特殊的蛋白，人血中可能含有，它对人体是有害的。

20 世纪 50 年代中期，一位名叫卡尔顿·盖杜谢克（Carleton Gadjusek）的研究人员前往新几内亚研究库鲁病（kuru），库鲁病的特点是发展缓慢，但会无情地令患者失智。盖杜谢克发现，这种疾病主要发生在吃人脑的食人族当中。起初，盖杜谢克和其他人认为库鲁病要么是遗传病，要么是由病毒引起的。但是，这两种理论都不正确。库鲁病是由一种名为感染性蛋白颗粒（或称朊病毒）的异常蛋白质引起的。食用受到感染的大脑或脊髓所污染的肉类引起的疯牛病，同样是因为朊病毒作祟。与疯牛病相似的克雅氏病，虽然不是因为食用受污染的肉类而致病的，却同样是由朊病毒引起。希勒曼制作乙肝疫苗时，十分担心血液里含有朊病毒。"当时，真正让我担忧的就是克雅氏病。"希勒曼回忆道，"这种疾病具有传染性。尿素已被证实可以破坏（朊病毒），这相当神奇。我们就用了（尿素），并且有充分的理由相信问题已经得到解决。"

这还没完。希勒曼想再添加一种化学物质，彻底消灭污染性病毒。因此，他选择了乔纳斯·索尔克成功用于杀死脊髓灰质炎病毒的东西：福尔马林。脊髓灰质炎病毒和乙肝病毒一样，很难消灭，但是福尔马林可以轻而易举地消灭这两种病毒。

希勒曼现在有了自己的一套方法——用胃蛋白酶、尿素和福尔马林来处理人血。他知道，这几种化学物质的每一种都可以将乙肝病毒的数量减少到十万分之一，三者组合起来便能减少到一千万亿分之一。希勒曼不确定他的方法能否杀死其他所有污染性病毒，于是，他仔细测试了每种已知病毒的代表：狂犬病、脊髓灰质炎、流感、麻疹、腮腺炎、天花、疱疹和普通感冒病毒——不是测试这几种病毒本身，就是测试和它们相似的病毒。这些病毒分别会引起大脑、脊髓、肝脏、肺部、鼻子、喉咙和肠道感染。希勒曼的化学处理彻底杀死了它们中的每一种病毒。他回忆道："（我认为）如果我们可以证明每一步都能杀死替代病毒，很多种不同的病毒，那么我们就得到了一套让病毒死得透透的处理步骤。这个过程可以杀死一切活物。"

事实证明，乙肝表面蛋白十分坚挺。虽然这套化学处理的组合破坏了血液中的其他蛋白质，如丙种球蛋白，但是乙肝表面蛋白完好无损。希勒曼通过一系列过滤步骤，进一步纯化他的疫苗。最后，希勒曼得到的血源性乙肝疫苗实际上是100％纯净的乙肝表面蛋白，可谓技术奇迹。但是，通往最终产品的道路并不平坦。希勒曼回忆道："这开了先河。而劝说默沙东走上这条路，真的需要很大的勇气。你可以想象我们是怎么一路走来的。（一开始）基本就是空的数据库。我们是在这周放弃？还是再等一周？我们像在黑暗中前行，也像在泥地里踟蹰。我告诉你，那是一场豪赌。"

20世纪70年代末，希勒曼没有测试他的化学灭活法是否能杀死HIV，因为当时HIV压根还没有被发现。与巴鲁克·布伦伯格共事的微生物学家哈维·奥尔特回忆道："希勒曼在制备疫苗时非常小心。他用了很多方法灭活疫苗，大大超出常规所需的程度。事实证明，他做了一件很了不起的事情。因为后来艾滋病出现了，所有人都害怕得不得了，不敢打疫苗。但是该做的事他都做了，艾滋病毒已经被杀死，尽管他做的时候根本不知道血液里有艾滋病毒。"①

希勒曼必须让人们相信，用静脉注射吸毒者和男同性恋者的血液制成的疫苗是安全的。"你当然可以继续这么做，并且（提取蛋白质），然后将其纯化，研究出灭活的方法。但是，它的效力、安全性、功效到底怎么样，还是不得而知，基本还是凭感觉。"希勒曼在向 FDA 申请批准他进行新产品测试时遇到了麻烦，又被曾经试图搅黄斯坦利·普洛特金的风疹疫苗的人——著名的病毒学家阿尔伯特·萨宾——缠上了。萨宾在研究人员中和监管机构里备受尊崇，一言一行颇具影响力。"我们必须取得 FDA 的批准，但是遇到了问题。"希勒曼回忆道，"结果你猜怎么着？萨宾听说了以后，放话说（我们的）疫苗绝不能用于人体；说如果有人提起诉讼，他会上法庭作证要我们好看；还说研究如果出现任何问题，他将起诉克鲁格曼（他的表弟）。我心想：'阿尔伯特，去你妈的。'我们去见了（国立卫生研究院的）约翰·希尔。他不建议我们启用（血源性）疫苗。他说：'你知道的，阿尔伯特说要把事情闹大。'于是，就这么白白浪费了大约一年的时间。我对索尔（·克鲁格曼）说我不能再等了，我要继续推进这件事，给人接种疫苗。"

希勒曼清楚，说服人们同意接种他的疫苗实属难事。所以，他将目光投向了一群人，一群他知道肯定会同意的人——默沙东的中层管理人员。"我去参加了一个市场营销、销售、生产和研究部门都在的会议。"希勒曼回忆道，"我主持了会议。我说：'听着，伙计们，我们的下一个产品是乙肝疫苗，但是我需要志愿者。'我解释了为什么实验室人员不能做志愿者。因为如果实验室

---

① Radetsky, *Invaders*.

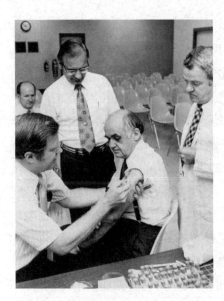

罗伯特·威贝尔给莫里斯·希勒曼接种了一种以人血制成的实验性乙肝疫苗，20世纪70年代末

人员患上了乙肝，那么这个产品就完了。我说：'这是知情同意书。签好名，会后我来收。选了哪些人，后面我会公布。'"希勒曼很快发现，自己并不是很有说服力。"没有一个人交同意书，该死。"他说。在下一次会议上，希勒曼明确表示同意书上没有"否"这个选项。"我说：'该死，我需要志愿者。你们只要想好谁来接种疫苗就行了。给自己一点时间恢复理智。'"琼·斯塔布是其中一个被要求接种疫苗的人，她的记忆不太一样。"知情同意书？什么知情同意书？"她问，"疫苗我们不打也得打。希勒曼要你做什么事，你就得做。"几个月后，斯塔布得知了血液的来源，知道血液有可能被 HIV 污染。"我们吓得半死。"她回忆道，"我以为我要死了。莫里斯把我们所有人叫进一个房间，不得不一遍又一遍地向我们解释灭活过程，告诉我们不会有事的。"

希勒曼强势，要求苛刻，粗话连篇，他强迫默沙东员工接种乙肝疫苗只是其中一个例子。"我们工作很努力，每周工作七天。"希勒曼回忆道，"如果谁被我抓到因为（结果）可能在周末出来而推迟一系列测试，那他就可以走人了。结果你也想象得到。员工都是拖家带口的。现在，默沙东告诉（员工）他们不需要投入任何额外的时间，要平衡工作和生活，一定要享受自己的工作，（这样）就能工作做得更好，玩也玩得开开心心。这简直是放屁。公司就应该在员工后面踢屁股，不过这是老一套了。有人和我说我的管理风格很不寻常。"

希勒曼以他对自己的要求来要求他人。默沙东前医学事务副总裁伯特·佩尔蒂埃回忆道："他一门心思扑在工作上。不打牌，没有什么特别的爱好，也不太休假。到了办公室，一忙就是一整天。他基本不休息，全身心地投入自己的工作。而且他有时候挺吓人的，对待下属比较粗暴。他懒得社交客套，只想做自己的工作。"斯塔布记得，希勒曼看不上一些科学家的研究，偶尔会对他们表现出鄙夷。她说："莫里斯会邀请不同的人来公司办研讨会。我们也会时不时地受邀参加。大多数来的人都会向莫里斯推销一些东西，比如某个项目想要默沙东的赞助。有一天，我们坐在一间大会议室里听讲座，希勒曼不认同发言者所讲的内容。没过多久，我就听到从我身后几排传来咔咔咔咔的声音。希勒曼坐在后面剪起了指甲，他用这种方式宣布自己感到很无聊。"

最吓人的莫过于希勒曼毫不留情地爆粗口了。"他喜欢骂脏话。"默沙东前首席执行官罗伊·瓦杰洛斯回忆道，"他的语言风格就是他的个人风格，不管他去到哪里，一贯如此，从未改变。"①希勒曼回忆说："我记得大概三岁的时候，有一天我坐在厨房的桌子上，（伊迪丝婶婶）在给我穿长袜。我突然有了练习自己逐渐增加的词汇量的冲动，于是，我脱口而出：'哦，他妈的。'啪地一

---

① Symposium in honor of Maurice R. Hilleman，American Philosophical Society，January 26，2005.

巴掌过来，我就趴在了桌子上。'哇，'我说，'这个词真厉害。我想知道它是什么意思。'"

虽然希勒曼在两个女儿杰里尔和柯尔斯滕的面前从来不爆粗口，但是她们在家里或多或少听到过他骂脏话，也学会了一些。杰里尔回忆道："爸爸给我报了一所贵格会学校，离家大约15分钟的路程。一年级的时候我有一个老师，人很好，很敬业，但是信奉原教旨主义。有一堂课，她讲到亚当和夏娃，当时我坐在教室的后排。这一幕恍如昨日。我急切地高高举起了手，因为我知道她搞错了，我觉得她特别需要我在家里学到的一些知识。于是，她回过头，喊我的名字：'杰里尔。'而我看着老师的眼睛说：'我爸爸说这些都是狗屁。'我记忆里的下一个画面就是老师突然变得很大，一个巨大的老师冲向教室后排，拽着我的手臂把我拉进了厕所，摁下手柄接过一把皂液，拼命洗我的嘴巴。我简直一头雾水，因为我觉得我那么说没有任何问题，毕竟，我只不过是在帮助她了解这个世界是怎么运作的。不过，我倒是真的很想看看那天晚上我爸爸接到学校电话的样子，他肯定憋笑憋得很辛苦。"①

到了20世纪60年代中期，为了提升员工的工作表现和幸福感，默沙东聘请了几位心理学家帮助高管改进管理技巧。"（在我加入默沙东）大约七八年的样子，公司让所有高管去上提升个人魅力的班。"希勒曼回忆道，"目的是教大家怎么和人相处，怎么共同决策，不能发脾气，要压制自我。（课程）由心理学家讲授。"劝说希勒曼参加这些课程的艰巨任务落在了马克斯·蒂斯勒身上。（拿多少钱干多少活，蒂斯勒拿的钱绝不足以让他干这档子事儿。）"马克斯说我必须去上这个魅力课，说我不该总骂脏话。"希勒曼

---

① Symposium in honor of Maurice R. Hilleman, American Philosophical Society, January 26, 2005.

回忆道，"（马克斯）在一次（部门负责人的）会议上听到我（爆粗口），叫我再也别说（那些话）了。我回答他：'操！这是什么地方，他妈的教区学校？'"蒂斯勒后来说："通常别人走进我的办公室时，都是他们瑟瑟发抖，但是莫里斯走进我的办公室时，是我瑟瑟发抖。"结果，那些课希勒曼一节也没去上。

尽管希勒曼的出口成"脏"赫赫有名，但是最有名的要数一场会议，这场会议在众多会议当中脱颖而出，被记录在案，25年后依然为默沙东员工津津乐道。这次会议的纪要被称为"卡车司机备忘录"。希勒曼之所以会爆发，是好几件事凑到一起共同作用的结果。当希勒曼制作乙肝疫苗时，他坚决要求生产人员严格遵循他的灭活方法。若非如此，他担心儿童可能会被注射致命的活乙肝病毒。但是生产疫苗的不是希勒曼的研究团队，而是默沙东的制造部。制造部又归工会管——国际卡车司机工会（所以那份备忘录才叫"卡车司机"）以及石油、化学和原子能工人工会。希勒曼这么一个要求全盘掌控的人，却不能掌控生产自己疫苗的员工。罗伊·瓦杰洛斯依然记得希勒曼和制造部之间发生的冲突，他说："（希勒曼）来自有军方背景的沃尔特·里德研究所。你只要走进他的（实验室），就会意识他已经把默沙东的整个病毒和细胞生物学（部门）变成了一个军事组织。每个人每天一早就清楚今天要做什么。嗯，这套做法在病毒和细胞生物学部门是行得通的，但是等到他把生产流程移交给制造部时，（那里的）员工还不太习惯。因此，当他们在公司园区尽头的一片区域进行技术交接时，各种不满的声音不断。"1980年8月15日，不满声演变成了咆哮。

希勒曼发现，制造部有人为了提高产量，对他的乙肝疫苗化学灭活工艺流程略作了改变。希勒曼清楚，目前还没有方法可以检测出微量的活乙肝病毒，如果调整后的流程无法杀死全部的感染性肝炎病毒颗粒，根本没有兜底的安全手段。而且他明白，这样一来，儿童可能面临感染风险。于是，他把所有工人叫到了默沙东的西点园区尽头一间没有空调的小会议室，表达了自己对工艺调整的看法。"除了把疫苗打在他妈的人身上，没有他妈的其他百分百安全的测试方法。"希勒曼说，"我他妈的研发了一套生产流程，保证这疫苗他妈的安全。结果总是有他妈的该死的人想要通过改变工艺来提高产量，出他妈的风头。你们必须按照这个该死的工艺流程生产！我们知道疫苗是安全的，但是你们一定要按照这个该死的工艺流程生产啊。而我担心的是，如果有人想着产量高了，就可以拿奖金，于是他就改掉了该死的流程。蠢货真是他妈的无处不在啊。"希勒曼知道，对于像疫苗这样的生物制品来说，生产的工艺流程决定了一切。一旦他认定流程是完美的，那么他就绝不容忍任何人对流程进行任何更改，哪怕更改流程可能提高产量、提升利润、缩短生产时间。希勒曼对疫苗的安全性有着深深的执念，而且他无法容忍那些职业操守不如他那般严格的人（基本上就是所有人）。佩尔蒂埃回忆道："莫里斯总是想全盘掌控自己在做的事。他忍不了蠢人。"

达不到他严格要求的员工，希勒曼会直接解雇，每开除一个员工他就在办公桌后面竖起一个代表此人的干缩人头模型，仿佛这是奖杯一般。"我以前收到过一个礼物，我很喜欢，是一套干缩人头的手工套装玩具。"莫里斯的小女儿柯尔斯滕回忆道，"里面有在苹果上进行的雕刻，嵌入了各种奇形怪状的牙齿、眼睛和头发，再风干几周。我爸爸看到我做的一个干缩人头与他近期开除的某个员工长得极像，他就把人头带去了办公室，放在他办公桌后面的柜子里。我爸爸觉得这好玩得不得了，就把他开除的员工里印象最深的几个列出来，让我雕刻他们的头像。我妈妈听说了以后吓坏了，立马关停了我的生产作坊。"

希勒曼虽然行事铁腕，态度令人害怕，但是他的同事们还是百分百地对他死心塌地。"我真的很怕他，但是我绝不允许任何事情有损于他的名声。"斯塔布回忆道，"因为他做的每一件事都让我佩服得五体投地。而且，某种程度上，在独裁领导手下干活还是有好处的。20世纪70年代，有一个日子我们叫它'黑色星期五'，那一天默沙东辞退了很多人。在那之前，我从来没见过默沙东解雇那么多人。但是，病毒和细胞生物学部门没有一个人被开除，那都是托了莫里斯的福。我们确实很怕他，但是他无疑也保护了我们。"即使默沙东的疫苗业务收入远远不及制药业务，但希勒曼还是成功地争取到了每年10%的研发经费增长。斯塔布认为，希勒曼的风格后无来者。"现在做决策需要在委员会的各成员之间达成共识。"她说，"莫里斯也有个委员会，就他一个委员。他想要什么，我们就做什么，按他的方式做。他只属于他的时代。放到现在的默沙东，他不可能做到那一切。"

在希勒曼的认知里，他已经把男同性恋者和吸毒者含有乙肝病毒的血液成功地纯化出乙肝表面蛋白。他自信疫苗已经大功告成，最终说服了索尔·克鲁格曼、克鲁格曼的妻子西尔维亚和9位默沙东高管接种疫苗。克鲁格曼监督了整场试验。"我让护士先给我打了第一针。"克鲁格曼回忆道，"然后，我给其他人打针。"之后的六个月里，有医生负责检查每位志愿者的身体状况，并定期为他们验血，以确保他们没得肝炎。试验结束时，所有人都长长地舒了一口气。

为了在更多的人身上测试他的肝炎疫苗，希勒曼需要找一个名声无懈可击的人负责。他选择了沃尔夫·茨姆奈斯。

茨姆奈斯时年 50 岁，身材矮小，脸上有麻子，一头蓬乱的金发视觉冲击力十足。茨姆奈斯于 1969 年来到美国。他出生于波兰华沙，父母死于二战中的犹太人大屠杀，随后他抢在德军抵达之前逃往了俄罗斯，之后在西伯利亚和俄罗斯行医 20 余年。茨姆奈斯职业方向的转变源于一件事——他的妻子玛雅在输血后差点死于肝炎。从那之后，茨姆奈斯将余生所有的精力都投入了肝炎及其致病原因的研究。① 1959 年，他回到了波兰东部边境的繁华小城卢布林（Lublin）。然而 8 年后，1967 年，茨姆奈斯再次遭遇了反犹主义。在以色列和埃及之间的六日战争期间，政府官员命令茨姆奈斯去参加反以色列的抗议集会。茨姆奈斯表示拒绝，第二天就被解雇了。

茨姆奈斯在哥伦比亚大学公共卫生学院逐渐从讲师升为教授。1973 年，他在纽约血液中心指导了对同性恋人群的肝炎检测工作。茨姆奈斯身兼流行病学家、临床医生、公共卫生官员和肝炎病毒研究人员的多重身份。希勒曼的疫苗临床试验要找负责人，茨姆奈斯是不二人选。他迅速招募到了 1 000 名从未感染过乙肝病毒的男同性恋者。截至 1979 年 10 月，茨姆奈斯已经给其中一半的人接种了三剂肝炎疫苗，另一半人注射了安慰剂。1980 年 6 月，即试验开始将近两年后，茨姆奈斯和他的同事们对结果进行了仔细的分析。结果显示，接种过疫苗的男子比未接种疫苗的男子罹患肝炎的几率低 75%。希勒曼的乙肝疫苗奏效了。

① 关于茨姆奈斯的乙肝疫苗研究工作，参见：W. Szmuness, C. E. Stevens, E. J. Harley, E. A. Zang, W. R. Oleszko, D. C. William, R. Sadovsky, J. M. Morrison, and A. Kellner, "Hepatitis B Vaccine: Demonstration of Efficacy in a Controlled Clinical Trial in a High-Risk Population in the United States," *New England Journal of Medicine* 303 (1980): 833–41。

这次试验颇具争议，以至于后来有人将艾滋病在美国的流行归咎于希勒曼。艾滋病出现在美国的时间远远早于希勒曼的乙肝疫苗试验开展的时间，这是不争的事实，但是，皮肤科医生小艾伦·坎特威尔却在 1988 年出版的《艾滋病与死亡医生》（*AIDS and the Doctors of Death*）一书中写道："令我惊讶的是，我很快发现，大多数有关艾滋病在美国传播的科学知识来自对一批男同性恋者及男双性恋者的跟踪观察和血检。他们自愿成为人体试验对象，参加了 1978 年至 1981 年间在美国的六座城市进行的最初的乙肝疫苗试验。就在那几年，这种同性恋者间的新型神秘疾病现身；试验开展几年后，艾滋病便被正式'官宣'。这一切纯属巧合吗？"坎特威尔推断，希勒曼的乙肝疫苗含有艾滋病毒，因此是导致艾滋病在美国蔓延的罪魁祸首。[①] 后来，研究人员分别调查了接种过希勒曼的乙肝疫苗的男子和未接种过该疫苗的男子的艾滋病发病率，以此检验坎特威尔的假设。结果发现，两组人的艾滋病发病率并无不同。虽然希勒曼早期用以制备疫苗的血液中很可能含有艾滋病毒，但是他的胃蛋白酶、尿素和福尔马林这套制作流程完全杀死了病毒。（出版艾伦·坎特威尔这本书的出版社 Aries Rising Press 由坎特威尔本人创立，目的就是宣扬他对艾滋病疫情起源的无稽之谈。）

在公开销售乙肝疫苗之前，莫里斯·希勒曼还需克服一道障碍——巴鲁克·布伦伯格。布伦伯格在福克斯·蔡斯癌症中心任职期间，申请了一项"以澳大利亚抗原为主要成分的抗病毒性肝

[①] "Current Trends in Hepatitis B Vaccine: Evidence Confirming Lack of AIDS Transmission," *Morbidity and Mortality Weekly Report* 33 (1984): 685 – 87.

炎疫苗"的专利，美国专利号为 3636191。他在专利中写道，制备疫苗的工艺过程应能"基本去除包括感染性成分在内的杂质"，应采取步骤"弱化任何可能的残留病毒"，并且疫苗应"不含除了澳大利亚抗原以外的血液成分"。一般而言，仅凭创意是不能申请专利的，必须有特定的实现方法才能申请。肝炎研究领域的人都知道，乙肝疫苗不能含有活乙肝病毒，不能含有其他任何病毒或其他任何血液蛋白，布伦伯格自然也知道。但是他不知道该怎么实现。在希勒曼看来，布伦伯格的专利就是假把式。"做肝炎研究的人都被这个狗娘养的胆大包天惊呆了。"希勒曼回忆道，"不过，还真有人给这堆狗屁发了专利。"

希勒曼担心布伦伯格的专利可能会成为默沙东生产疫苗的阻碍，于是前往福克斯·蔡斯癌症中心和布伦伯格面谈。会议在一间宽敞的房间里召开，室内是希勒曼和一群管理人员，窗外是一片树木繁茂的景色。这些管理人员对病毒和疫苗知之甚少，希勒曼坐在他们中间，浑身不自在。布伦伯格没有出席会议。"我们必须主动去找（福克斯·蔡斯的）人谈谈，因为我们想做的是一款销往全球的产品。"希勒曼回忆道，"所以我们去了，告诉他们默沙东想要生产这个产品，但是我们不接受销售和营销上的任何干涉。一位财务高管代表癌症中心发言，说：'我们的条件是让布伦伯格负责这个项目。'于是，我走到黑板前，画了一幅画。"他画了一个沉入湖中的希勒曼。"按照你的提议办，这就是我。"希勒曼说。然后，他又画了一块石头，绑在小人的脖子上。希勒曼指着画说："我快淹死了。这是一块石头，这块石头叫布伦伯格。"希勒曼大发雷霆。他绝不会把疫苗的生产和测试拱手相让，尤其还是让给一个在他看来对病毒和免疫学知之甚少的人。希勒曼继续舌战这家癌症中心的管理层。"要是你们愚蠢到认为默沙东会把一个投资几亿美元的项目交给一个完全不懂（病毒）的人负责，那你们真是疯了。我说：'你们趁早断了这个念头吧。'"最后，福克斯·蔡斯癌症中心的管理人员做出了退让，将此专利授权给默沙东，也不再要求让布伦伯格担任项目负责人。

玛丽·拉斯克与拉斯克奖得主莫里斯·希勒曼（后排中）和索尔·克鲁格曼（后排右二）合影。两人皆因对血源性乙肝疫苗的贡献而获奖，1983 年 11 月 16 日。照片由贝特曼档案馆提供

几年后，当其他公司也开始制作自己的血源性乙肝疫苗时，希勒曼向他们展示了福克斯·蔡斯癌症中心的专利授权书。他以为默沙东依然享有独家经营权。"他们放声大笑。"希勒曼回忆道，"'这也能叫专利？'他们说：'你为这玩意儿付他们钱了吗？'如果能重来一次，我宁愿我从没去过福克斯·蔡斯癌症中心。但我是一个喜欢大家相安无事的人，只要价格合理，我宁愿付给某人一笔钱。我觉得（布伦伯格）应该为发现了（澳大利亚抗原）得到一些报酬。他的这个发现确实意义非凡，可以说是打开了一扇门，

不过也仅限于打开了一扇门。"

巴鲁克·布伦伯格在其所著的《乙型肝炎——寻找杀手病毒》(*Hepatitis B: The Hunt for a Killer Virus*)一书中声称，是他本人发明了乙肝疫苗。莫里斯·希勒曼的名字仅被提及了一次，是这样写的："1975 年，福克斯·蔡斯癌症中心授权默沙东开发疫苗。莫里斯·希勒曼博士负责该项目，他在疫苗的开发和生产以及肝炎研究方面拥有丰富的经验。"布伦伯格没有提到是希勒曼想出了如何灭活乙肝病毒，如何杀死其他所有潜在的污染性病毒，如何完全清除人血中的其他所有蛋白质，以及如何在做到以上几点的同时确保表面蛋白的结构完整性。布伦伯格已经确定了澳大利亚抗原，这是重要的第一步。但是，之后的每一步——制造疫苗至关重要的步骤——都是希勒曼的功劳。后来，希勒曼回忆道："我认为（布伦伯格）功劳很大，但是他不愿意承认别人的功劳。"

莫里斯·希勒曼的血源性乙肝疫苗于 1981 年获得 FDA 的批准上市，一直在市场上待到 1986 年，但是医生们不愿意用它。他们仍然对血液的来源感到担忧，科学没能说服他们。"当我们把（疫苗）推向市场时，情况很糟。"希勒曼回忆道，"医生和护士都不想给人接种人血疫苗。"希勒曼清楚，他的灭活法杀死了所有已知的人类病毒，但是他也清楚，要求医生完全理解病毒灭活的科学原理有些强人所难。他说："化学物质该起的作用都起了，血液从哪里来的并不重要，但是只有真正开明的人才能理解这件事。"

希勒曼的血源性乙肝疫苗是用有史以来最危险的一种原料制成的，但是，这款疫苗却可能是有史以来最安全、最纯净的疫苗，多么具有讽刺意味啊。

但是，由于美国的临床医生对使用人血制成的疫苗感到不适，希勒曼不得不换另一种方法来制造疫苗。（北美和欧洲的厂家已经不再生产希勒曼的血源性乙肝疫苗，但是亚洲仍有多家公司在生产。）幸运的是，20世纪70年代初，两名研究人员在夏威夷的一家熟食店里吃午餐时，达成了一项协议，希勒曼因此获得了生产新乙肝疫苗所需的另一种技术。这项技术的诞生也将有助于引领基因工程时代的到来。

赫伯特·博耶和斯坦利·科恩掀起了一场生物学革命。[1]

博耶出生于宾夕法尼亚州西部一个叫德里（Derry）的小地方，那是一座灰蒙蒙的工业化区域，最有名的是矿山、铁路和四分卫。吉姆·凯利、乔·纳马特、约翰尼·尤塔斯和乔·蒙塔纳都在宾夕法尼亚州西部的高中打过橄榄球。博耶也打过进攻边锋的位置。他的橄榄球教练，同时也是他的科学老师，只不过相比在橄榄球上的热情，教练在科学上的热情对于博耶产生的影响要更大。高中毕业后，博耶进入了附近拉特罗布的圣文森特学院

① "Biotechnology at 25: The Founders," http://bancroft. berkeley. Edu/Exhibits/ Biotech/25. html; "Robert Swanson and Herbert Boyer: Giving Birth to Biotech," *BusinessWeek Online*, http://www. businessweek. com/magazine/content/04 _42/b3904017 _ mz072. htm; "A Historical Timeline: Cracking the Code of Life," http://www. jgi. doe. gov/education/timeline _ 3. html; "Who Made America?: Herbert Boyer: Biotechnology," http://www. pbs. org/wgbh/theymadeamerica/ whomade/boyer _ hi. html; 1973, "Herbert Boyer (1936 -) and Stanley Cohen (1936 -) Develop Recombinant DNA Technology, Showing That Genetically Engineered DNA Molecules May Be Cloned in Foreign Cells," *Genome News Network*, http://www. genomenews network. org/resources/timeline/1973 _ Boyer. php; "Shaping Life in the Lab: The Boom in Genetic Engineering," *Time*, March 9, 1981; "Herbert Boyer (1936 -)," http://www. accessexcellence. org/ RC/AB/BC/Herbert _ Boyer. html; " The Birth of Biotech," Technology Review. com; http://www. technology review. com/articles/00/07/trailing0700. asp; "Stanley Cohen and Herbert Boyer," http://www. nobel-prize-winners. com/ cohen/cohen. html; "Herbert W. Boyer, PhD," Forbes. com; Inventor of the Week Archive, " Cloning of Genetically Engineered Molecules," http:// web. mit. edu/invent/iow/boyercohen. html.

（St. Vincent's College）学习生物化学，接着在匹兹堡大学深造，并在耶鲁大学攻读研究生。20世纪60年代反文化运动的鼎盛时期，博耶向西而行去了旧金山。赫伯特·博耶长着一张圆脸，带着顽皮的笑容，浓密的胡须犹如海象，再加上满满一衣柜的皮背心、蓝色牛仔裤和宽大的开领衬衫，像极了"感恩至死"摇滚乐队（Grateful Dead）① 的主唱杰瑞·加西亚。而且，博耶和加西亚一样积极投身民权运动，强烈抗议越战。

不过，博耶前往加州并不是为了参加反文化运动，而是为了追寻自己的科学梦想。他进入加州大学旧金山分校担任生物化学助理教授。1969年，一种常见的肠道细菌——大肠埃希氏菌，或称大肠杆菌，引起了他的注意。博耶发现，大肠杆菌产生的酶可以整齐地将DNA做特异性切割。从那时候起，博耶一直进行着这方面的研究。1972年，他去檀香山参加一次科学会议，在会上结识了斯坦福大学的科学家斯坦利·科恩，科恩也在从事细菌研究。科恩发现，有些细菌能够抵御抗生素的杀灭作用，有些则不能，细菌可以把这种抵抗力转移给紧挨着它们生存的细菌。然后，科恩又发现了其中的原理。细菌在其小小的环状DNA分子中携带着抗生素抗性基因，他将这些分子命名为质粒。质粒混杂在一起，很容易从一个细菌细胞转移到另一个细菌细胞。

在夏威夷的那次会议上，博耶和科恩对彼此的研究工作产生了浓厚的兴趣，他们相约当天晚些时候见面。当他们坐在一起吃着腌牛肉三明治和烟熏牛肉三明治时，产生了一个想法——如何把彼此的研究结合起来。他们还决定开展一项实验来测试这个想

---

① 该乐队于1964年组建，起初名为Warlocks，风格常在迷幻摇滚和乡村摇滚之间自由切换，与Jefferson Airplane同是迷幻摇滚的开创者之一。1995年杰瑞·加西亚去世，乐队宣布解散。——译者

法。他们做的这项实验，日后将催生 400 个获得 FDA 批准上市的新产品以及 1 400 家生物技术公司的成立，并开创一个年收入达 400 亿美元的行业。科恩利用博耶发现的 DNA 切割蛋白，将对单一抗生素具有抗药性基因的质粒 DNA 分子进行切割，再向其中导入对另一种抗生素具有抗药性的基因。然后，他们修复质粒，使其重新形成一个圆环。如此一来，该质粒便拥有了抵御两种抗生素的基因。科恩将这种新质粒重新导入细菌中，并发现它们创造出了一种能够抵御两种抗生素的杀灭作用的新的细菌。博耶和科恩推断，任何基因，包括人类基因，都可以被导入细菌质粒。这些基因工程细菌每繁殖一次，在产生自己的蛋白质的同时，也将产生人类蛋白质；细菌可以变成微型工厂，大批量生产各种人类产品。博耶和科恩开启的新研究领域被称为重组 DNA 技术，即基因工程。

一位名叫罗伯特·斯旺森的风险投资家发现了这项发明的价值，他打电话约博耶在旧金山的一家酒吧见面。29 岁的斯旺森和 40 岁的博耶一边喝啤酒，一边探讨在实验室合成人类蛋白质的商业价值。他们在纸巾上草拟了第一家基于基因工程的生物技术公司的成立计划。博耶将公司命名为基因泰克（Genentech），即基因工程技术的英文缩写。基因泰克于 1980 年上市，这只股票创下了华尔街历史上最具戏剧性的涨幅，募集资金超过 3 800 万美元，其创始人个个成为千万富翁。那年下半年，博耶登上了《时代周刊》的封面，标题为《在实验室里塑造生命——基因工程的繁荣》。基因泰克公司的第一款产品是人胰岛素。研究人员再也不用从牛和猪的胰腺中提纯胰岛素了，而是可以在实验室里用细菌制成胰岛素。在那之后，基因泰克公司还制造了促进儿童生长的蛋白质，溶解心脏病患者动脉中血块的蛋白质，以及帮助血友病患者凝血的蛋白质。血友病患者不再需要依赖人血来获得所需的凝血因子，也就不再面临输血感染 HIV 的风险。

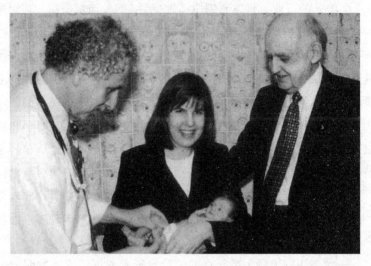

1999 年，迈克尔·特拉斯特博士（左）为柯尔斯滕·希勒曼十天大的女儿安妮莉丝注射了重组乙肝疫苗。莫里斯·希勒曼在一边旁观

然而，博耶和科恩的研究引起了科学家和公众的担忧——基因工程是人类对上帝的国度的入侵。20 世纪 80 年代，某期《时代周刊》的封面标题为《摆弄生命》，画面上是一个 DNA 分子，围绕着分子的是几个手拿锤子和尺子、身着白大褂的科学家，而 DNA 分子的顶部是一条露出毒牙的毒蛇。

默沙东的科学家意识到，倘若运用博耶和科恩的发现，无需人血即可制造乙肝疫苗。他们聘请了加州大学旧金山分校的分子生物学家威廉·鲁特。鲁特利用博耶的 DNA 切割酶，去除了病毒的表面蛋白基因，并将其导入斯坦利·科恩的细菌质粒中。当细菌繁殖时，它们产生了大量的乙肝表面蛋白。但是，鲁特和默沙东的科学家发现，细菌产生的表面蛋白没能在动物体内诱发免疫反应，这让他们十分沮丧。于是，他们向华盛顿大学的本·霍尔寻求帮助，想试试其他方法。霍尔用做面包的普通酵母代替细菌。希勒曼发现，酵母中产生的乙肝表面蛋白能够在黑猩猩体内诱发保护性抗体，后来在人类身上也达到了同样的效果，于是，他开始使用这套工艺生产新的乙肝疫苗。[①]

1986 年 7 月 23 日，默沙东的酵母衍生重组乙肝疫苗获得

---

① 关于希勒曼重组乙肝疫苗的研究，参见：P. Valenzuela, A. Medina, W. J. Rutter, G. Ammerer, and B. D. Hall, "Synthesis and Assembly of Hepatitis B Virus Surface Antigen Particles in Yeast," *Nature* 298 (1982): 347 - 50; W. J. McAleer, E. B. Buynak, R. Z. Maigetter, D. E. Wampler, W. J. Miller, and M. R. Hilleman, "Human Hepatitis B Vaccine from Recombinant Yeast," *Nature* 307 (1984): 178 - 80; M. R. Hilleman, R. E. Weibel, and E. M. Scolnick, "Recombinant Yeast Human Hepatitis B Vaccine," *Journal of the Hong Kong Medical Association* 37 (1985): 75 - 85; M. R. Hilleman, R. E. Weibel, and E. M. Scolnick, "Research on Hepatitis B Vaccine Continues Unabated," *Medical Progress*, August 1985: 49 - 51; M. R. Hilleman, "Recombinant Yeast Hepatitis B Vaccine," *Development of Biological Standards* 63 (1986): 57 - 62; M. R. Hilleman and R. Ellis, "Vaccines Made from Recombinant Yeast Cells," *Vaccine* 4 (1986): 75 - 76; M. R. Hilleman, "Present and Future Control of Human Hepatitis B by Vaccination," in *Modern Biotechnology and Health: Perspectives for the Year 2000* (New York: Academic Press, 1987); M. R. Hilleman, "Present Status of Recombinant Hepatitis B Vaccine," *Acta Paediatrica Scandinavica* 29 (1988): 8B - 15B; M. R. Hilleman, "Vaccines in Perspective: Human Hepatitis B Vaccines, the First Subunit Recombinant Viral Vaccines," in *Current Topics in Biomedical Research*, ed. R. Kurth and W. K. Schwerdtfeger (Berlin and Heidelberg: Springer-Verlag, 1992), 145 - 61; M. R. Hilleman, "Vaccine Perspectives from the Vantage of Hepatitis B," *Vaccine Research* 1 (1992): 1 - 15; M. R. Hilleman, "Three Decades of Hepatitis Vaccinology in Historic Perspective: A Paradigm for Successful Pursuits," in Plotkin and Fantini, *Vaccinia*; M. R. Hilleman, "Critical Overview and Outlook: Pathogenesis, Prevention, and Treatment of Hepatitis and Hepatocellular Carcinoma caused by Hepatitis B virus," *Vaccine* 21 (2003): 4626 - 49。

FDA 的批准上市。该疫苗沿用至今。①

20 世纪 80 年代末，接种乙肝疫苗的人数不到全球人口的 1%，但是在 1990 年至 2000 年间，乙肝疫苗的接种率上升到 30%。到 2003 年，已有 150 多个国家或地区使用了乙肝疫苗，效果显著。在中国台湾，由于接种乙肝疫苗，肝癌的发病率降低了 99%。在美国，儿童和青少年的乙肝病毒感染率下降了 95%。此外，由于感染乙肝病毒的人数减少，潜在的肝脏捐赠者数量大大增加，这也得益于乙肝疫苗。肝移植领域的先驱托马斯·斯塔兹说："希勒曼遏制了乙肝病毒的祸害，实在是一桩英雄般的壮举，这一贡献足以被视为 20 世纪乃至有史以来对人类健康领域最杰出的贡献之一。依我拙见，莫里斯为器官移植领域消除了一大障碍。"②

希勒曼自己则认为乙肝疫苗是默沙东历史上最大的单项成就，他说："我们制造了世界上第一个肝炎疫苗、第一个抗癌疫苗、第一个重组疫苗，以及第一个由单一蛋白质制成的疫苗。"如果乙肝疫苗继续在全球范围内得以应用，乙肝病毒造成的慢性感染终将得以根除；三四十年后，感染乙肝病毒引起的肝硬化和肝癌也将随之消失。

---

① Plotkin and Orenstein, *Vaccines*；"Hepatitis B Vaccination Coverage among Adults: United States, 2004," *Morbidity and Mortality Weekly Report* 55 (2006): 509 – 11.

② Symposium in honor of Maurice R. Hilleman, American Philosophical Society, January 26, 2005.

第九章　微生物[①]

"你不能将人类钉在金十字架上。"

——威廉·詹宁斯·布莱恩

　　1886 年 2 月 7 日，星期日，这天上午，乔治·沃克和乔治·哈里森在开阔的南非原始大草原上漫步。沃克在为一对姓斯图本的兄弟建造小屋，哈里森在为一个叫佩特内拉·乌索琴的寡妇建造小屋。哈里森懒洋洋地踢着地面，一脚踢到了一块露出地面的岩石。他捡起石头仔细观察，拿出采矿用的镐，敲下了一些小碎片。哈里森来南非之前曾经在澳大利亚挖过金矿。乌索琴的外甥乔治·奥弗贝回忆了接下去发生的事情："（哈里森）问我阿姨借了平底锅，用一个旧犁头把石块砸碎，然后去附近（一个水泵）淘洗。石砾中显露出清晰的黄金痕迹。"[②]

　　1886 年 7 月 24 日，乔治·哈里森写信给南非共和国总统约翰内斯·克留格尔[③]，要求获得采矿许可证。哈里森发现黄金的消息传开后，数百名矿工涌向此地，也想申请许可证。1886 年 9 月 20 日上午 9 点，他们得到了答复。一位政府官员站在自己的马车旁，宣读了克留格尔的声明："本人，斯蒂芬努斯·约翰内斯·保罗·克留格尔，在执行委员会的建议和同意下，宣布（该地区）

为公共开采区域。"短短几个月内，成千上万人在一个即将命名为约翰内斯堡的小镇上支起了帐篷。三年后，约翰内斯堡已经成为非洲人口最稠密的城市。到 1895 年，这里的居民数量接近 10 万人，其中 7.5 万人在矿场工作；他们全都是穷苦的非洲男人，被迫抛下农村的妻儿，背井离乡出来采矿。

1898 年，克留格尔第四次也是最后一次当选南非共和国总统（克留格尔金币便是以他命名）。矿业公司的黑心贪婪令克留格尔倍感震惊，他觉得居民应该哀叹而不是庆贺南非发现黄金。他预测道："这将使得我们的土地被鲜血浸透。"20 世纪 30 年代末世界上规模最大、矿藏最丰富的南非金矿开采区的发现者乔治·哈里森，以 10 英镑的价格出售了自己的许可证，几年后，他成了狮子的腹中餐。

手握矿山所有权的英国公司雇用招募来的人员，付给这些（被蔑称为卡菲［kaffirs］的）工人的是固定的人均酬劳。一些人在从农村老家到城市的路上病倒了；剩下的人则挤进了简陋不堪的棚屋里，受到了各种严重的感染；大多数人营养不良。幸存下来的工人，要连续工作 6 到 9 个月才能回家。矿工的不断更替意味着不断有新人来到采矿场。尽管这些矿工普遍患有痢疾和结核

① 罗伯特·奥斯特里恩于 2005 年 2 月 18 日和 2006 年 9 月 14 日接受采访。有关肺炎球菌和肺炎球菌疫苗的信息，参见：Austrian，Pneumococcus。
② 南非发现金矿的情况，参见："Three Georges Strike Paydirt，" http://www. joburg. org. za/facts/georges. stm；"Joburg's Hidden History，" http://www. goldreefcity. co. za/theme_park/joburgs_hidden_history. asp；"Johannes-burg：History，" http://www. southafrica-travel. net/north/a1johb01. htm。
③ "Stephanus Johannes Paulus Kruger，" http://en. wikipedia. org/wiki/President_Kruger。

病，但是最普遍、最严重、最致命的疾病要数细菌性肺炎。[①] 而且所有新矿工都是潜在的细菌性肺炎易感者。

1894 年，在南非特兰斯瓦尔医学会召开的一次会议上，医生们描述了一场流行病——100 例"鼻孔有脓性分泌物，大部分人为肺炎"，其中 15 人死亡。五年后，医生们描述了一种类似的流行病："7 月初，一批 93 名瘦弱的卡菲抵达，其中一些有病；这批人里总共死了 8 人。"20 世纪伊始，每天有 7 名金矿工人死于肺炎。医生对死者进行尸检，在显微镜下观察他们的肺部切片，发现小小的圆形细菌成对地聚集在一起。这种细菌的名字叫做肺炎链球菌或肺炎球菌。为了证明是它导致了矿工的死亡，研究人员将细菌注入了兔子体内。几天之内，兔子全部死亡。

一旦研究人员确定了这种致命肺炎的病因，他们便立即着手疫苗研发，试图预防这一疾病。

第一个疫苗，即爱德华·琴纳研发的天花疫苗，预防了病毒感染。预防像肺炎球菌性肺炎这样的细菌性疾病的疫苗在时间上远远落后，第一种这样的疫苗大约过了 100 年才首度问世。细菌类疫苗的研发如此耗时，一大原因是细菌比病毒复杂得多。

病毒和细菌都是由能诱发保护性抗体的蛋白质组成的，但是，病毒并不包含很多蛋白质。譬如，麻疹病毒含有 10 种蛋白质，腮腺炎病毒含有 9 种蛋白质。细菌的蛋白质则要多得多；肺炎球菌含有约 2 000 种蛋白质。细菌类疫苗的研发比较缓慢的原因之一，是难以从如此众多的蛋白质中找出能够引发免疫反应的那一种。此外，速度慢还有一个原因——欺诈。

---

① Austrian，*Pneumococcus*.

讽刺的是，研究人员早在了解细菌之前就了解病毒了。研究烟草植物感染的马丁努斯·拜耶林克，是第一个弄清楚什么是病毒以及病毒在何处繁殖的人，但是他从未看见过病毒。直到 20 世纪 30 年代，随着电子显微镜的发明，研究人员才终于看清了他们的研究对象。细菌比病毒大得多，因此对细菌的研究比病毒早了300 年。17 世纪末，荷兰干货经销商安东尼·范·列文虎克造出了第一台显微镜。当他通过显微镜观察雨滴，观察从他的牙齿上刮下来的牙垢时，他注意到一些微小的生物"以最令人愉悦的方式移动"。他称它们为微生物，字面意思即"小动物"。现在我们知道，这些微生物里有一部分是细菌。直到 19 世纪末，研究人员才发现细菌并不是那么令人愉悦。有些细菌会引起严重的往往致命的疾病。

下一个突破来自德国细菌学家罗伯特·科赫，[①] 他证明了特定的细菌能够引起特定的疾病。1876 年，科赫着手研究炭疽病的病因。炭疽病是一种牛的常见肺病，偶尔致命，但鲜见于人类。科赫住在农场上，实验室也在那里，条件简陋。他从死于炭疽病的奶牛身上取下了小片脾脏，用小木条将它们注入小鼠体内，小鼠全部死亡了。当他通过显微镜观察牛的脾脏时，发现里面充满了细菌。科赫推断，是细菌杀死了小鼠，现在他需要证明这一点。于是，科赫从牛眼中间挖出了胶状液体，将感染的牛的小片脾脏注入其中，希望液体能够为细菌的生长提供必要的营养物质。（许多早期的科学研究听起来像《麦克白》里的女巫咒语。）在接下来

---

① D. S. Burke, "Of Postulates and Peccadilloes: Robert Koch and Vaccine (Tuberculin) Therapy for Tuberculosis," *Vaccine* 11 (1993): 795 – 804; "Robert Koch," http://www. historylearningsite. co. uk/robert _ koch. htm; "Robert Koch: Biography," Nobelprize. org, http://nobelprize. org/medi-cine/laureates/1905/koch-bio. html.

的几周里，科赫等着细菌繁殖。然后，他将炭疽细菌培养物注入小鼠体内，小鼠再次得病，它们的肺部充满了炭疽细菌。科赫的发现十分重要。在此之前，科学家始终认为，只有病人身上的细菌才会使另一个人生病。科赫证明，在实验室里培养的细菌也能引起疾病。罗伯特·科赫是病原细菌理论之父。

之后的十年里，科赫发现他可以在用土豆和明胶制成的营养培养基里培养细菌。盛放培养基的容器是一种特制的平底玻璃皿，发明者是科赫的实验室里一名叫做朱利叶斯·佩特里的年轻研究员。后来，科赫发现了引起肺结核和霍乱的细菌。截至 1900 年，研究人员已经发现 21 种不同类型的致病细菌。"一旦找到正确的方法，"科赫说，"发现便如同熟苹果从树上掉落一样容易。"

细菌可以在实验室里培养，科赫的这一发现催生了一系列重要的发现和三种疫苗。

第一个突破发生在 19 世纪末，两名法国研究人员埃米尔·鲁[①]和亚历山大·耶尔森成功分离出了引起白喉的细菌。白喉是当时常见的致死疾病，会在气管和呼吸道里形成厚厚的灰膜，常使患者窒息。单单在美国，每年就有 20 万人感染白喉，其中大多数是青少年，并导致 1.5 万人死亡。鲁和耶尔森发现将细菌注入实验动物体内便能引发疾病，这和科赫的发现一致。但是他们还发现，如果在液体里培养细菌，都不需要用到细菌，仅液体本身就能引起严重的致命疾病。显然，白喉细菌生成了某种毒素。

第二个突破获得了首个诺贝尔医学奖。在德国马尔堡工作的埃米尔·冯·贝林发现，注射过白喉毒素的动物体内会产生毒素抗体，称为抗毒素，而且抗毒素能够预防疾病。科学家后来在贝

----

① 在 1901 年到 1932 年间，他被提名诺贝尔生理学或医学奖 115 次。——译者

林发现的基础上研制出针对好几种细菌的抗毒素。贝林的这一发现还是艾迪塔罗德狗拉雪橇比赛的灵感来源。1925 年，阿拉斯加爆发白喉疫情，救命的白喉抗毒素通过雪橇犬从尼纳纳（Nenana）紧急运往诺姆（Nome），全程 674 英里。后来的狗拉雪橇比赛便是对这一事件的重现。虽然那场疫情中有两个孩子死亡，但是贝林的抗毒血清拯救了许多人的生命。

第三个突破发生在 20 世纪 20 年代末。[1] 一位名叫加斯顿·拉蒙[2]的法国研究人员发现，经福尔马林灭活的毒素可以保护人不得白喉。如今，研究人员阻击细菌感染的方法不再局限于抗毒素。人一旦注射经福尔马林处理过的毒素，即类毒素，体内便能产生抗体，余生都不会得白喉。这一发现还导致了破伤风疫苗的成功研制，百日咳疫苗的成功研制也部分归功于此。由于这三种疫苗的出现，美国每年死于白喉的人数从 1.5 万人下降到 5 人；死于破伤风的人数从 200 人下降到 15 人；死于百日咳的人数从 8 000人下降到 10 人。

20 世纪伊始，细菌类新疫苗的生产出现井喷式增长。美国制药公司通过在纯培养物中培养细菌，用化学物质杀死细菌，再将死亡的细菌放入片剂中来制成疫苗。他们称这些疫苗为细菌素，在销售时，宣称细菌素可以预防链球菌性喉炎、痤疮、淋病、皮肤感染、肺炎、猩红热、脑膜炎以及肠道和膀胱感染。细菌素易于消化，容易获得，制造简单且利润丰厚，唯一的问题是——细菌素不起作用。它们也不必起作用。在 20 世纪 60 年代以前，制

---

[1] 关于鲁、耶尔森、贝林、拉蒙的故事，参见：Plotkin and Orenstein, *Vaccines*; Plotkin and Fantini, *Vaccinia*。

[2] 据《自然》杂志统计，他在 1930 年到 1953 年间被提名诺贝尔生理学或医学奖155 次，但从未获奖。——译者

药公司并没有被要求证明其产品的有效性。变革早晚会来，只不过是在灾难的推动下。

西德有一家叫做格兰泰化学制药（Chemie Grünenthal）的药企。1954 年，格兰泰公司的化学家试图通过加热一种称为邻苯二甲酰异谷氨酰胺（不要尝试在脑子里念出全称）的化学物质制造抗生素。这种反应做出来的药杀不死细菌，所以他们进行了另一种全新的尝试——做动物试验，检验该药物是否具有抗肿瘤效果，结果又失败了。最终，格兰泰公司的研究人员通过一场小型人体试验发现，患者服用该药物后能够自然入睡并保持整晚睡眠。1957 年 10 月 1 日，格兰泰公司开始将该药物作为安眠药进行推广，并声称药物百分百安全；该公司还声称孕妇服药后可减少晨吐，而实际上他们从未针对药物减少晨吐的功效进行过专门研究。该药物被命名为沙利度胺[1]。从那时起到 1960 年，数百名婴儿在出生时手脚粘在身体上。沙利度胺损伤了 2.4 万个胚胎，导致一半胎死腹中。如今，世上尚存约 5 000 个因沙利度胺导致出生缺陷的人。

这场沙利度胺灾难，促使美国政府对 1938 年出台的《美国食品、药品和化妆品法案》[2] 进行重新评估。国会于 1962 年对其进行了修订，强制要求制药公司在销售产品之前证明其有效性。

---

[1] R. Brynner and T. Stephens, *Dark Remedy: The Impact of Thalidomide and Its Revival as a Vital Medicine* (New York: Perseus Publishing, 2001).

[2] "The Story of the Laws behind the Labels: Part II. 1938—The Federal Food, Drug, and Cosmetic Act, Part III. 1962 Drug Amendments," *FDA Consumer*, June 1981.

第一个尝试制造疫苗、保护南非金矿工人免受肺炎球菌性肺炎感染的人是阿尔姆罗斯·赖特爵士。[①] 1911 年 2 月，伦敦中央矿业投资公司董事长朱利叶斯·维尔纳拜访了英国著名研究人员赖特。赖特为人强势，固执己见，不遗余力地反对赋予妇女选举权。萧伯纳的《医生的两难选择》（The Doctor's Dilemma）一剧中的科伦索·里捷恩爵士这一角色的灵感来源便是赖特。（在萧的剧中，里捷恩面临的两难选择是，他的抗血清存量只够再救一个肺结核病人，他必须在他的医生同事和才华横溢的艺术家之间做出选择。里捷恩对艺术家的妻子着迷，于是选择救治医生，盼望艺术家会因此死去。据传，赖特观看了一场该剧的早期演出，中途愤然离场。）维尔纳选择赖特研发肺炎球菌疫苗，是因为他知道赖特在几年前就研制出了一种非常有效的伤寒疫苗。伤寒由沙门氏菌引起。赖特在纯培养物中培养沙门氏菌，并加热杀死细菌，从而制成了疫苗。在伤寒疫苗问世之前，伤寒是一种常见的致命感染，在士兵当中尤甚。美西战争期间，约有 200 名美军士兵因伤致死，而死于伤寒的人数达到 2 000 人。随着赖特的疫苗被证实有效，英国军方在第一次世界大战期间给所有士兵接种了伤寒疫苗。（第二次世界大战是头一回在战斗中阵亡的士兵多过死于感染的士兵。）

赖特认为他可以像制备伤寒疫苗一样制备预防肺炎球菌感染的疫苗。所以，他取了一株肺炎球菌在培养物中培养，然后用化学物质杀死了细菌。1911 年 10 月 4 日，5 万名南非金矿工人中的 1 人第一个接种了阿尔姆罗斯·赖特的疫苗。1914 年 1 月，赖特

---

① M. Dunhill, *The Plato of Praed Street: The Life and Times of Almroth Wright* (London: Royal Society of Medicine Press, 2002); "The Life and Times of Almroth Wright," *Biomedical Scientist*, March 2002.

发表了自己的研究结果："以上列出的对比统计数据证明，所有接种者的肺炎发生率和死亡率均有所降低。"但是，赖特错了。一年后，南非医学研究所的一位统计学家重新分析了赖特的数据，发现赖特的疫苗根本不起作用。不久之后，他的疫苗失败的原因得以揭晓。

1910年，也就是赖特开展研究的前一年，德国研究人员发现肺炎球菌有两种不同的类型，对其中一种的免疫力并不能抵御另一种的感染。截至1913年，在南非工作的英国医生F. 斯宾塞·李斯特已经发现四种不同类型的肺炎球菌。接下来，数量还会持续增加。到20世纪30年代，研究人员已经确定了30种不同类型的肺炎球菌；到第二次世界大战结束时，数量已经增至40种。如今，研究人员已经发现了至少90种不同类型的肺炎球菌。赖特没能成功地为南非金矿工人提供保护，因为他的疫苗没有覆盖足够多的不同类型的肺炎球菌。（因此，阿尔姆罗斯·赖特的许多同事称他为"差一点爵士[①]"。）研究人员必须找到一种方法，预防由同一个细菌的多种不同免疫学类型引起的疾病。

在赖特失败的地方，宾夕法尼亚大学的研究员罗伯特·奥斯特里恩成功了。奥斯特里恩在巴尔的摩"医生街"的一栋三层高的砖砌联排房子里长大，他的父亲是西奈医院（Sinai Hospital）的主治医生兼约翰·霍普金斯大学副教授查尔斯·罗伯特·奥斯特里恩。"我很害怕从医。"奥斯特里恩回忆道，"我的父亲是难以企及的榜样。"奥斯特里恩是德裔犹太人，仪表堂堂，谈吐得体。1945年在约翰·霍普金斯医院完成了实习医师和住院医师培训，决定从事传染病领域的职业。"有人告诉我，如果想学习古典细菌

---

① Almost Right 和 Almroth Wright 发音相近。——译者

学，就去哈佛或者洛克菲勒（研究所），但是如果想窥见细菌学的未来，就要去纽约大学。"奥斯特里恩在纽约大学遇到了科林·麦克劳德，科林激发了奥斯特里恩对于肺炎球菌的终生兴趣。奥斯特里恩有意研发肺炎球菌疫苗，但是很快，德国率先研发出了一种医疗产品，搅乱了他的计划。

1908 年，一位名叫保罗·杰尔莫的维也纳化学家成功地合成了一种鲜红色的化学物质，该物质在德国的染料业中非常有用。这种染料还可以给细菌着色，使得细菌在显微镜下更易观察。25年后，一位名叫格哈德·多马格[1]的医生发现，如果让小鼠和兔子摄入这种染料，会对致命剂量的细菌产生抵抗力。虽然这种染料对动物有效，但是多马格对于给人体注射染料还是十分犹豫的。1935 年，他的小女儿患上了严重的血液链球菌感染，这是一种通常致命的疾病。情况危急，多马格必须采取行动。走投无路之际，他给女儿服用了一剂染料，拯救了她的性命。这种染料被称为磺胺，是第一种抗生素。

奥斯特里恩回忆起抗生素时代的来临，他说："佩林·朗博士[2]（约翰·霍普金斯大学社区医学部主任）是第一个把磺胺类药物带回美国的人。他用磺胺治疗了几个感染链球菌的患者，疗效十分惊人，以至于一些同事甚至认为他在撒谎。这种药物似乎具有无限的可能性。"看起来，磺胺类药物是对抗细菌感染的灵丹妙药。佩林·朗是约翰·霍普金斯大学的"守门人"，掌管着数量极其有限的磺胺类药物。他非常重视自己的这项职责，有一件令

---

[1] "Gerhard Domagk," NobelPrize. org, http://nobel prize. org. medicine/laureates/1939/domagk-bio. html.

[2] J. F. Worthington, "The Guys and Us," *Hopkins Medicine Magazine*, Spring/Summer 2005.

人难忘的事足以证明。一位同事还记得 1936 年深夜的一通电话："当时是我接的电话。电话里传来一位女士的声音，要找朗博士。他接过电话。我听见他说：'这次你骗不了我！我知道你不是埃莉诺·罗斯福！'然后，他就把电话挂了。几秒钟后，电话又响了。这次他柔声道：'是的，罗斯福夫人，我是朗。'第二天，报纸刊登新闻说总统的儿子病了。后来报道称，是朗（博士）提供的磺胺治好了男孩。"

20 世纪 40 年代初，研究人员已经找到了一个办法来大规模生产另一种抗生素——青霉素。如此一来，临床医生们对消除肺炎球菌感染充满信心。奥斯特里恩回忆道："死亡率急剧下降，大部分人开始觉得肺炎球菌感染已经不再是一种常见或严重的疾病了。不止于此，人们认为鉴定肺炎球菌也失去了必要性，对这种生物体的认知因而有所下降。20 世纪 40 和 50 年代的普遍观点是，由于所谓神药的出现，肺炎球菌性肺炎已经基本消失。"然而，奥斯特里恩发现，尽管抗生素能够挽救患者的生命，感染率却没有降低。"我从约翰·霍普金斯大学前往布鲁克林的金斯县医院（Kings County Hospital）——美国的第三大医院时，有人告诉我，如果我当真对肺炎球菌性肺炎感兴趣，那我恐怕找错了地方，因为这年头这种病已经很少见了。"为了弄清究竟有多少人感染了肺炎球菌，奥斯特里恩建立了一个实验室。"那地方乱得像鸡窝一样，"他回忆道，"有 4 000 张床位，走廊里也挤满了床。"奥斯特里恩发现，每年有约 400 人因肺炎球菌性肺炎住进金斯县医院。他的同事仍然不信服，认为布鲁克林的问题只是个案。"为此，我们从国立卫生研究院拿到了一笔拨款，用于研究全美各地肺炎球菌性肺炎的发病率，毕竟正如一句戏言所说：'布鲁克林是美国对面的一座城市。'然而事实证明，在芝加哥、洛杉矶、新奥尔良等城市，医院收治的肺炎球菌性肺炎患者数量与布鲁克林的不相上下。显然，这种疾病并没有消失。只要想找，就会发现。"

经过十年的数据收集，奥斯特里恩又发现了一件令他吃惊的事。他研究了三组严重感染肺炎球菌的患者的死亡率：其中，一组接受抗生素治疗，一组接受抗血清治疗（由注射过肺炎球菌的马的血清制成），一组未接受治疗。结果发现，尽管抗生素和抗血清明显挽救了患者的生命，但是它们对最严重的感染并不起作用。"头五天死亡的人中，三组的死亡率基本相同。"奥斯特里恩说，"这表明，如果一个患者注定在染病后很快死亡，那么无论他接受何种治疗都没有区别。直到今天，我们依然不了解（导致）早期死亡的原因。当时能够保护早期死亡高风险人群的唯一方法就是防止他们得病。"奥斯特里恩指的是肺炎球菌疫苗。

1900 年到 1945 年间，科学家们在肺炎球菌方面取得了几项重要发现。他们得知，细菌周围有一层荚膜，荚膜由一种叫做多糖的复合糖组成；多糖可以从细菌中剥离出来；将多糖注入小鼠体内可以保护它们免受感染；人类接种从不同的肺炎球菌菌株中剥离出来的不同类型的多糖，体内会相应产生不同类型的抗体。奥斯特里恩在纽约大学的导师科林·麦克劳德通过剥离四种不同类型肺炎球菌的多糖包被，成功地制作出了第一个肺炎球菌疫苗。[1]第二次世界大战期间，1.7 万名新兵接种了科林的疫苗或安慰剂，一场肺炎球菌性肺炎流行证实科林的疫苗是有效的。施贵宝公司于 20 世纪 40 年代末用六种不同类型的肺炎球菌制成了麦克劳德

---

[1] C. M. MacLeod，R. G. Hodges，M. Heidelberger，and W. G. Bernhard，"Prevention of Pneumococcal Pneumonia by Immunization with Specific Capsular Polysaccharides," *Journal of Experimental Medicine* 82 (1945)：445 – 65.

的疫苗，结果却没有人买。医生们确信青霉素已经根除了肺炎球菌，对肺炎球菌疫苗丝毫不感兴趣。于是，施贵宝停止了肺炎球菌疫苗的生产。

20世纪70年代初，此时在宾夕法尼亚大学当教授的奥斯特里恩决定让科林·麦克劳德的肺炎球菌疫苗起死回生。"（大学的管理人员）对我说，只要我自己掏钱，想做什么都行。"奥斯特里恩回忆道。他发现，大部分的肺炎球菌感染是由13种肺炎球菌引起的。在国立卫生研究院的支持下，奥斯特里恩用这13种类型的多糖制作了 种疫苗。他和国立卫生研究院随后说服制药巨头礼来公司（Eli Lilly）生产了数千剂疫苗。奥斯特里恩确信自己的疫苗现在能够预防肺炎球菌感染，保护人们。于是，他给南非三家最大的金矿公司的医学总监打电话，并于1970年9月6日偕妻子飞往约翰内斯堡与他们进行会谈。同一天，"解放巴勒斯坦人民阵线"的成员劫持了四架飞往纽约的飞机。"我们一下飞机便受到了热烈的欢迎，但是当时我们并不知道缘由。"奥斯特里恩回忆道，"飞机被劫持的时候，我们正在北非上空飞行。"

两年后，奥斯特里恩在博克斯堡（Boksburg）的东兰德未来（准）采矿区（East Rand Preparatory Mine）开始了他的疫苗的首次测试。这座矿山位于约翰内斯堡以东15英里，始建于1893年，是南非历史最悠久、深度最深的矿山之一。此时虽然距离阿尔姆罗斯·赖特的疫苗试验已经过去了60年，但是矿山的条件并没有什么实质性的改善。奥斯特里恩决定招募初到矿山的男子，理由是他们最有可能感染没在偏僻农村出现过的肺炎球菌。"这段经历令人难忘。"奥斯特里恩回忆道，"我们下潜到地表以下两英里、海平面以下一英里的矿井最深处。"下面的岩石温度高达125华氏度。

奥斯特里恩想给一部分矿工注射他的肺炎球菌疫苗，一部分矿工注射安慰剂，但是为了说服金矿管理层同意使用他的疫苗，奥斯特里恩不得不搭配另一种疫苗——脑膜炎球菌疫苗。脑膜炎球菌会引起严重的急性感染，矿业公司管理层十分惧怕这种细菌。矿工上一分钟还好好的，四个小时以后可能就死了。奥斯特里恩回忆道："工人死亡对金矿的名声不利。医治肺炎球菌性肺炎患者的费用会计入黄金开采的成本，但是，脑膜炎球菌引起的死亡造成了负面影响。他们是看在脑膜炎球菌的分上才让我们做（肺炎球菌）试验的。"三分之一的矿工接种了肺炎球菌疫苗，三分之一接种了脑膜炎球菌疫苗，余下三分之一接种了安慰剂。（脑膜炎球菌疫苗类似肺炎球菌疫苗，也是由细菌的多糖包被制成的。）虽然奥斯特里恩很想知道自己的疫苗能否挽救生命，但是他也想了解血液中的抗体水平和疾病抵抗力之间的关系。这就意味着，他需要在疫苗接种之前和接种之后分别采集血液样本。奥斯特里恩的钻研精神激怒了矿业公司的管理层。"我们想研究人体对疫苗的血清学反应，"奥斯特里恩回忆道，"（公司管理层）愿意（允许矿工）在病情严重时抽血，但是反对在康复后抽矿工的血。（管理层）一度打电话给我说要取消试验，因为试验干扰了矿山的劳动力。于是，我临时飞回约翰内斯堡，见了其中一家矿业公司的负责人。我向他指出，疫苗已经为他节省了约 10 万美元的医疗开销。"听完这番话，负责人缓缓地摇了摇头，第一次意识到奥斯特里恩对金矿生意知之甚少。"他看着我说，这是每年 300 万美元的生意。他对我的问题丝毫不感兴趣。他长了一双我见过的最冷漠的蓝眼睛。"这位矿业公司高管最终同意试验继续，前提是奥斯特里恩放弃采集矿工的血液。

试验结束后，奥斯特里恩发现他的肺炎球菌疫苗是有效的，

1978年的拉斯克奖得主罗伯特·奥斯特里恩（中），看着迈克尔·德巴基博士给拉斯克基金会副总裁威廉·麦考密克·布莱尔夫人接种他的肺炎球菌疫苗，1978年11月20日

疾病发生率降低了80％。他兴高采烈地回到美国，确信礼来公司一定会量产他的疫苗。然而，曾经是美国最大疫苗生产商之一的礼来公司，此时已经决定退出疫苗业务。奥斯特里恩手握一种可以挽救数千生命的疫苗，却面临着一种非常现实的可能——没有公司会生产这种疫苗。最后，只有莫里斯·希勒曼考虑了奥斯特里恩的请求。"希勒曼博士自己拍板说默沙东会生产疫苗。"奥斯特里恩回忆道，"如果莫里斯说不行，那么一切就都白费了。莫里斯不支持的话，据我所知，疫苗行业不会再有第二个人站出来。"

1977年，莫里斯·希勒曼和默沙东造出了第一个肺炎球菌疫苗，预防由14种不同类型的肺炎球菌引起的感染。1983年，他们造出了第二个肺炎球菌疫苗，覆盖更多不同类型的细菌。奥斯特里恩认为，肺炎球菌疫苗是有史以来最不同寻常的疫苗之一。"这可能是现存最复杂的疫苗，"奥斯特里恩说，"它可以预防由 23 种不同类型的细菌所引起的感染。"

美国疾控中心现在推荐 65 岁以上的人群接种罗伯特·奥斯特里恩的肺炎球菌疫苗，因为他们最有可能死于此种疾病。可惜的是，美国许多老年人并未接种肺炎球菌疫苗。在人类和严重（时而致命的）肺炎的斗争中，肺炎球菌疫苗可能是我们利用得最不充分的武器。全世界每年约有 200 万人死于肺炎球菌感染。

希勒曼和默沙东除了率先生产出了肺炎球菌疫苗和后来的脑膜炎球菌疫苗之外，还率先生产出了乙型流感嗜血杆菌（Hib）疫苗。Hib 会导致严重的脑膜炎、血液感染和肺炎，与肺炎球菌不同的是，它尤其容易致使婴幼儿死亡。不幸的是，研究人员很快发现，奥斯特里恩针对由肺炎球菌、脑膜炎球菌和 Hib 等细菌引起的疾病使用细菌多糖加以预防的方法，在婴儿身上行不通，因为婴儿根本无法对细菌多糖产生免疫反应。如果希勒曼和其他人想要保护婴幼儿免受这些细菌的侵害，就必须另辟蹊径。

20 世纪 70 年代末，国立卫生研究院的约翰·罗宾斯和雷切尔·施耐尔森以及罗切斯特大学（Rochester University）的大卫·史密斯和波特·安德森发现，当他们将 Hib 的多糖与蛋白质联系起来时，能够在婴儿体内诱导产生 Hib 抗体。这项研究结果启发了默沙东和其他公司制造 Hib 疫苗。截至 20 世纪末，婴幼儿的 Hib 感染的发病率下降了 99％。

细菌疫苗的开发恰逢其时。各类不同的抗生素的广泛应用，已经使得包括肺炎球菌在内的多种细菌对抗生素产生了耐药性。可惜，制药公司不再花大力气制造抗生素。到头来，疫苗很有可能成为我们抗击细菌感染最后的、唯一的机会。

莫里斯·希勒曼开展了一系列对于麻疹、腮腺炎、风疹、甲肝和乙肝疫苗的研发至关重要的实验，每年挽救了数百万人的生命。他也是第一个开发和量产肺炎球菌以及水痘疫苗的人，而且还是最早生产脑膜炎球菌和 Hib 疫苗的人之一。但是从 20 世纪 90 年代到 21 世纪，莫里斯·希勒曼、他的疫苗以及他的科学研究将成为一场争议的中心。数百名政治人物、体育界名人、媒体名人和演员站出来反对希勒曼的大部分成就，其中包括乔·利伯曼①、约翰·克里②、戴夫·韦尔顿③、丹·伯顿④、唐·伊姆斯⑤、蒂姆·拉瑟特⑥、小罗伯特·肯尼迪⑦、道格·弗鲁蒂⑧、安东尼·爱德华兹和辛迪·克劳馥⑨。

---

① 老牌政客，参议员，曾是民主党的副总统候选人。——译者
② 父亲为外交官，他本人后来出任国务卿。——译者
③ 共和党国会议员。——译者
④ 国会议员。——译者
⑤ 风格夸张的电台节目主持人。——译者
⑥ 著名记者、新闻评论员。——译者
⑦ 其父为美国前司法部长和总统候选人罗伯特·肯尼迪。他是美国著名反疫苗人士，将美国的疫苗政策比作极权主义国家的行动，在传播疫苗错误信息方面有着悠久的历史。——译者
⑧ 橄榄球名将，全美大学橄榄球名人堂运动员。1998 年以他儿子的名义建立了治理自闭症的基金。——译者
⑨ 安东尼·爱德华兹是演员，有《壮志凌云》《十二宫杀手》等电影作品。辛迪·克劳馥是演员、全球第一代超模。——译者

第十章　不确定的未来①

"听到指控就信了。肇事者无需动机，也无需逻辑或理由。只需一张标签。标签即动机。标签即证据。标签即逻辑。"

——菲利普·罗斯，《人性的污秽》

疫苗面临着不确定的未来。一方面，如今我们可以制造比以往任何时候都更安全、质量更好的疫苗。2006 年 6 月，疫苗生产商提出了一种新疫苗申请，是一种可以预防人乳头瘤病毒（HPV）感染的疫苗。② HPV 可导致宫颈癌，这是全球最常见的癌症之一。每年有 30 万妇女死于宫颈癌。研究人员首先找出能够引发保护性免疫的那种 HPV 蛋白，然后将生成该蛋白的基因提取出来，注入质粒，再将质粒放入普通的面包酵母中（和希勒曼制作乙肝疫苗的策略相同）。酵母开始产生大量的 HPV 蛋白。接着，神奇的事情发生了——HPV 蛋白重新组合成完整的病毒颗粒。在电子显微镜下可以看到，合成的 HPV 与天然的 HPV 无法加以分辨。两者之间的唯一差异是合成病毒不含任何病毒 DNA，因此不可能繁殖或致病。当成千上万的女性接种了这种合成病毒后，它阻止了 HPV 感染。HPV 疫苗是我们人的第二个防癌疫苗（乙肝疫苗是第一个）。

21 世纪还诞生了另外两种疫苗，一种可以预防儿童肺炎球菌感染，一种可以预防儿童脑膜炎球菌感染。它们的制作方式相同，都是将细菌周围的复合糖（多糖）与无害蛋白质连接而制得，分别于 2000 年和 2005 年获得 FDA 批准上市。有了预防肺炎球菌感染的疫苗以后，儿童的肺炎和血液感染的发病率下降了 75％。随着脑膜炎球菌疫苗的问世，父母们终于有了武器来对抗儿童和青少年面临的一大可怕疾病。在美国，脑膜炎球菌每年引起约 3 000 例严重的急性血液感染和脑膜炎。没有什么感染能比脑膜炎球菌感染在小学、高中和入学引发更大的恐慌了。

2006 年 2 月，一种针对轮状病毒的疫苗获批上市。轮状病毒是导致全球婴幼儿死亡的一大杀手。轮状病毒侵袭小肠，引起发烧、呕吐和腹泻。由于呕吐可能频繁发生、持续且程度严重，儿童有时难以补回流失的体液，因此可能迅速脱水并死亡。单单在美国，轮状病毒导致每 50 个婴儿中就有 1 个因严重脱水而住院。在全球范围内，轮状病毒每年导致 60 万儿童死亡。换句话说，每天约有 2 000 名儿童死于轮状病毒感染。科学家捕获了一种致牛感染（却不致人感染）的轮状病毒毒株，将其纯化并与人类的轮状病毒毒株相结合，从而制成了疫苗。与麻疹、腮腺炎、风疹和水

① 阿德尔·马哈茂德和阿特·卡普兰分别于 2006 年 5 月 26 日、2005 年 3 月 10 日接受采访。有关安德鲁·韦克菲尔德、麻腮风三联疫苗以及自闭症的概述，参见：Fitzpatrick, *MMR and Autism*。

② R. Steinbrook, "The Potential of Human Papillomavirus Vaccines," *New England Journal of Medicine* 354 (2006): 1109 - 12; M. Schiffman and P. E. Castle, "The Promise of Global Cervical-Cancer Prevention," *New England Journal of Medicine* 353 (2005): 2101 - 4; C. P. Crum, "The Beginning of the End for Cervical Cancer?" *New England Journal of Medicine* 34 (2002): 1703 - 5; L. A. Koutsky, K. A. Ault, C. M. Wheeler, et al., "A Controlled Trial of a Human Papillomavirus Type 16 Vaccine," *New England Journal of Medicine* 347 (2002): 1645 - 51.

痘疫苗所采用的制备方法不同，研究人员这次首先找出人类轮状病毒中导致儿童患病的基因，以及引起保护性免疫反应的基因。如今，研究人员无需再在动物细胞中培养人类病毒并加以弱化，他们只需找出病毒中具有危险性的基因，并确保最终的疫苗成品中不含这些基因。"以前都是凭经验，在科学层面也比较墨守成规。"出生于埃及的寄生虫学家、默沙东疫苗部门的前总裁阿德尔·马哈茂德说，"以前基本是培养微生物，弱化、杀灭、煮沸、用福尔马林处理，最后制成疫苗。本世纪初发明的几个新疫苗，先进程度超出以往任何人的想象。"

好消息不止于此。富国和穷国之间的免疫接种率差距正在缩小。1974 年，世卫组织启动了一项计划，使得发展中国家的免疫接种率从 5% 提高到了 40%。全球免疫计划取得的最大成功，也许就是麻疹导致的死亡人数从每年 800 万下降至不到 50 万。尽管取得了种种成功，但如何让需要疫苗的儿童用上疫苗仍然困扰着世卫组织。全世界每年有 1.3 亿新生儿，在他们当中，仍然有 200 万至 300 万的儿童死于可通过接种疫苗预防的疾病。一位制药公司高管曾经说过："我们非常愿意向发展中国家提供疫苗。但是我们把疫苗运到非洲以后，只能眼看着它们在停机坪上放着，直到晒坏。"[1] 21 世纪来临之际，有两个人挺身而出，发起了一项试图改变这一状况的计划。

2000 年，比尔·盖茨和梅琳达·盖茨捐赠约 10 亿美元成立了全球疫苗和免疫联盟（GAVI），并附加了一个条件——必须获得等额配捐才能启用这笔资金。[2] 联合国儿童基金会（UNICEF）、

---

[1] 2004 年对默沙东这位高管的采访。

[2] S. Okie, "Global Health: The Gates-Buffett Effect," *New England Journal of Medicine* 355 (2006): 1084–88.

世卫组织、世界银行、疫苗生产商以及来自十个国家的政府纷纷响应盖茨夫妇的要求。截至 2005 年 12 月，GAVI 花费了超过 30 亿美元，向最贫穷的国家提供了数百万剂乙肝疫苗、白喉—破伤风—百日咳疫苗和 Hib 疫苗。免疫接种率大幅上升。"我比 20 年前乐观得多。"马哈茂德说，"投资健康就是投资未来。财富能带来健康，健康同样能带来财富。"

我们现在已经站在成功的门口——将疫苗带到发展中国家，弥合数百年来存在的差距。从许多方面而言，我们已经迎来疫苗新时代的曙光。可惜，在过去 20 年间，意图摧毁疫苗的势力似乎占据了上风。

莫里斯·希勒曼在其生命的最后几年处在多个争议的阴影之下。对他持续时间最长、最恶毒、最耸人听闻的指控是，希勒曼的疫苗不论取得了多大的成功，却导致了自闭症。

自闭症是一种神秘的疾病，有着一系列令人心碎的症状。自闭症儿童难以和父母、兄弟姐妹及同学交流。他们往往沉默寡言，表现出重复的和自我刺激的行为，吃东西不好，看起来像是活在自己的世界里。于父母而言，几乎没有比眼看着自己的孩子无法与人沟通更备受折磨的事情了。20 世纪 80 年代初，自闭症开始变得广为人知，这要归功于电视连续剧《波城杏话》（*St. Elsewhere*）的播出。该剧主要讲述了虚构的圣埃利古斯（St. Eligius）医院职工们的工作与生活。其中一个主角的儿子患有严重的自闭症。电视剧的最后一集里，男孩慢慢地翻转着一个水晶球，水晶球里有个和剧中一模一样的医院模型。显然，这一幕意味着长达数年的剧情全部是男孩非凡想象力的产物。

到了 20 世纪 60 年代末，希勒曼决定将他的麻疹、腮腺炎和

风疹疫苗合并成一剂，也就是后来的麻腮风（MMR）三联疫苗。[1] 他认为打一针总比打三针好。"这始于一个愿景。"希勒曼

① 关于希勒曼的 MMR 研究，参见：E. B. Buynak, R. E. Weibel, J. E. Whitman, J. Stokes Jr., and M. R. Hilleman, "Combined Live Measles, Mumps, and Rubella Vaccines," *Journal of the American Medical Association* 207 (1969)：2259 – 62；R. E. Weibel, J. Stokes Jr., V. M. Villarejos, J. A. Arguedas, E. B. Buynak, and M. R. Hilleman, "Combined Live Rubella-Mumps Virus Vaccine：Findings in Clinical-Laboratory Studies," *Journal of the American Medical Association* 216 (1971)：983 – 86；J. Stokes Jr., R. E. Weibel, V. M. Villarejos, J. A. Arguedas, E. B. Buynak, and M. R. Hilleman, "Trivalent Combined Measles-Mumps-Rubella Vaccine：Findings in Clinical-Laboratory Studies," *Journal of the American Medical Association* 218 (1971)：57 – 61；V. M. Villarejos, J. A. Arguedas, E. B. Buynak, R. E. Weibel, J. Stokes Jr., and M. R. Hilleman, "Combined Live Measles-Rubella Vaccine：Findings in Clinical-Laboratory Studies," *Journal of Pediatrics* 79 (1971)：599 – 604；R. E. Weibel, E. B. Buynak, J. Stokes Jr., and M. R. Hilleman, "Measurement of Immunity Following Live Mumps (5 Years), Measles (3 Years), and Rubella (2 1/2 Years) Virus Vaccines," *Pediatrics* 49 (1972)：334 – 41；J. M. Borgoño, R. Greiber, G. Solari, F. Concha, B. Carrillo, and M. R. Hilleman, "A Field Trial of Combined Measles-Mumps-Rubella Vaccine：Satisfactory Immunization with 188 Children in Chile," *Clinical Pediatrics* 12 (1973)：170 – 72；R. E. Weibel, V. M. Villarejos, G. Hernández, J. Stokes Jr., E. B. Buynak, and M. R. Hilleman, "Combined Live Measles-Mumps Virus Vaccine," *Archives of Disease in Childhood* 48 (1973)：532 – 36；R. E. Weibel, E. B. Buynak, J. Stokes Jr., and M. R. Hilleman, "Persistence of Immunity Following Monovalent and Combined Live Measles, Mumps, and Rubella Virus Vaccines," *Pediatrics* 51 (1973)：467 – 75；R. E. Weibel, E. B. Buynak, A. A. McLean, and M. R. Hilleman, "Long-Term Follow-Up for Immunity after Monovalent or Combined Measles, Mumps, and Rubella Virus Vaccines," *Pediatrics* 56 (1975)：380 – 87；R. E. Weibel, E. B. Buynak, A. A. McLean, and M. R. Hilleman, "Persistence of Antibody after Administration of Monovalent and Combined Live Attenuated Measles, Mumps, and Rubella Virus Vaccines," *Pediatrics* 61 (1978)：5 – 11；R. E. Weibel, E. B. Buynak, A. A. McLean, and M. R. Hilleman, "Follow-Up Surveillance for Antibody in Human Subjects Following Live Attenuated Measles, Mumps, and Rubella Virus Vaccines," *Proceedings of the Society for Experimental Biology and Medicine* 162 (1979)：328 – 32；W. J. McAleer, H. Z. Markus, A. A. McLean, E. B. Buynak, and M. R. Hilleman, "Stability on Storage at Various Temperatures of Live Measles, Mumps, and Rubella Virus Vaccines （转下页）

说，"一个长久以来的梦想，梦想着有朝一日，一剂疫苗就能预防这三种疾病。"默沙东分别于1971年和1988年在美国和英国上市了希勒曼的麻腮风三联疫苗。十年后，一位英国研究人员声称希勒曼的麻腮风疫苗导致了自闭症的流行。

1998年2月，伦敦著名的皇家自由医院（Royal Free Hospital）举办了一场新闻发布会。记者们涌入会场，迫切地想要知道一项研究结果，后者将在不久后发表于《柳叶刀》———一本备受尊敬、广受欢迎的英国医学期刊。五名医生，包括医学院的院长，端坐在主席台上。聚光灯打在他们身上，很热。坐在这几个人当中的是该研究结果的主要作者安德鲁·韦克菲尔德博士。

韦克菲尔德是个十分引人注目的人物。记者对他的描述是"高大英俊，能言善道，为人幽默，富有魅力，说一口优雅的英式英语，体格健壮宛如橄榄球运动员"[1]。韦克菲尔德向听众介绍了八位英国儿童的事，说他们在接种了麻腮风疫苗后很快就患上了自闭症并出现了肠道问题。他推断，麻腮风疫苗中的麻疹疫苗尽管是在手臂上注射，但已经破坏了肠道内壁，导致儿童出现腹痛和腹泻。由于肠道表面的屏障受损，有害蛋白质可能进入血液，

（接上页）in New Stabilizer," *Journal of Biological Standardization* 8 (1980)：281 - 87；R. E. Weibel, E. B. Buynak, A. A. McLean, R. R. Roehm, and M. R. Hilleman, "Persistence of Antibody in Human Subjects for 7 to 10 Years Following Administration of Combined Live Attenuated Measles, Mumps, and Rubella Virus Vaccines," *Proceedings of the Society for Experimental Biology and Medicine* 165 （1980）：260 - 63；R. E. Weibel, A. J. Carlson, V. M. Villarejos, E. B. Buynak, A. A. McLean, and M. R. Hilleman, "Clinical and Laboratory Studies of Combined Live Measles, Mumps, and Rubella Vaccines Using the RA27/3 Rubella Virus," *Proceedings of the Society for Experimental Biology and Medicine* 165 (1980)：323 - 26。

[1] Fitzpatrick, *MMR and Autism.*

并流入了大脑，最终导致了自闭症。这项研究漏洞百出。韦克菲尔德没有说明具体是哪些蛋白质，他没有鉴别出它们来；没有说明从手臂注射的麻疹病毒如何能破坏肠道的；没有说明同样是麻疹疫苗，为什么在麻腮风疫苗中就比单独使用时更危险。最要紧的是，韦克菲尔德并未比较过接种麻腮风疫苗的儿童与未接种麻腮风疫苗的儿童之间自闭症发病率的差异。他只有一个推论。但是，如果他是正确的，自闭症便有了罪魁祸首——莫里斯·希勒曼，是他决定将这三种疫苗合为一支的。

韦克菲尔德的发现引起了自闭症患儿父母的注意。他们的孩子一向很健康，在接种完麻腮风疫苗之后就自闭了。这是巧合吗？还是麻腮风疫苗真的会导致自闭症？由于英国约 90% 的儿童在一岁生日后不久就接种了麻腮风疫苗，而自闭症的症状通常在孩子一到两岁之间首度出现，因此，韦克菲尔德找到几个接种麻腮风疫苗不到一个月便出现自闭症状的儿童并不稀奇。传闻中的因果关联可能非常强大，但也可能误导人。迈克尔·舍默在《人为什么相信稀奇古怪的东西》（*Why People Believe Weird Things*）一书中写道："我们已经进化成了能够熟练地摸出规律、找出因果关系的生物。那些最擅长总结规律的人留下的后代最多——（例如）站在猎物的上风处不利于狩猎，（或是）牛粪对作物有益。我们是他们的后代。寻找和发现规律的难点在于区分哪些规律有意义，哪些规律无意义。可惜，我们的大脑并不总是善于分辨两者的区别。"[1] 费城地区的一名护士讲述过一件事情，从中可见传闻的威力。"一个母亲带着四个月大的宝宝来打疫苗。"她回忆道，"孩子坐在妈妈的腿上时，我正在用针筒抽取疫苗。我朝她们看了一眼，

---

[1] Shermer, *Why People Believe Weird Things*.

发现孩子开始抽搐。她们家里有癫痫病史，孩子也得了癫痫。但是试想，如果我早五分钟给孩子注射疫苗，那位母亲会是什么想法。她会认为是疫苗导致了她女儿的癫痫。哪怕世界上所有的统计数据都证明疫苗没有引起癫痫，她也不会相信。"[①]

判断推论成立与否必不可少的一步是，比较接种麻腮风疫苗的儿童与未接种麻腮风疫苗儿童的自闭症发病率，然而韦克菲尔德从没有这样做。韦克菲尔德在《柳叶刀》的论文中承认自己只是提出了一个假设，并未对其加以验证。他写道："我们没有证明麻疹、腮腺炎和风疹疫苗与所描述的综合征之间存在因果关联。"但是在新闻发布会上，当聚光灯照着他，当英国和全世界焦心的父母等着听他发言时，韦克菲尔德抛开了所有的谨慎。他说，麻腮风疫苗应该分成三种疫苗。"我个人有充分的理由建议将这三种疫苗分开接种，并且间隔时间至少不短于一年。"他说，"增加一例（自闭症）也是不可承受的。对我来说这是一个道德问题，在这个问题得到解决之前，我不支持继续使用这种三联疫苗。"

希勒曼花了好几年的时间研究如何将这三种病毒疫苗合并成一个疫苗。他确定了为达到最佳效果每种疫苗里的病毒所需要的量，并且研究出了稳定这个组合的方法。他比较了接种麻腮风三联疫苗的儿童与分三次接种疫苗的儿童分别产生的免疫反应。他研究了儿童的免疫力持续的时间。现在，安德鲁·韦克菲尔德仅仅凭一番话便抹杀了莫里斯·希勒曼这几年的心血。希勒曼眼睁睁看着英国的事件发酵却无能为力。他的一位朋友回忆道："这让他很难过。"

韦克菲尔德是媒体的宠儿——他结合了医者仁心的脉脉温情

①　关于这个接种疫苗前有癫痫发作的四个月大的婴儿的事，来自 2004 年对 Kids First-Haverford 儿科中心的专业护士的采访。

（"我对自闭症的所有了解，都是从患儿父母那里亲耳听到的"）和对公共卫生官员以及制药公司的蔑视。"我们正在经历一场国际（自闭症）流行病，"他说，"负责调查并处理这场流行病的人失败了。失败的原因之一是他们意识到，要为这场流行病负责的可能正是他们自己。因此，为了替自己开脱，他们阻挠调查的进程。我相信公共卫生官员心里清楚有问题，但是他们选择对问题视而不见，并且对不明数量的儿童受害听之任之，因为公共卫生政策——强制接种疫苗的成功免不了有人牺牲。"在韦克菲尔德看来，公共卫生官员明知儿童接种疫苗会患上自闭症，依然选择牺牲他们，以确保其他儿童不会感染传染病。韦克菲尔德发表声明之际，英国民众刚刚经历了一场闹剧——卫生官员宣布在疯牛病流行期间英国的牛肉是安全的，然后同一批官员在几个月后禁止牛肉进入市场。如果官员愿意掩盖他们没能找到疯牛病源头的事实，他们当然也愿意掩盖他们没能发现疫苗导致自闭症的事实。

韦克菲尔德召开新闻发布会后的第二天，英国媒体炸锅了——在一家知名医院和一份重磅医学期刊的权威认可下，首席调查员呼吁政府立即采取行动。《卫报》和《每日邮报》的头条分别是：《警惕儿童接种疫苗》、《敦促医生，禁用三合一疫苗》。时任英国首相托尼·布莱尔拒绝透露他的儿子利奥是否接种了疫苗，声称这是他家的私事，此言一出更是火上浇油。

英国和爱尔兰的父母开始拒绝给孩子接种麻腮风疫苗。韦克菲尔德发布声明之后的几个月里，有10万名父母选择不给孩子接种疫苗。结果，英国和爱尔兰的麻疹发病率激增。英国切尔滕纳姆（Cheltenham）的儿科医生米歇尔·汉密尔顿·艾尔斯说："研究首次发表以后，我们劝父母给孩子接种疫苗遇到了极大的困难。情况变得非常糟糕。"麻疹回来了，而疫苗曾经轻易地控制了这种疾病。没过几个月，都柏林郊外的一家小型儿童医院便收治了100名麻疹患儿，三人死亡，其中有一个是14个月大的女婴娜奥米。"我简直不敢相信会发生这种事。"娜奥米的母亲玛丽说道，"我们过去常听说麻疹，但我从没想到会这么严重。"娜奥米出现了高烧和呼吸困难，因麻疹引起的肺炎住进了重症监护病房。她在三周后出院，但是情况并没有好转。"她的眼睛开始抽搐。"玛丽说，"我简直不敢相信她又病了。"先前麻疹病毒感染了娜奥米的肺部，现在又感染了她的大脑。娜奥米又住进了医院。"当我们赶到病房时她已经死了。他们正在把她身上所有的管子都拔掉。她刚得病的时候护士说只是麻疹而已。只是，而已？"[1]

麻腮风疫苗可能引起自闭症的言论迅速传至美国。一些政客开始行动了。2000年4月12日，众议院政府改革委员会主席丹·伯顿召集科学家、公共卫生官员、医生和家长共同一探真相，找出自闭症流行背后的原因。他在国会调查开始时发表了这样一通讲话："这张照片我引以为豪。"他指着投影在会议室前方大屏幕上的一张他的孙女亚历山德拉和孙子克里斯蒂安的照片说，"左边的是我的孙女。她在接种了乙肝疫苗后差点丧命。才过了一小会儿，她便停止了呼吸，他们赶紧把她送去了医院。右边，头靠在她肩膀上的是我的孙子。医生预测他可以长到六英尺十英寸[2]高。我们期盼他长大以后成为 NBA 球星，为家人增光。但是很不幸，

---

[1] 关于韦克菲尔德的报告发表后麻疹病例的死亡情况，参见：Public Health Laboratory Service，"Measles Outbreak in London," *Communicable Disease Report CDR Weekly* 12（2002）：1；T. Peterkin，"Alert over 60 Percent Rise in Measles," *London Daily Telegraph*，May 12，2003；B. Lavery，"As Vaccination Rates Decline in Ireland，Cases of Measles Soar," *New York Times*，February 8，2003；*Fragile Immunity*，video produced by PATH，narrated by Ian Holm，2004。

[2] 约2.08米。——译者

他在一天内接种了麻腮风、百白破（DTaP）和乙肝疫苗总计九针疫苗后没过多久，他就不讲话了，到处乱跑，用头撞墙，尖叫，嘶吼，挥舞双手，完全变了一个人。我们发现他得了自闭症。他出生时身体健康，个子长得高，也很帅气，外向健谈，喜欢和人交往，喜欢旅行。然后他打了疫苗，我们的人生改变了，他的人生也改变了。"伯顿停下来，试图平复情绪，然后接着说："我不想把发生在克里斯蒂安身上的所有事情都念出来，我觉得我做不到。但是他打了疫苗没过多久，和我们玩耍对话的正常孩子就开始四处乱跑，撞头，乱挥手臂，我无法相信这只是巧合。有人和我说这是遗传问题，我说他们满口胡言。不是那样的。"

在反疫苗人士的帮助下，伯顿召集了一些人到政府改革委员会举行听证会。[1] 安德鲁·韦克菲尔德谈了近期接种麻腮风疫苗后变得自闭的儿童案例。来自爱尔兰的分子生物学家约翰·奥利里展示了从（韦克菲尔德发现的）自闭症儿童的肠道中检测到的麻疹病毒蛋白的照片。奥利里没有提到的是，其他调查人员在检测相同样本的时候并未检测出他所发现的麻疹病毒蛋白，有人因此质疑奥利里是不是在捏造数据。在韦克菲尔德和奥利里讲述了聚合酶链反应、融合蛋白、杂交分析以及滤泡树突状细胞的重要性的时候，伯顿一张一张地看着他们的幻灯片。很显然，伯顿一头雾水。后来他曾说，也许可以用更简单的语言来阐释这些结果。

并非所有来作证的人都愿意站在伯顿这边。同在伦敦皇家自由医院（韦克菲尔德开展研究的地方）任职的流行病学家布伦

---

[1] 关于伯顿的听证会，参见：*Autism: Present Challenges, Future Needs: Why the Increased Rates?* Hearing before the Committee on Government Reform, House of Representatives, 106th Congress, 2nd Session (Washington, D.C.: U. S. Government Printing Office, 2001)。

特·泰勒作证说，接种麻腮风疫苗的儿童与未接种的儿童自闭症的发病率是相同的。这不是伯顿想听到的话。反疫苗组织为伯顿准备了一份声明，以驳斥泰勒的论点。伯顿宣读了声明，并问泰勒是否武断地排除了一些自闭症病例。当泰勒回应说，他已经囊括了自己所确定的每一例自闭症病例时，伯顿顿时语塞。他既没有读过韦克菲尔德的论文，也没有读过泰勒的论文。

委员会中的民主党议员亨利·瓦克斯曼对举行这样一场讨论会的地点是否恰当提出了质疑。"这场会议让我很困扰。"瓦克斯曼说，"这场听证会，从召开到安排都是为了坐实一个观点——主席（伯顿）的观点。"瓦克斯曼认为，伯顿故意把一些要求在听证会上作证的团体排除在外，有失偏颇，其中包括美国医学会（American Medical Association）、美国公共卫生协会（American Public Health Association）、美国传染病学会（Infectious Diseases Society of America）、美国护士协会（American Nurses' Association）、英国医学研究理事会（Britain's Medical Research Council）、世卫组织和美国卫生与公共服务部（Department of Health and Human Services）前负责人路易斯·沙利文。瓦克斯曼说："我认为这样的听证会真的很危险。"在随后的听证会上，瓦克斯曼再次质疑国会作为确定科学真相的场所的有效性。他要求科学研究交给科学家来开展和评估，国会议员应尊重科学流程。他说："把寻找真相的事交给科学家吧。"在瓦克斯曼看来，让政治家在国会评判疫苗这门科学和让科学家在实验室为选民的权利立法一样荒唐。

伯顿并不是唯一一位支持麻腮风疫苗导致自闭症这一观点的政治人物。国会议员戴夫·韦尔登写信给时任美国儿科学会（American Academy of Pediatrics）主席路易斯·库珀道："我不

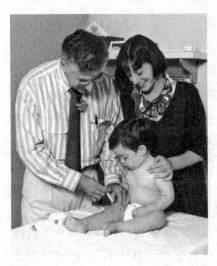

理查德·布赫塔博士（左）为杰里尔·希勒曼的儿子科林接种麻腮风疫苗，1991 年

得不敦促贵学会，建议儿科医生告知家长给孩子分开接种麻、腮、风这三种疫苗。我正同步联络公共卫生官员，敦促他们审视自己的公共卫生政策。"

美国媒体十分热衷于这个故事，几乎所有的主流报纸、杂志、广播电台和电视台——《纽约时报》、美国有线电视新闻网（CNN）、《今日美国》、《华盛顿邮报》都进行了报道，生生地把韦克菲尔德的假设抬高成了事实——是麻腮风疫苗导致了自闭症。2000 年 11 月 12 日，《60 分钟》电视栏目组制作了一档名为《麻腮风疫苗》的节目。埃德·布拉德利是场外记者。这一部分的开头是布拉德利采访了一对来自宾夕法尼亚州埃文斯市（Evans City）的夫妇——戴夫和玛丽·怀尔德曼，他们的儿子患有自闭症。布拉德利说，这个男孩"直到过完一岁生日接种麻腮风疫苗之前，看起来都完全正常。据他的父母所说，接种疫苗几周后，情况开始发生变化"。"当我叫他的名字时，他不再看向我。"玛丽说。"你知道原因吗？"布拉德利问。"因为麻腮风疫苗。"玛丽泪流满面地回答道，"我真不应该让他接种那种疫苗。"布拉德利还在节目里采访了安德鲁·韦克菲尔德。"我的担忧最初来自家长们讲述的故事。"韦克菲尔德说，"他们的孩子原先发育正常，在接种麻腮风疫苗以后出现了一系列复杂的行为和发育退化综合征，丧失了语言能力、交流能力，丧失习得的技能以及与兄弟姐妹或同龄人社交的能力。""你有孩子吗?"布拉德利问。"我有四个孩子。"韦克菲尔德回答。"根据你现在掌握的情况，"布拉德利说，"你会给他们接种麻腮风疫苗吗?"韦克菲尔德身体向镜头倾了倾，冷静而确定地说:"不，我不会。我一定会给他们接种疫苗，但会（分开）接种麻疹、腮腺炎和风疹疫苗。"看完这期节目后，来自芝加哥的32岁活动策划师玛丽·林奇说:"我让我两岁的女儿苔丝接种了麻腮风疫苗。但是接种以后我祈祷了好几天。"

为了应对不断发酵的争议，美国、丹麦、英国、芬兰和其他国家的流行病学家、研究人员以及公共卫生官员翻查了医疗记录，试图确定接种了麻腮风三联疫苗和未接种的两组儿童，在患上自闭症的风险上是否存在高低之差。在接下来的几年中，14个独立的调查小组评估了超过60万名儿童的医疗记录，最后，14组人得到了清晰一致且可以验证的结果——两组儿童的自闭症发病率相同。[1] 麻

---

[1] 关于 MMR 引起自闭症的可能性的研究工作，参见: R. T. Chen and F. De Stefano, "Vaccine Adverse Events: Causal of Coincidental?" *Lancet* 351 (1968): 611 - 12; B. Taylor, E. Miller, C. P. Farrington, et al., "Autism and Measles, Mumps, and Rubella Vaccine: No Epidemiological Evidence for a Causal Association," *Lancet* 353 (1999): 2026 - 29; C. P. Farrington, E. Miller, and B. Taylor, "MMR and Autism: Further Evidence against a Causal Association," *Vaccine* 19 (2001): 3632 - 35; R. L. Davis, P. Kramarz, K. Bohlke, et al., "Measles-Mumps-Rubella and Other Measles-Containing Vaccines Do Not Increase the Risk for Inflammatory Bowel Disease: A Case-Control Study from the Vaccine Safety Datalink Project," *Archives of Pediatric and Adolescent Medicine* 155 (2001): 354 - 59; J. A. Kaye, M. Melero-Montes, and H. Jick, "Mumps, Measles, and Rubella Vaccine and the Incidence of Autism Recorded by General Practitioners: A Time Trend Analysis," *British Medical Journal* 322 (2001): 460 - 63; L. Dales, S. J. Hammer, and N. J. Smith, "Time Trends in Autism and in MMR Immunization Coverage in California," *Journal of the American Medical Association* 285 (2001): 1183 - 85; E. Fombonne and S. Chakrabarti, （转下页）

腮风疫苗并未导致自闭症。家长选择不给孩子接种疫苗并没有降低孩子患自闭症的风险，只是增加了他们感染潜在致命传染病的风险。安德鲁·韦克菲尔德的猜测经不起进一步推敲。

2004年2月，伦敦一位名叫布赖恩·迪尔的调查记者发现，韦克菲尔德有着不可告人的另一面。[1] 迪尔为伦敦的《星期日泰

（接上页）"No Evidence for a New Variant of Measles-Mumps-Rubella-Induced Autism," *Pediatrics* 108 (2001): E58; K. Stratton, A. Gable, and P. M. M. Shetty, ed. *MeaslesMumpsRubella Vaccine and Autism*, in *Immunization Safety Review*, Institute of Medicine, Immunization Safety Review Committee (Washington, D. C.; National Academy Press, 2001); B. Taylor, E. Miller, R. Lingam, et al., "Measles, Mumps, and Rubella Vaccination and Bowel Problems or Developmental Regression in Children with Autism: Population Study," *British Medical Journal* 324 (2002): 393 - 96; K. Wilson, E. Mills, C. Ross, et al., "Association of Autistic Spectrum Disorder and the Measles, Mumps, and Rubella Vaccine: A Systematic Review of Current Epidemiological Evidence," *Archives of Pediatric and Adolescent Medicine* 157 (2003): 628 - 34; E. Miller, "Measles-Mumps-Rubella Vaccine and the Development of Autism," *Seminars in Pediatric Infectious Diseases* 14 (2003): 199 - 206; K. M. Madsen and M. Vestergaard, "MMR Vaccination and Autism: What Is the Evidence for a Causal Association?" *Drug Safety* 27 (2004): 831 - 40; F. DeStefano and W. W. Thompson, "MMR Vaccine and Autism: An Update of the Scientific Evidence," *Expert Reviews in Vaccines* 3 (2004): 19 - 22; F. DeStefano, T. K. Bhasin, W. W. Thompson, et al., "Age at First Measles-Mumps-Rubella Vaccination in Children with Autism and School-Matched Control Subjects: A Population-Based Study in Metropolitan Atlanta," *Pediatrics* 113 (2004): 259 - 66; H. Honda, Y. Shimizu, and M. Rutter, "No Effect of MMR Withdrawal on the Incidence of Autism: A Total Population Study," *Journal of Child Psychology and Psychiatric Allied Disciplines* 46 (2005): 572 - 79。

[1] 关于迪尔的调查与媒体反应，参见: Fitzpatrick, *MMR and Autism*; B. Deer, "MMR Scare Doctor Faces List of Charges," www. timesonline. co. uk/ article/ 0., 2087 - 1774388, 00. html; K. Birmingham and M. Cimons, "Reactions to MMR Immunization Scare," *Nature Medicine Vaccine Supplement* 4 (1998): 478 - 79; G. Crowley and G. Brownwell, "Parents Wonder: Is It Safe to Vaccinate?" *Newsweek*, July 31, 2000; K. Seroussi, "We Cured Our Son's Autism," *Parents*, February 2000; D. Brown, "Autism's New Face," *Washington Post*, March 26, 2000; "Rash Worries," *The Economist*, April 11, （转下页）

晤士报》供稿，他发现韦克菲尔德发表于《柳叶刀》的论文里有好几处错误。论文的致谢部分写道："本研究得到了英国国民保健署皇家自由汉普斯特德信托基金会（Special Trustees of Royal Free Hampstead NHS Trust）和儿童医疗慈善组织（Children's Medical Charity）的资助。"但韦克菲尔德省略了这项研究的最大资助方。在他的论文发表两年前，韦克菲尔德与一位名叫理查德·巴尔的人身伤害律师签订了一份价值 5.5 万英镑的合同。他的研究中所述的八位自闭症患儿，有五位是巴尔的客户。韦克菲尔德知道，患儿的父母具备经济方面的动机找出麻腮风疫苗和自闭症之间的关联。如果他能成功地建立起这种关联，家长们便能成功地提起诉讼，要求赔偿。韦克菲尔德选择不公开他和巴尔之间的财务关系——既没有告诉《柳叶刀》的编辑，也没有告诉其他调查人员。

韦克菲尔德的论文里具有误导性的地方不止致谢部分这一处。韦克菲尔德声称，他在患儿照常办理住院手续的时候初次遇到他们，但是实际上，他早就从巴尔那里得知了这些孩子的存在。之后，他将家长述说的患儿病史添油加醋，篡改成临床发现，为的就是符合医学刊物的要求，严重误导公众。论文在《柳叶刀》上

（接上页）1998；A. Manning，"Vaccine-Autism Link Feared，"*USA Today*，August 19，1999；P. Anderson，"Another Media Scare about MMR Vaccine Hits Britain，"*British Medical Journal*，June 12，1999；B. Vastag，"Congressional Autism Hearings Continue：No Evidence MMR Vaccine Causes Disorder，"*Journal of the American Medical Association* 285（2001）：2567 - 69；"Does the MMR Vaccine Cause Autism？"*Mothering*，September/October 1998；S. Ramsey，"UK Starts Campaign to Reassure Parents about MMR-Vaccine Safety，"*Lancet* 357（2001）：290；N. Bragg，M. Ramsay，J. White，and Z. Bozoky，"Media Dents Confidence in MMR Vaccine，"*British Medical Journal* 316（1998）：561；J. Fischman，"Vaccine Worries Get Shot Down but Parents Still Fret，"*U. S. News and World Report*，March 19，2001。

发表以后，700 个家庭的家长齐聚伦敦，代表他们身患自闭症的孩子起诉制药公司，他们当中的许多人都是理查德·巴尔的客户。

最后，韦克菲尔德声称"这项研究获得了伦理实践委员会（Ethical Practices Committee）的批准"。但是，该委员会从未批准这项研究。此外，韦克菲尔德后来还向委员会保证，这些孩子接受的所有侵入性检查，包括抽血、脊椎穿刺、结肠镜检查和肠道活检，都是他们即使不参加研究也要做的检查。但这显然不是真的。患有自闭症的幼儿接受活检和脊椎穿刺，是为了给诉讼提供证据，这一事实让许多人不禁怀疑到底是谁这么在意他们的健康。

记者们想知道韦克菲尔德对迪尔的指控有何回应，他们在一场新闻发布会上对韦克菲尔德穷追不舍。韦克菲尔德承认，《柳叶刀》上发表的那项研究里的"四个或许五个"孩子是理查德·巴尔的客户。

"到底是四个还是五个？"记者问。"就当是五个吧。"他说。

"他们是诉讼当事人吗？""是的。"韦克菲尔德答道。

"你是被雇来有偿帮他们立案的吗？"韦克菲尔德再次给出了肯定的回答。

"你有没有告诉你的同事这些孩子是这项研究的一部分？""我不记得了。"韦克菲尔德说。

"发表论文前，你有没有把这些利益冲突告知《柳叶刀》？"韦克菲尔德表示他没有。

"为什么没说？""我认为发表这篇论文的初衷是善意的。"韦克菲尔德说，"论文报告的是研究结果。这里面不存在利益冲突。"

"你现在有什么理由改变你的观点吗？""没有。"韦克菲尔德说。

英国政府首席医学官员利亚姆·唐纳森爵士看到了韦克菲尔德论文的本质——黑心科学。韦克菲尔德不曾比较接种疫苗和未接种疫苗的人群的自闭症发病率，根本没有开展过任何研究，只是基于几个孩子的情况提出了一个假设。唐纳森认为，韦克菲尔德的论文自始至终就不该发表，并不是因为存在利益冲突，而是因为论文完全没有阐明自闭症的起因。他认为韦克菲尔德的言论让社会付出了巨大的代价。唐纳森在英国广播公司的《今日》（Today）节目上说："如果这篇论文从未发表过，公众就不会对一种拯救了全世界数百万儿童生命的疫苗完全失去信心。"

《星期日泰晤士报》披露了韦克菲尔德的研究得到一名人身伤害律师资助的事，这让《柳叶刀》的编辑理查德·霍顿感到震惊。"这篇论文存在致命的利益冲突。"他说，"如果我们知道（这些利益冲突），一定会拒绝发表。作为一个接种过麻腮风疫苗的三岁孩子的父亲，我对于这篇论文造成的恶劣影响表示遗憾。"韦克菲尔德论文的合著作者之一西蒙·默奇，同样被打了个措手不及，他说："我们对这 5.5 万英镑的事一无所知，不知道他有自己的独立研究基金。我们所有人都大吃一惊，非常愤怒。"2004 年 9 月，韦克菲尔德的论文发表六年后，13 位原作者中的 10 位表示撤回在该论文中对韦克菲尔德的观点的支持。他们给《柳叶刀》写了一封措辞激烈的信称："我们希望澄清，由于数据不足，本文中没有确定疫苗和自闭症之间有任何因果关系，但是，确实提出了存在因果关系的可能性。随之而来的一系列事件对公共健康产生了重大影响。有鉴于此，我们认为是时候一起正式撤回对论文的研究结果的解读了。"

皇家自由医院解雇了安德鲁·韦克菲尔德，英国总医务委员会（General Medical Council in England）对他提出了 11 项不当行为指控。韦克菲尔德逃至美国寻求庇护，先在佛罗里达州工作，后来去了得克萨斯州工作，不断地向焦虑的公众灌输疫苗的危害性。在许多人的眼中，韦克菲尔德仍然是一个英雄，一个勇敢地站出来反抗一个决心要摧毁他的医疗体系的悲剧人物。

韦克菲尔德在《60分钟》节目上接受埃德·布拉德利的采访时曾说："如果（我的理论）是错误的，并且麻疹造成了并发症或死亡，我将感到非常惋惜。"家长们很快就会看到孩子感染麻疹而死，韦克菲尔德正确地预测到了这一点，但是他高估了自己惋惜的能力。尽管一项又一项的研究表明，麻腮风疫苗从未引起自闭症，但韦克菲尔德仍然毫无悔意，死死守住在他看来不可被证伪的假设。韦克菲尔德依然将自己视为儿童的守护者，致力于让儿童免受侵害，这种侵害在他看来是贪婪的制药公司和无能的公共卫生官员强加给公众的疫苗所造成的。他问："就因为造成了不便，我们就应该停下，应该走开，应该停止发表文章吗？我丢掉了工作，再也不能（在英国）行医。做这一切对我没有好处。但是，如果你过来跟我说：'我的孩子遭遇过这样的事情。'那么我的工作是什么？我选择行医到底是为了什么？我是为了解决患者的担忧。如果必须为此付出高昂的代价，那么我愿意付。"

安德鲁·韦克菲尔德还在致力于将儿童从麻腮风疫苗的"危害"中拯救出来，即使压根不存在危害。但是，覆水难收，美国、英国和其他国家的部分家长仍然拒绝给孩子接种麻腮风疫苗，担心疫苗会引起自闭症。

当科学证据令人信服地驳斥了韦克菲尔德的麻腮风疫苗导致自闭症一说时，美国的反疫苗人士并没有因此偃旗息鼓。他们从疫苗有害说的假设引到了硫柳汞身上。硫柳汞是部分疫苗用到的一种汞基防腐剂。反疫苗人士表示，是硫柳汞导致了自闭症。[①]
希勒曼再一次被卷入了争端的漩涡。

争议的起源是一件再正常不过的事。1997 年，国会通过了
《FDA 现代化法案》（FDA Modernization Act）。该法案要求卫生
官员"编制一份含有特意加入汞化合物的药物和食品清单，并
对汞化合物进行定量分析"，当时并没有受到媒体的过多关注。
于是，卫生官员开始汇总包括疫苗在内的各类医疗产品中的汞
含量。

在该法案出台的时候，疫苗中最常见的防腐剂就是硫柳汞。
由于早年的悲剧，制药公司自 20 世纪 30 年代起就一直在疫苗里
添加硫柳汞。在加入硫柳汞之前，1900 年至 1930 年间，几乎所有
的疫苗都是一瓶装多剂量。最典型的是一个小瓶装十剂的量。因
为疫苗成本的很大一部分来自包装（无菌玻璃瓶、橡胶塞、金属
瓶盖和纸标签）以及装填小瓶的人工费，多剂量装能够降低疫苗
的成本。医生将瓶装疫苗储存在办公室的冰箱里。当他们给儿童
注射疫苗时，就将针头刺穿橡胶塞，把液体抽进针筒，然后注入
孩子的手臂。不幸的是，当医生和护士不断用针头破坏橡胶塞，
细菌会在不经意间进入玻璃瓶，造成污染。同一瓶疫苗，相比第
一个接种的儿童，第八、第九或第十个接种的儿童感染细菌的风
险更高。污染疫苗的细菌会引起注射部位脓肿以及严重且时有致
命的感染。20 世纪的前 20 年里，已知至少有 60 名儿童死于不含

---

① 关于汞与自闭症的关系，参见：Excellent summary of current studies in the
Institute of Medicine's *Immunization Safety Review: Vaccines and Autism*
（Washington， D. C.： National Academy Press， May 17， 2004)， and
*Immunization Safety Review: Thimerosal Containing Vaccines and
Neurodevelopmental Disorders*（Washington，D. C.：National Academy Press，
October 1, 2001）。

防腐剂的多剂量装疫苗所引起的细菌感染。

20 世纪初，科学家发现少量的汞能够抑制细菌的生长。虽然大量的环境汞——也称甲基汞——会造成永久性脑损伤，这是已知的事实，但是少量的汞似乎无害。为了保险起见，制药公司选择了一种在环境中尚未发现的汞——乙基汞——因为它相比甲基汞从体内排出的速度快得多，但是依然具有杀死细菌的功效。（可能还有人记得 20 世纪 50 到 70 年代常用的含汞的橙色杀菌剂红药水，用以预防割伤或刮擦造成的细菌感染。）乙基汞和甲基汞虽然听起来相似，实则区别很大，这就好比乙醇和甲醇。葡萄酒或啤酒中所含的乙醇会引起头痛和宿醉。甲醇，也称木醇，则会导致失明。20 世纪 30 年代末，已有多个疫苗添加了乙基汞，因细菌污染引起的感染几乎消失了。

在接下来的 70 年里，制药公司制造了许多新疫苗，都是多剂量小瓶装，同时添加硫柳汞作为防腐剂。但是，随着儿童接种的疫苗数量越来越多，他们摄入的汞含量也在增加。20 世纪 90 年代末，FDA 在测定疫苗中的汞含量时，发现婴儿摄入的汞达到 187.5 微克。（一克大约是五分之一茶匙盐的重量。一微克是一克的百万分之一。）官员们查阅了一众联邦安全指南，想找到关于乙基汞含量的标准，却没找到，只找到了针对甲基汞的标准。于是，他们决定将甲基汞的安全标准应用于乙基汞。公共卫生官员参考了三个机构的安全指南：FDA、美国环保署（EPA）以及美国毒物与疾病登记署（ATSDR）。他们发现，儿童从接种疫苗中接受的汞含量是环保署建议的安全水平的两倍，但是没有超过 FDA 或 ATSDR 的建议水平。美国儿科学会（AAP）和联邦公共卫生署（PHS）认为，故意向儿童施用超过环保署安全标准的汞，可谓一场公关噩梦。于是在 1999 年 10 月，这两个机构共同发表声明，希望"稳住公众对疫苗接种的信任"——他们要求尽快去除疫苗中的硫柳汞。该声明指出，去除硫柳汞并非因为得知它有害，而是为了让"安全的疫苗更安全"。[①] 批评人士想知道，去除一种未被证明有害的成分如何能让疫苗更安全。之后发生的一系列事件将表明，这种试图让公众安心的做法可能会永远成为一个避免就理论风险进行沟通的反面教材。

制药公司遵照儿科学会和公共卫生署的要求，去除了疫苗中的硫柳汞。流感疫苗是例外，他们将它的包装改成了单剂小瓶，因此不再需要添加硫柳汞。虽然卫生官员试图向公众保证硫柳汞没有被证明有害，但家长们却开始起疑，如果真的没有问题，制药公司为什么如此匆忙地将其去除。这一次，一小群自闭症儿童的家长又是跳出来对这一系列事件强烈抨击的人群当中行动最快、最全情投入、更有效参与的团体。规模不大，声势却不小。

疫苗去除硫柳汞事件过后，几股强大的势力汇聚到了一起。自闭症患儿的父母将围绕汞的争论看作可能解决他们问题的出路：如果是汞导致了自闭症，那么使用化学物质去除孩子体内的汞就可能对病情有所帮助。人身伤害律师将围绕汞的争论视为诱人的摇钱树：如果是汞导致了自闭症，而且制药公司明知自己产品的含量已经超出了联邦的安全标准，那么它们就必须承担赔偿责任。鉴于每年有成千上万的儿童被诊断出自闭症，和解金以及赔偿金足以让人身伤害律师赚得盆满钵满。媒体将这个问题看作一个"人咬狗"的绝佳故事：多年来一直声称在拯救生命的疫苗实际上

---

① 关于儿科学会和公共卫生署就硫柳汞发表声明一事，参见：American Academy of Pediatrics. Committee on Infectious Diseases and Committee on Environmental Health, "Thimerosal in Vaccines: An Interim Report to Clinicians," *Pediatrics* 104 (1999): 570-74。

竟害了人。政客们则利用疫苗引起自闭症之争争相在镜头前亮相，对悲痛的父母表示同情，同时赚足了公众的视线。他们要做的就是在自己的州禁止使用含汞疫苗。这在政治上并非难事。

2005年的夏天，所有这些势力在美国齐齐爆发。

小罗伯特·肯尼迪在一众原告律师的支持下，为《滚石》杂志撰写了一篇题为《致命免疫》的曝光文章。① 他在文章里描绘了这样一幅景象，制药公司贪婪，医生如绵羊，公共卫生官员试图掩盖因其监管不力发生的问题，而问题正在加速失控。

时任加州州长的阿诺德·施瓦辛格第一个站出来禁止在本州使用含硫柳汞的疫苗。② 其他州紧随其后。由于不含硫柳汞的流感疫苗供应有限，施瓦辛格的做法实际上造成了加州的许多儿童无流感疫苗可打，而美国每年仍有10万名儿童因流感住院治疗，100名儿童死于流感。

最后，民间诉求团体 Safe Minds③ 委托记者大卫·柯比撰写一本关于硫柳汞引起自闭症的争议的书。柯比此前从未写过健康、科学、医学或疫苗类的故事，但是在一位加州金融富豪的资助下，他写出的《危害的证据》一举成为美国的健康类畅销书之一。④ 唐·伊姆斯多次在他的全国广播节目中采访柯比，蒂姆·拉瑟特在《与媒体见面》(Meet the Press)访谈节目上对柯比进行专访。事实上，各大电视台和广播电台都对《危害的证据》大肆宣传：一个关于阴谋的故事，疾控中心的秘密会议以及公共卫生官员的

---

① R. F. Kennedy Jr., "Deadly Immunity," *Rolling Stone*, June 20, 2005.

② J. S. Lyon, "Dearth of Vaccines for Infants and Experts Urge Use for First Time," *San Jose Mercury News*, November 1, 2004.

③ 美国著名的反疫苗组织和反科学组织。——译者

④ D. Kirby, *Evidence of Harm: Mercury in Vaccines and the Autism Epidemic: A Medical Controversy* (New York: St. Martin's Press, 2005).

失职。看起来各方都在制药公司的掌心里。《危害的证据》出版后，硫柳汞引起自闭症的话题占据了新闻长达数月。媒体把这件事描绘成小人物（家长）对抗大家伙（制药公司）的故事——他们深知，大多数美国民众都喜欢这类故事。

公众越来越害怕疫苗中的汞会引起自闭症，不久后，悲剧发生了。2005 年 4 月 3 日，一名 5 岁的自闭症男孩塔里克·纳达玛来到了罗伊·尤金·克里博士位于宾夕法尼亚州波特斯维尔（Portersville）的办公室。克里博士卷起了塔里克的袖子，向他的静脉注射了一针乙二胺四乙酸（EDTA）。乙二胺四乙酸是一种能够与汞结合并有助于去除人体内的汞的化学物质，这可能是一种十分危险的疗法，从来没有证据显示乙二胺四乙酸能够改善自闭症的症状，FDA 也从未批准其用于自闭症治疗。现在每年约有 1 万名儿童接受汞结合疗法，这在很大程度上要归因于从疫苗中急速去除硫柳汞的行动。尚无证据表明乙二胺四乙酸疗法对自闭症有效。打完针 5 分钟后，塔里克心脏病发作身亡。①

有媒体关注的推波助澜，人身伤害律师向联邦法院和各州法院提起了 350 项索赔，要求的赔偿金额达到数十亿美元。（截至2007 年 3 月，在还没开庭的情况下，制药公司花去的辩护费用就已经达到约 4 亿美元。）很快，莫里斯·希勒曼发现自己身处这场争斗之中。华盛顿的一名人身伤害律师詹姆斯·穆迪向《洛杉矶时报》的医学报道撰稿人迈伦·莱文泄露了一份备忘录，那是 20世纪 90 年代初希勒曼写给时任默沙东疫苗部门负责人戈登·道格

---

① K. Kane and V. Linn, "Boy Dies During Autism Treatment," *Pittsburgh PostGazette*, August 25, 2005.

拉斯的备忘录。① 穆迪声称，一位不愿透露姓名的举报人因为良心过意不去，向他提供了备忘录。（实际上，这份备忘录是作为庭审前按照常规的证据收集程序提供给原告律师的。）希勒曼在备忘录中写道："（疫苗中的）汞含量似乎相当大。"人身伤害律师将希勒曼的备忘录作为确凿证据，证明制药公司早在《FDA 现代化法案》出台之前就意识到了疫苗中的汞含量高得令人无法接受。但是，希勒曼也在备忘录中表示："关键问题是疫苗中所含的硫柳汞的用量是否构成安全隐患。当然，人们对隐患的认知可能同样重要。"希勒曼和儿科学会以及公共卫生署一样，也对媒体和民间诉求团体感到担忧。希勒曼知道环境中本来就存在汞，所以他不确定疫苗中添加的量是否具有实质性影响。他写道："根据目前掌握的信息，似乎根本不可能确定疫苗中的硫柳汞是构成还是不构成对日常生活中从不同来源摄入的汞的显著补充。"

希勒曼在写完备忘录后，进一步翻查了近期的研究，最后得出的结论是疫苗中的汞含量无害。这一结论得到了多个事实的支持。

汞是地壳的组成部分，通过火山喷发、煤炭燃烧和岩石的水蚀，以无机汞的形式释放到环境中。然后，土壤中的细菌又将无机汞转化为有机汞，也就是甲基汞。甲基汞进入供水系统，最终进入食物链。

因为甲基汞无处不在，所以是不可避免的。水、婴儿配方奶粉和母乳中都含有汞。母乳喂养的婴儿在出生后的头六个月里大约会摄入 360 微克的甲基汞，是先前疫苗中所含汞量的两倍。母

---

① M. Levin, "'91 Memo Warned of Mercury in Shots," *Los Angeles Times*, February 8, 2005.

乳中的汞还是甲基汞，从体内排出的速度比疫苗中的乙基汞要慢得多，因此也更容易在体内积聚。

由于婴儿从环境中摄入的汞要远远多于接种疫苗所摄入的汞，希勒曼认为疫苗中的汞不可能有害。但他也足够通透，意识到公众的认知可能是另外一回事。尽管如此，希勒曼后来表示他后悔写了那份备忘录。"我没想到它会落入那些根本不动脑子之人的手中。（《洛杉矶时报》的）迈伦·莱文从来没有找我聊过。默沙东也没有员工举报。我的意思被曲解了。当时我担心的是，公众分不清乙基汞和甲基汞之间的区别，因为公众的看法往往没有科学依据。但是，人身伤害律师利用了这个。"

后来，在三大洲开展的五项研究清楚地表明，在接种含硫柳汞疫苗和接种不含硫柳汞疫苗的儿童中，自闭症的发病率是相同的。[①] 美国国家科学院（National Academy of Sciences）下属的独立机构——国家医学研究所（Institute of Medicine）对这些研究

---

① 关于硫柳汞与自闭症的关系的研究工作，参见：A. Hviid, M. Stellfeld, J. Wohlfahrt, and M. Melbye, "Association between Thimerosal-Containing Vaccine and Autism," *Journal of the American Medical Association* 290 (2003): 1763-66; T. Verstraeten, R. L. Davis, F. DeStefano, et al., "Safety of Thimerosal-Containing Vaccines: A Two-Phased Study of Computerized Health Maintenance Organization Databases," *Pediatrics* 112 (2003): 1039-48; J. Heron, J. Golding, and ALSPAC Study Team, "Thimerosal Exposure in Infants and Developmental Disorders: A Prospective Cohort Study in the United Kingdom Does Not Show a Causal Association," *Pediatrics* 114 (2004): 577-83; N. Andrews, E. Miller, A. Grant, et al., "Thimerosal Exposure in Infants and Developmental Disorders: A Retrospective Cohort Study in the United Kingdom Does Not Show a Causal Association," *Pediatrics*, 114 (2004): 584-91; S. Parker, B. Schwartz, J. Todd, and L. K. Pickering, "Thimerosal-Containing Vaccines and Autistic Spectrum Disorder: A Critical Review of Published Original Data," *Pediatrics* 114 (2004): 793-804; E. Fombonne, R. Zakarian, A. Bennett, et al., "Pervasive Developmental Disorders in Montreal, Quebec, Canada: Prevalence and Links with Immunization," *Pediatrics* 118 (2006): 139-50。

进行了审核，得出的结论是硫柳汞不会引起自闭症。也许 2006 年 7 月公布的一项研究是最好的例证，这项研究基于加拿大在 1987 年至 1998 年间开展的一项自然实验，在此期间，疫苗中的硫柳汞含量各不相同。1987 年至 1991 年间，蒙特利尔的幼儿通过接种疫苗摄入的硫柳汞总量为 125 微克；1992 年至 1995 年间为 225 微克；1996 年之后为 0 微克。若硫柳汞引起自闭症，那么 1992 年至 1995 年间出生的儿童的自闭症发病率理应远高于 1995 年以后出生的孩子。实际上，情况恰恰相反。1995 年以后出生的儿童的自闭症发病率要高于 1995 年以前出生的儿童。丹麦开展的研究有着相似发现，丹麦从 1991 年起禁止使用硫柳汞作为防腐剂，但是几年后发现自闭症的发病率有所上升。患者人数上升最有可能的原因是自闭症的定义扩大了，自闭症谱系障碍、阿斯伯格综合征和广泛性发育障碍现在都算自闭症。

尽管疫苗中所含硫柳汞的水平不会引起自闭症，但是具备经济动机的人依然揪住不放，争端在短时间内不太可能结束。

除了反疫苗人士、人身伤害律师和偶尔不负责任的媒体之外，疫苗还面对着其他的阻碍。比如，我们选择不承担疫苗费用。[1]

---

[1] J. Cohen, "U. S. Vaccine Supply Falls Seriously Short," *Science* 295 (2002): 1998 – 2001; National Vaccine Advisory Committee, "Strengthening the Supply of Routinely Recommended Vaccines in the United States: Recommendations of the National Vaccine Advisory Committee," *Journal of the American Medical Association* 290 (2003): 3122 – 28; Committee on the Evaluation of Vaccine Purchase Financing in the United States, Institute of Medicine, *Financing Vaccines in the 21st Century: Assuring Access and Availability* (Washington, D. C.: National Academy Press, 2004); S. Stokley, K. M. Shaw, L. Barker, J. M. Santoli, and A. Shefer, "Impact of State Vaccine Financing Policy on Uptake of Heptavalent Pneumococcal Conjugate Vaccine," *American Journal of Public Health* 96 (2006): 1308 – 13.

20 世纪 50 年代初共有四种疫苗：白喉—破伤风—百日咳（DTP）疫苗和天花疫苗。这四种疫苗加起来不到 2 美元，民众自费接种。美国大约有 40% 的儿童接受了免疫接种，这一比例与当今许多发展中国家的免疫接种率接近。

20 世纪 70 年代共有 7 种疫苗：百白破疫苗、麻腮风疫苗和脊髓灰质炎疫苗。这些疫苗加起来不到 50 美元。民众依然自费接种。免疫接种率上升到 70%。

到了 20 世纪 90 年代中期，疫苗的数量达到十种：白喉—破伤风—无细胞百日咳疫苗（DTaP）（包含新的百日咳疫苗）、麻腮风疫苗、脊髓灰质炎疫苗、Hib 疫苗、乙肝疫苗和水痘疫苗。这些疫苗的总价已经上涨到数百美元，许多家长负担不起。随着疫苗的数量增加，总价也更高了，在另一个支付方——联邦政府面前，庞大的自费市场显得渺小许多。20 世纪 90 年代初，比尔·克林顿发现，没有参保或保额不足的美国儿童没办法打他们所需的疫苗，这十分不合理。为此他创建了国家儿童疫苗项目（VFC）。随着联邦资金的到位，免疫接种率从 70% 上升到 90%，数种疾病已经完全或几近根除。

截至 2006 年，美国疾控中心建议的常规接种疫苗已经达到 16 种，其中增加了轮状病毒疫苗、脑膜炎球菌疫苗、流感疫苗、人乳头瘤病毒疫苗、肺炎球菌疫苗和甲肝疫苗。这些疫苗的总价超过 1 000 美元。联邦政府和保险公司现在每年在疫苗上的支出约为 30 亿美元。（30 亿美元听起来像是一笔巨款，但其实只占美国每年近 3 万亿美元医疗支出的 1‰。）不幸的是，在疫苗最需要支持的时候，联邦政府这个买家却开始变得不靠谱，出尔反尔地削减了分配给各州采购疫苗的资金。疫苗经费现在岌岌可危。结果，许多以前为儿童购买全套疫苗的州都负担不起了，不得不做出取舍。有些州选择不再提供肺炎球菌疫苗,另一些州选择不提供脑膜炎球菌疫苗或人乳头瘤病毒疫苗。各个州被迫做出决定——预防哪些传染病,又任由哪些传染病继续造成痛苦和死亡。

我们愿意为病人支付医疗费,却不愿意为没有患病的人支付预防疾病的费用。其根源来自人类的盲目侥幸心理。

我们从来不信自己会得病,直到真的得病。

在 2002 年的电影《迫在眉梢》(*John Q*)① 中,丹泽尔·华盛顿饰演父亲约翰·昆西·阿奇博尔德,他的儿子需要进行心脏移植手术才能保住性命。约翰耐心地拼尽全力地试图让保险公司承担手术费用,但是保险公司拒绝了。由于约翰负担不起移植手术的费用,而医院的外科医生又不愿意免费动手术,孩子基本被判了死刑。约翰没法眼睁睁地看着儿子死去,任何父母都做不到,于是他持枪闯入了医院。任谁看了这部电影都没法不对约翰的痛苦感同身受。但是试想,如果有预防心脏病的疫苗呢?如果多年前,在无法确定疫苗到底有没有用的情况下,孩子没能打上预防心脏病的疫苗,约翰是否还会如此激动、执着,最后做出同样疯狂的举动吗?

这就是疫苗面临的问题。当疫苗起效,什么都不会发生。完全不会。家长们继续过着正常的生活,从来不会去想自己的孩子受到了保护:不会得 Hib 引起的脑膜炎,不会得乙肝引起的肝癌,不会得肺炎球菌引起的致命肺炎,也不会因感染脊髓灰质炎而瘫痪。可以说,我们是身在福中不知福。但是,这些疾病并没有消失,依然有人得病。在制药公司于 20 世纪 90 年代初制造出 Hib

---

① New Line Cinema,2002.

疫苗之前，每年约有 1 万名儿童罹患脑膜炎，以致许多孩子最终失明、失聪和智障。如今，每年患脑膜炎的儿童只有不到 50 人。但是，那几千个打不上 Hib 疫苗的孩子是谁呢？他们叫什么名字？我们不知道。这就是疫苗或是任何预防措施都远远比不上治疗引人注目的原因。每年我们在骨髓移植、肺移植、肾移植和心脏移植上花费的金额高达数亿美元。这些疗法极其昂贵，而且也肯定不能给医疗保健系统和社会省钱，但是当面对病人时，我们一定会竭尽所能地去救。不幸的是，在我们不知道谁会生病的情况下，我们似乎轻而易举就能做出放弃接种拯救生命的疫苗的决定。我们甘愿赌一把，而许多孩子注定会被输掉。

宗教团体和保守团体有时也会反对疫苗，比如能够预防导致宫颈癌的人乳头瘤病毒的疫苗。它已经变成了一种政治性的疫苗。[1]

美国每年有约 1 万名女性罹患宫颈癌，4 000 人死于宫颈癌。2006 年，美国疾控中心建议所有青春期少女在有性生活之前接种人乳头瘤病毒疫苗。保守团体担心这日后会演变成针对所有青少年的强制接种。他们推断，女孩发生性行为才会感染人乳头瘤病毒，不发生性行为就不会感染。如果女孩和她的伴侣不发生婚前性行为，结婚时便不会带着人乳头瘤病毒。因此，应该传递的信息是婚前禁欲，而不是通过接种疫苗预防性传播疾病，这可能只会起到助长性行为的作用。家庭研究委员会（Family Research Council）主席托尼·珀金斯表示，他不打算让自己 13 岁的女儿接

---

[1] 关于该疫苗引发的争议，参见：J. Guyton, The coming storm over a cancer vaccine, *Fortune*, October 31, 2005。

种人乳头瘤病毒疫苗。珀金斯说："我们担心这种疫苗会出售给一部分应该禁欲的人群。"对此，美国贞洁教育交流中心（National Abstinence Clearinghouse）的负责人莱斯利·安鲁表示同意，他说："我个人反对给孩子接种疫苗来预防本可以百分百通过恰当的性行为防止的疾病。"宾夕法尼亚大学生物伦理中心主任阿特·卡普兰不同意珀金斯和安鲁的意见。"如果你想教你的孩子道德规范，可以在家、在学校、在犹太教堂里教。"他说，"但是，为了促进道德行为而阻止孩子接种能够挽救生命的疫苗是不合理的。"

另一股反对疫苗的势力是资本主义。疫苗这门生意不太赚钱。[①]

疫苗和日常生活中经常使用的药物不同，一个人的一生中至多打几次疫苗，因此，药品市场远远大于疫苗市场不足为奇。举个例子，收入最高的疫苗——儿童肺炎球菌疫苗 2006 年的总收入约为 20 亿美元，而降胆固醇药物、脱发产品、壮阳药或治疗心脏病、肥胖症、神经系统疾病的药物，每年每种药的收入便达到 70 亿美元或者更多。降胆固醇药物之一立普妥的年收入达到 130 亿美元，约为全球疫苗业务收入的 2 倍。

---

① 关于疫苗的盈利能力，参见：S. Garber, *Product Liability and the Economics of Pharmaceuticals and Medical Devices* (Santa Monica: RAND, Institute for Civil Justice, 1993); R. Manning: "Economic Impact of Product Liability in U. S. Prescription Drug Markets," *International Business Lawyer* March 2001, and "Changing Rules in Tort Law and the Market for Childhood Vaccines," *Journal of Law and Economics* 37 (1994): 247 - 75; Institute of Medicine, *Financing Vaccines in the 21st Century: Assuring Access and Availability* (Washington, D. C.: National Academy Press, 2004); J. M. Wood, "Litigation Could Make Vaccines Extinct," *The Scientist*, January 19, 2004; T. Ginsberg, "Making Vaccines Worth It," *Philadelphia Inquirer*, September 24, 2006。

制药公司算了一笔账，开始逐渐放弃疫苗业务。1957 年，生产疫苗的公司有 26 家，1980 年减少到 17 家。如今，主要的疫苗生产商只剩葛兰素史克、赛诺菲巴斯德、默沙东、惠氏和诺华五家。（还有许多生产疫苗的小公司，但是它们的市场份额加起来还不到 15％。）在制药公司内部，疫苗业务和药品业务彼此竞争资源，疫苗屡屡败下阵来。由于仅有少数几家公司生产疫苗，生产一旦出现问题便会导致疫苗短缺。2003 年至 2005 年间的流感疫苗短缺只是其中一个例子。从 1998 年起，16 种推荐的常规儿童疫苗中有 10 种始终处于供不应求的状态，特别是用于预防麻疹、腮腺炎、风疹、水痘、破伤风、白喉、百日咳、流感、脑膜炎球菌和肺炎球菌的疫苗。2002 年，惠氏停止生产百白破疫苗（DTaP）和流感疫苗。这个决定对股东的影响不大，但是对孩子的影响重大。停产导致了这两种疫苗的短缺和定量配给。即使在疫苗短缺的情况得以解决后，一些孩子错过的疫苗也没能补上。

　　值得庆幸的是，关于疫苗业务的消息也不全是坏消息；与药品相比，疫苗确实有几个优势。比如，美国市场没有公司生产仿制疫苗，所以疫苗哪怕过了专利期也可以在很长的一段时间里继续盈利。而且，与药物不同，疫苗受到疾控中心和美国儿科学会等机构的常规使用推荐，这就保证了市场。较新的疫苗，例如轮状病毒疫苗和脑膜炎球菌疫苗，每年的收入可达 5 亿至 10 亿美元，而人乳头瘤病毒疫苗的年收入可超过 20 亿美元。疫苗的收入虽然不比畅销药，但是也足以让一些制药公司有兴趣继续生产疫苗和投资研发新疫苗。

　　想象一下，如果几股势力联合起来导致制药公司停止生产疫苗，或者使得美国一定数量的民众停止接种疫苗，会发生什么。

第一个出现的疾病将是百日咳。百日咳依然在美国很常见，虽然大多数人意识不到。每年，百日咳会导致患者持续咳嗽数周。约有 100 万青少年和成人会感染。成人不会死于百日咳，但是婴儿会，而且通常是患病的大人把百日咳传染给婴儿。百日咳细菌会导致婴儿细小的气管发炎。有时，严重的炎症可导致婴儿呼吸骤停。如果没有疫苗，几乎立刻就会有婴儿死于百日咳。

在百日咳疫苗于 20 世纪 40 年代首次引入之前，美国每年有8 000 名婴儿死于百日咳。可能有人会说，20 世纪 40 年代已经是很久以前了，我们现在有了当时没有的各种抗生素和重症监护设施。但是，抗生素不能治疗百日咳，它只能阻止细菌的传播，降低患者的传染性，而不能使病情好转。20 世纪 70 年代末，英国的免疫接种率从 80% 下跌到 30%。十多万儿童因百日咳入院治疗，约 70 人死亡。这一切都发生在免疫接种率下降 50% 以后的短短数年之内。

不出几年，在美国基本已经根除的麻疹将卷土重来。虽然麻疹感染在美国非常罕见，但是在世界其他地方并不罕见。每年全球约有 3 000 万人感染麻疹病毒，加之频繁的国际旅行，经常有麻疹患者入境美国。例如，2006 年 5 月，一名未接种疫苗的计算机程序员从印度带来了麻疹。他在波士顿最高的建筑约翰·汉考克大厦工作，大楼里一共有 5 000 多名员工。波士顿公共卫生专员安妮塔·巴里犹记得该市首次向企业员工提供疫苗时的场景："只有30 个人来到诊所。"她说，"我多么希望有更多的人来。考虑到后续发生的事情，企业肯定也很希望大家来。"很快，病毒在大楼里传开，又传到了附近的几条街区。[①] 一名基督教科学会的成员感

---

① 关于此次汉考克大厦麻疹暴发的事，参见：R. Know, "Measles Outbreak Shows Even Vaccinated at Risk," *National Public Radio*, June 21, 2006。

染了，偏偏这个教派又不相信免疫接种。马萨诸塞州的首席传染病官员阿尔弗雷德·德马里亚说："麻疹的传染性实际上比天花还要强。"等到又有 14 人被感染，媒体提醒波士顿居民汉考克大厦暴发麻疹疫情时，数千人接种了疫苗，疫情这才平息下来。但是想象一下，如果汉考克大厦里的员工没有一个人接种过麻疹疫苗，事情会演变成什么样子。

当未接种疫苗的人群达到足够数量时，风疹导致的先天缺陷和胎儿死亡将再度出现。腮腺炎是失聪的常见致因。2006 年，一场流行性腮腺炎席卷了中西部的几个州；4 000 人感染病毒，大多数是年轻人，约 30 人出现癫痫发作、脑膜炎和耳聋。[①] 在美国分离出来的腮腺炎病毒株与最近在英国发现的流行毒株相同。英国有 7 万人感染，疫情更为严重，因为那里没有接种疫苗的人更多。他们听信了麻腮风疫苗导致自闭症的错误论调，不敢接种疫苗。

再接着回归的将是乙型流感嗜血杆菌。在乙型流感嗜血杆菌疫苗问世之前，每年有成千上万的儿童感染乙型流感嗜血杆菌，继而引发脑膜炎和血液感染。乙型流感嗜血杆菌疫苗直到 20 世纪 80 年代中期才在美国推出，当时已经有好几种治疗乙型流感嗜血杆菌的抗生素。虽然有这些抗生素，但是很多感染乙型流感嗜血杆菌的患者依然出现了智力障碍、语言障碍、语言发展迟缓、听力障碍和瘫痪等症状。抗生素可以挽救生命，但是从预防永久性损伤的角度来讲，感染后用药往往为时已晚。

婴儿停止接种疫苗约 10 年后，脊髓灰质炎将复发，年轻一代的美国人将亲身体验他们的父辈和祖父辈在 20 世纪 40 和 50 年代

---

① 关于此次中西部的腮腺炎疫情，参见：Centers for Disease Control and Prevention，"Mumps Epidemic：Iowa，2006，" *Morbidity and Mortality Weekly Report* 55（2006）：366 - 68.

的经历。父母们将再一次不敢让孩子在夏天游泳，不敢让孩子就着喷泉喝水，不敢让孩子一起去电影院看电影或是和邻居家的孩子一起玩耍。这种情景并不是牵强附会。1978年和1992年，荷兰一个归正教会的教徒当中两度暴发脊髓灰质炎，他们拒绝接种疫苗，导致几名儿童最终瘫痪。[1] 幸运的是，疾病没有蔓延到周边的社区，因为和这些教会孩子接触的人98％都接种过疫苗。但是，如果免疫接种率仅为50％或0，结果将大不相同。

如果易感儿童的数量足够多，白喉也将复发。20世纪90年代初，苏联解体期间，许多孩子没能接种所需的疫苗。不久后，白喉又出现了，导致5万人染病。[2] 引起白喉的细菌依然存在，一旦我们降低防御能力，疾病便会复发。届时，我们将再次体会我们祖辈们的遭遇，20世纪20年代，白喉曾是导致青少年死亡的一大杀手。

鉴于现代医学的诸多进步，可能有人会说，我们如今能够比50年前更好地应对传染病的冲击了。但是，从某些方面而言，如今的情况还不如从前。现在，医院的重症监护病房每年收治数百

---

[1] 关于荷兰的这次脊髓灰质炎暴发，参见：P. M. Oostvogel, J. K. van Wijngaarden, H. G. van der Avoort, et al., "Poliomyelitis Outbreak in an Unvaccinated Community in The Netherlands: 1992 - 93," *Lancet* 344 (1994): 665 - 70; Centers for Disease Control and Prevention, "Follow-Up on Poliomyelitis— United States, Canada, Netherlands: 1979," *Morbidity and Mortality Weekly Report* 46 (1997): 1195 - 99; H. C. Rumke, P. M. Oostvogel, G. Van Steenis, and A. M. Van Loon, "Poliomyelitis in The Netherlands: A Review of Population Immunity and Exposure between the Epidemics in 1978 and 1992," *Epidemiology and Infection* 115 (1995): 289 - 98; H. Bijkerk, "Poliomyelitis Epidemic in the Netherlands: 1978," *Developments in Biological Standardization* 43 (1979): 195 - 206。

[2] 关于苏联的白喉疫情，参见：Centers for Disease Control and Prevention, "Update: Diphtheria Epidemic—New Independent States of the Former Soviet Union, January 1995 - March 1996," *Morbidity and Mortality Weekly Report* 45 (1996): 693 - 97。

例而不是数万例严重感染病例。如果免疫接种率急剧下降，感染人数将不可避免地激增，然而我们却没有应对这种情况的设施。此外，现在的重症监护病房收治的多是极度脆弱的患者群体，例如严重早产儿和骨髓或器官移植受者。再者，由于广泛使用类固醇等抑制免疫系统的药物，如今美国人的免疫系统比50年前更弱，因此就更容易受到强传染性疾病感染造成的伤害。

如果我们回到不接种疫苗的状态，职场也会受到影响。50年前，大多数母亲留在家中照看孩子，但是如今女性在外工作。如果麻疹、腮腺炎、乙型流感嗜血杆菌、脊髓灰质炎和白喉等传染病卷土重来，父母之中的一方每年将不得不多请几周的假，在家中照顾生病的孩子。日托班将最容易沦陷，因为在那里疾病传播迅速。其结果就是，提供商品和服务所需的劳动力市场将受到严重冲击，损失数十亿美元的工资。

我们不必穿越时空回去看不接种疫苗的年代过着怎样的生活。若想一窥没有疫苗的未来是什么样子，我们可以去撒哈拉以南的非洲、印度或巴基斯坦走一遭，看看本可以通过疫苗来预防的疾病是如何将当地的孩子折磨至死的，请记住，当地大约有一半的孩子还是接种过疫苗的。单单麻疹这一种疾病，每年就有大约50万儿童死亡。

"尽管疫苗接种承受了许多来自社会的各种负面压力，但是事实证明，它是控制社区传染病毋庸置疑最合理的方法。"前文提到过的寄生虫学家阿德尔·马哈茂德说，他出生在埃及，一个饱受传染病蹂躏的国家。"不可否认，疫苗取得了成功。在许多社区，麻疹消失了，风疹消失了，腮腺炎和乙肝还剩少量病例，原因就在于接种了疫苗。接种疫苗是一种极其聪明的手段，改变了病原体在人群中的生长环境。在与微生物抗争的漫长历史中，我们有过许多发现，疫苗的生态重要性不亚于其他任何一种发现。但是疫苗不是免费的午餐，它是有代价的，有要求的——那就是人类必须继续使用下去。"

第十一章　无名天才

这两个人中间有一个是另外一个的灵魂，

那两个也是一样。究竟哪一个是本人，

哪一个是灵魂呢？谁能够把他们分别出来？

——威廉·莎士比亚，《错误的喜剧》

"这个人，"默沙东流行病研究高级主管沃尔特·斯特劳斯说，"他出生于蒙大拿州一个气候恶劣的农场，一出生几乎就成了孤儿，被亲戚收养。若非一身才华和志向，可能就在商店当一辈子店员了。然而，他在美国达到了科学成就的巅峰，在全世界一半孩子的身上留下了自己的印记。他的故事堪比小霍雷肖·阿尔杰①作品中最精彩的那个。"②

希勒曼从不认为自己的职业生涯遥不可及，他觉得自己的务农经历对他作为科学家研发拯救生命的疫苗提供了难得的训练。"我们有一个机械车间、一个电气车间和一个铁匠铺。"希勒曼说，"我学过农学。我们会拆开灌溉水泵再把它装回去。我还有一辆1928年的福特汽车，只不过是一堆废铁，但是我把它修复到了能开的程度。在农场上长大的孩子具备很多常识。"在卡斯特县高中念书期间，希勒曼可以在农业、机械、科学、商业或文科里选一门主修。他选择了科学，他的兄弟们也是，而且和希勒曼一样都获得了成功。霍华德成为俄勒冈大学解剖学与生理学教授，撰写了一本无脊椎动物解剖学的教科书。希勒曼回忆说："霍华德有过目不忘的本领。"维克多为罗斯福建立的平民保育团③经营过一个景观绿化单位，后来开始造船造飞机。哈罗德在洛克希德公司设计并制造螺旋桨飞机。理查德也在洛克希德公司负责监督飞机电气系统的安装。诺曼成为联邦政府的雷达专家。希勒曼回忆说："诺曼喜欢把所有的雷达电路背下来。"唯一一个没有选择进入科学或工程专业领域的兄弟是沃尔特，他毕业于康科迪亚学院，在即将成为路德教会牧师的当口，因未确诊的阑尾炎死在了手术台上，年仅 19 岁。

　　尽管希勒曼的所有兄弟都获得了成功，但是莫里斯那份源源不断的进取心却是独一无二的。当被问到为什么会有这种差异时，希勒曼总会提到他的父亲，说："我想让他看到我。"希勒曼由叔叔婶婶抚养长大，他打心底里憎恨他的父亲，觉得父亲始终在否定他。"我觉得（我父亲）头脑狭隘，想法专横，还很咄咄逼人，令人无法忍受而且不可原谅。"希勒曼回忆道，"我（内心）对他的敌意会通过（我）偶尔的情绪爆发发泄出来，他也会威胁要对我动粗。我们之间没有和解的可能性。"希勒曼每天看到他的兄弟姐妹和他们的父亲——他的父亲住在一起渐渐长大，这种痛苦永远无法消除。希勒曼从来没有得到过父亲的认可，他取得了许多成就，但每一项成就就像一铲子土，填进的是一个无底洞。

---

① 美国儿童小说作家，写的大都是讲穷孩子如何通过勤奋和诚实获得财富和社会成功的故事。——译者
② 2006 年 9 月 20 日，与沃尔特·斯特劳斯的私下交流。
③ Civilian Conservation Corps，罗斯福新政期间由政府直接运作，招募失业男青年从事环境保育工作的组织。——译者

儿时的希勒曼是"骗过了死神"才活下来的。但他的母亲和双胞胎妹妹就没有这份幸运了。如果希勒曼没能活下来，我们还会有如今这些疫苗吗？最有可能的是，其他人研发出了希勒曼的疫苗，但是有两个疫苗——血源性乙肝疫苗和腮腺炎疫苗绝对非他不可。因为只有莫里斯·希勒曼具备足够的远见卓识使用化学物质处理人血，证明自己能够杀死所有可能存在的污染生物，并从混合物中纯化出澳大利亚抗原。没有其他人有和他一样的资源、智慧和胆量做这件事。作为原料的血液里存在艾滋病毒的情况被发现以后，人们认为这个疫苗过于危险。但是在希勒曼的血源性乙肝疫苗是唯一一种可以用于预防乙肝病毒感染的疫苗的五年里，售出了数百万剂，挽救了数千人的生命。此外，希勒曼用感染了他女儿的病毒制成的腮腺炎疫苗同样无人能及。这并不是因为没人尝试。20世纪60年代，俄罗斯和日本都制造出了腮腺炎疫苗并获得许可上市，俄罗斯的叫做列宁格勒株，日本的叫做卜部株（Urabe）。[1] 这两种疫苗都能够很好地预防腮腺炎感染，并且在市场上销售了几十年。但是，两者都让人们付出了代价——它们偶尔会引起脑膜炎。而杰里尔·林恩株腮腺炎疫苗没有这种危险的副作用。

莫里斯·希勒曼于2005年4月11日逝世。他去世的第二天，《纽约时报》头版刊登了由劳伦斯·奥特曼撰写的讣告。[2] 在撰写他的生平时，奥特曼询问了杰出的科学家和医生，为什么希勒曼没有广为公众所知。广播电台常有惊世骇俗之语的主播霍华德·

---

[1] Plotkin and Orenstein, *Vaccines*.

[2] L. Altman, "Maurice Hilleman, Master in Creating Vaccines, Dies at 85," *New York Times*, April 12, 2005.

斯特恩读了奥特曼写的讣告，问他的听众为什么他们知道小甜甜布兰妮怀孕了，却不知道希勒曼的事。就在同一天，公共卫生官员、流行病学家、临床医生和媒体人聚集在匹兹堡大学的校友大厅，纪念乔纳斯·索尔克的脊髓灰质炎疫苗问世 50 周年。在典礼后的一个派对上，一位与会者告知一群儿科传染病专家莫里斯·希勒曼去世的消息。最能理解希勒曼工作的意义的医生绝对是儿科传染病医生，没有之一，但是他们听到这个消息后，所有人都表情茫然，无动于衷。他们之中没有一个人听说过希勒曼的名字。

希勒曼相对而言如此默默无闻可以从几方面来解释。虽然他自信满满，爱骂脏话，好斗争胜，专横到有时候让人害怕，但是莫里斯·希勒曼本质上是一个谦卑的人。

安东·施瓦茨在 20 世纪 60 年代中期研制麻疹疫苗，是为了和希勒曼的疫苗竞争，他将自己的疫苗命名为施瓦茨株。当詹妮弗·亚历山大从一名死于肝癌的男子身上提取肝细胞，发现细胞会产生澳大利亚抗原时，她将细胞命名为亚历山大细胞。当 D. S. 丹恩在电子显微镜下观察到乙肝病毒颗粒在人血中流动时，他将该颗粒命名为丹恩颗粒。希勒曼则不同，他没有用自己的名字为他的任何一项研究成果命名。他的麻疹疫苗叫做莫拉滕株（"更弱的恩德斯"），以此表彰约翰·恩德斯的工作。他把自己的风疹疫苗叫做 HPV77 -鸭株，以此彰显由哈里·迈耶和保罗·帕克曼最初研发的高通量病毒（High-Passage Virus）。他将他的两种乙肝疫苗分别命名为血源性乙肝疫苗和重组乙肝疫苗，以此表明这两种疫苗制备的起始物料和科学工艺。他是第一个发现甲肝病毒的人，将其命名为 CR326 株。在发现一种以前未知的猴病毒毒株污染了早期的许多脊髓灰质炎疫苗后，他将其命名为猿猴病毒 40。希勒曼只允许自己表露过一次骄傲之情——他将自己的腮腺炎疫苗命名为杰里尔·林恩株，而不是杰里尔·林恩·希勒曼株或 JLH 株。如今，阅读包装说明书的人很少会知道杰里尔·林恩是莫里斯·希勒曼的女儿。

"他在意的是结果和产品，不是居功。"国立卫生研究院下属的过敏和传染病研究所所长安东尼·福奇回忆道，"当他做出了疫苗或有了新发现时，他的态度更多是'这真是一个有意思的发现'，而不是'这是我，莫里斯·希勒曼的功劳'，就好像他一点也不在乎。他对那些不在意。他就是干好（工作），用成绩说话。所以人们对他做出的事情非常了解，但是不知道是他做的。所以，讣告和悼词一发出来，很多人的反应都是：'我的天哪，这些全是他一个人做的？'"①

"尽管莫里斯取得了惊人的成就，但是他从始至终心怀极大的谦卑。"沃尔特·斯特劳斯回忆道，"（我们所有人）都知道许多科学家极度自负，芝麻点大的成绩可以一直抱着不放。莫里斯却不一样。他的童年正值大萧条时期，过得十分艰苦。他知道有太多东西值得感恩。莫里斯许多儿时的伙伴长大后依然在蒙大拿的养牛场干活，累得半死却只有一点点回报。莫里斯回头想到另一种人生轨迹的可能，深感自己何等幸运，能够投身如此有意思的事业。"②

希勒曼默默无闻的另一个原因是他选择了进入制药公司工作，因为在大多数人眼中，业界的研究人员和学界的研究人员是两类人。学界的科学家、教师和研究人员认为自己不受商业主义的束缚，追求的是更为崇高的使命。公众也这样认为，在人们心目中，科学家要爱岗敬业，要理想主义到不食人间烟火。1902 年，威

---

① "The Vaccine Hunter," BBC Radio 4, producer Pauline Moffatt, June 21, 2006.
② 2006 年 9 月 20 日，与沃尔特·斯特劳斯的私下交流。

廉·康纳德·伦琴因为发现 X 射线而获得了首届诺贝尔物理学奖。① 伦琴认为，科学知识应该"为了人类的福祉而自由共享"，不应该用来换取世俗而普通如金钱的回报。于是，伦琴将 7 万金法郎的诺贝尔奖奖金悉数捐给了慈善机构。20 年后伦琴去世了，身无分文。

20 世纪 50 年代末，塞缪尔·卡茨在波士顿儿童医院约翰·恩德斯的研究团队工作，参与研制了第一个麻疹疫苗。恩德斯团队从来没有为其研发的疫苗申请专利。2005 年，小罗伯特·肯尼迪在《滚石》杂志的文章中谴责塞缪尔·卡茨从初代麻疹疫苗的专利中获利。② 卡茨气极："我被人指名道姓说我拥有麻疹疫苗的专利。那是彻头彻尾的谎言。我是三人小组成员之一，我们共同开发出了麻疹疫苗并于 1963 年获得批准。而我们的团队领导兼导师约翰·恩德斯全心全意地相信，参与解决问题的人越多，解决问题的速度就越快，解决问题的成功几率就越高，他就是这样一位科学家。所以，在我们长达七年多的研究中，任何来到我们实验室的研究人员，只要拥有合法资质，我们都会将疫苗免费提供给他们。恩德斯博士坚决反对为疫苗等生物制品申请专利，我们绝对没有做那种事。"③ 卡茨希望告诉肯尼迪的是，波士顿的这个团队的研究人员永远不会堕落到从研究工作中获取利益；他们是知识分子，是公共利益的捍卫者，不是从中谋利的企业家。

乔纳斯·索尔克也曾向媒体和公众明确表示，他不会从脊髓灰质炎疫苗中获益。1955 年 4 月，爱德华·R. 默罗在电视节目

---

① B. Goldsmith, *Obsessive Genius: The Inner World of Marie Curie* (New York: W. W. Norton, 2005).

② Salon. com, July 21, 2005.

③ J. Smith, *Patenting the Sun*.

《现在请看》（*See It Now*）上问索尔克："这个疫苗的专利在谁手里？"索尔克思索片刻，回答道："我觉得是在公众的手里吧。没有专利。你能给太阳申请专利吗？"

当今的媒体和公众都像伦琴、卡茨、索尔克一样对追求经济利益的科学家嗤之以鼻，这可以反映在流行文化上。1996年的电影《龙卷风》隐晦地道出了这种观念。① 《龙卷风》讲述的是两个研究团队竞相研究龙卷风的物理学原理的故事。两个团队都想把小型机器人测量设备放到龙卷风中心，以便更好地预测下一次龙卷风出现的时间和地点。一个研究团队来自学界，另一个来自业界。学界团队的领队由比尔·帕克斯顿和海伦·亨特饰演，队中有男有女，有欧洲人、非洲人、亚洲人，他们身着五颜六色的衣服，站在一起的时候看起来像一床有趣的拼布被子。业界团队的领队由加里·艾尔维斯饰演，队中清一色白人，穿着深色衣服，看起来像《星球大战》达斯·维德主舰上的跟班。学界团队风趣幽默，天真烂漫，不惧权威。业界团队正经严肃，毫无幽默感可言，这其中的含义不言而喻。学术研究很有趣，做学术的人怀揣赤子之心，如孩童般天真好奇，他们渴求知识，因为知识本身就是最好的回报。相比之下，业界研究人员一本正经，都是不苟言笑、缺乏个性的成年人，他们探究知识的唯一目的是利用知识牟利。同样是科学成就，我们更乐于宣扬学界科学家取得的成就，但如果是业界科学家的成就，就会觉得不舒服。"（莫里斯）得到了同行的广泛认可。"艾滋病毒的共同发现者罗伯特·加洛说道，"但是，你能想出一个知名的业界科学家吗？我想不出。"②

"莫里斯进默沙东工作后，发现一切真是太棒了。"莫里斯的

---

① Warner Brothers, 1996.

② "The Vaccine Hunter," BBC Radio 4, producer Pauline Moffatt, June 21, 2006.

妻子洛林回忆道，"有专人清洗移液器和玻璃器皿，不必自己动手，他简直不敢相信。还有钱给他做研究。钱不是目的，能做研究最重要。"[①] 不过希勒曼也清楚，在大多数人眼中，制药公司的科学家是低学界科学家一等的。他曾经自嘲在为"肮脏的行业"卖命。但是，希勒曼同样清楚，借助公司提供的资源，他能够为人类健康做出的贡献是任何一个大型学术中心都不可比肩的。这个取舍，他甘之如饴。

希勒曼选择攻读微生物学博士学位而非医学博士学位，这也是造成他默默无闻的一个原因。希勒曼在实验室里成功地弱化了他女儿的腮腺炎病毒，然后他请到罗伯特·威贝尔和小约瑟夫·斯托克斯进行了测试。威贝尔和斯托克斯发表了他们的研究结果，美国儿童开始接种疫苗，为了帮助医生了解疫苗是怎么来的，默沙东发布了一张暖心的照片。照片的中央是时年两岁的柯尔斯滕·希勒曼，她正在接种新疫苗。小女孩哭得满脸是泪，张大着嘴，尖声哭喊。她的姐姐杰里尔·林恩站在她的右边。"我在告诉她一切都会好起来的。"杰里尔回忆道。[②] 站在柯尔斯滕左边给她注射疫苗的是罗伯特·威贝尔。这张照片默沙东印制了几千份，并分发给了全美和世界各地的媒体。照片里有希勒曼的两个女儿，却没有他本人。许多人看到照片以为腮腺炎疫苗的发明者是罗伯特·威贝尔。希勒曼是在幕后工作的博士，而不是在人前注射疫苗并向媒体和公众解释疫苗的医学博士，所以他的名字和贡献鲜为人知。

希勒曼被忽视的功劳不止腮腺炎疫苗一个。沃尔夫·茨姆奈斯负责测试希勒曼的血源性乙肝疫苗，测试完成后，他在最负盛

---

① 2006 年 9 月 14 日对洛林的采访。
② 2005 年 3 月 11 日对她的采访。

名的医学期刊之一《新英格兰医学杂志》上发表了自己的研究结果。报纸和杂志宣传了茨姆奈斯的工作的重要性。广播电台就他的研究发现对他进行了采访。电视台播放了默沙东提供的短片，画面上是茨姆奈斯为自愿参加试验的男性志愿者接种疫苗。专业协会举办讨论乙肝疫苗的会议邀请的是沃尔夫·茨姆奈斯；咨询机构想了解在美国究竟应该如何使用乙肝疫苗时也是找茨姆奈斯要答案。在媒体、公众和公共卫生机构的观念里，是沃尔夫·茨姆奈斯研制出了乙肝疫苗。

但是，发明乙肝疫苗的不是茨姆奈斯，而是莫里斯·希勒曼。沃尔夫·茨姆奈斯发表于《新英格兰医学杂志》上的对后世影响深远的论文，共署了 9 位作者的名字，希勒曼不在其中。[①] 因此，没有媒体来找希勒曼；医生、护士和公共卫生官员也完全不知道发明者是他。"我希望置身事外，让沃尔夫去判断疫苗是否有效。"希勒曼回忆道，"我觉得如果我的名字出现在论文里，或者换作我出现在电视镜头前和广播话筒前，人们会觉得我是在推销产品，因为我在制药公司工作，这又是对我的工作的评估，所以从道德操守的角度讲，我觉得我必须退到一边。"由于希勒曼自己缄默不语，加之公司不便对他进行宣传，导致很少有人知道乙肝疫苗是他的发明——并且是莫里斯·希勒曼自认为一生最大的成就。

希勒曼在麻疹疫苗方面所做的贡献也基本上被无视了。1989 年至 1991 年间，麻疹病毒重现美国，约 1 万人住院，

---

① W. Szmuness, C. D. Stevens, E. J. Harley, E. A. Zang, W. R. Oleszko, D. C. William, R. Sadovsky, J. M. Morrison, and A. Kellner, "Hepatitis B Vaccine: Demonstration of Efficacy in a Controlled Clinical Trial in a High-Risk Population in the United States," *New England Journal of Medicine* 303 (1980): 833–41.

100 多人死亡。① 为了应对这场麻疹疫情，疾控中心建议所有儿童接种第二剂麻疹疫苗。建议奏效了。2005 年，联邦顾问、疫苗生产商、媒体和公众聚集在亚特兰大，听取新建议实施的结果。疾控中心报告说，上一年麻疹新发病例仅 37 例，无人住院，无人死亡。公共卫生官员看到了在美国根除麻疹的希望，十分兴奋。会议期间，联邦咨询委员会主席称塞缪尔·卡茨为麻疹疫苗的发明者。卡茨是该委员会联络员。"我想花几分钟感谢塞缪尔·卡茨做出的贡献。"主席说，"是他将麻疹疫苗带给了我们。"全场听众为卡茨热烈鼓掌。卡茨为人谦虚诚实，他举起了双手，想让大家停下来。"过奖了。"他说。

塞缪尔·卡茨和波士顿的研究团队成功地分离出了麻疹病毒，并在实验室中弱化了病毒，他们做出了重要的贡献，配得上全场的鼓掌。但是他们制作的疫苗毒性不够弱，每 10 名接种的儿童中就有 4 名出现高烧和皮疹。莫里斯·希勒曼研制的疫苗更好。可惜，他的成就从来没有得到全场起立鼓掌的待遇。

莫里斯·希勒曼取得了如此巨大的成就，却从未获得诺贝尔奖。因为诺贝尔奖不能授予已故之人。他永远都不可能得到了。

当初，阿尔弗雷德·诺贝尔是在读完自己的讣告后决定设立该奖的。诺贝尔于 1833 年 10 月 21 日出生在瑞典斯德哥尔摩。他对炸药很感兴趣，特别是可用于煤矿的炸药。当时，矿工使用的是黑火药，属于火药的一种。但是诺贝尔感兴趣的是另一种威力

---

① Centers for Disease Control, "Public-Sector Vaccination Efforts in Response to the Resurgence of Measles among Pre-school-Aged Children: United States, 1989 – 1991," *Morbidity and Mortality Weekly Report* 41 (1992): 522 – 25.

更大、更易挥发的爆炸物——硝酸甘油。1862 年，诺贝尔建了一家小型工厂来制造硝酸甘油。一年后，他发明了一种实用的雷管，由木塞和金属管组成。木塞里装有黑火药，插入金属管中，金属管里装有硝酸甘油。两年后，诺贝尔对雷管加以改进，将木塞换成了小金属盖，将黑火药换成雷酸汞。他的第二种发明被命名为爆破帽，炸药由此迈入了现代阶段。

然而，硝酸甘油仍然极难处理。1864 年，诺贝尔的硝酸甘油工厂爆炸，炸死了诺贝尔的弟弟埃米尔和其他几个人。不过，诺贝尔毫不气馁，继续研究这种挥发性化学物质。1867 年，他发现他能够通过添加含有大量二氧化硅的硅藻土起到稳定硝酸甘油的作用。诺贝尔的第三种发明被命名为甘油炸药（dynamite），来自希腊语 dynamis 一词，意为"力量"。甘油炸药成为军队的一种新式致命武器，使得阿尔弗雷德·诺贝尔从此变成了富人。

1888 年，阿尔弗雷德的哥哥路德维格在戛纳逝世。法国的报纸把路德维格和阿尔弗雷德搞混了，以为逝世的是阿尔弗雷德，便发表了题为《死亡商人身亡》的讣告。诺贝尔始终认为，撇开实用价值不谈，他的炸药终将成为促进和平的武器，而非战争的武器。"我的甘油炸药将更快地促成和平，"他说，"比签订一千个国际公约都管用。一旦人们发现整个军队一瞬间就会粉身碎骨，他们一定会维护金子般的和平。"（这句话好像在哪里听到过？）但是读完"自己"的讣告，诺贝尔意识到他想错了。人们只会记得他是一个战争缔造者而不是和平缔造者。于是在 1895 年 11 月 27 日，诺贝尔修改了遗嘱。"我剩余的全部不动产将以如下方式处置：将资金用作奖金，每年奖励给在前一年中为人类的最大福祉做出杰出贡献的人，将（奖金）分为五等份：物理、化学发现或改进、生理学或医学、文学，以及促进国家间团结友好和推动和平的最佳功绩。"① 1896 年 12 月 10 日，即修改遗嘱一年后，阿尔弗雷德·诺贝尔于意大利圣雷莫因中风逝世。五年后，瑞典国王颁发了第一个诺贝尔奖。如今，诺贝尔奖已经成为世人最梦寐以求的奖项。

按照诺贝尔的遗嘱，由斯德哥尔摩的卡罗林斯卡学院（Karolinska Institute）的科学家决定诺贝尔生理学或医学奖的获得者。但是，科学家往往更热衷于技术创新，而不是公共卫生成就。因此，医学领域最重要的奖项并没有颁发给那些挽救了最多生命的人。

在疫苗领域取得重大成就却被诺贝尔奖委员会忽视的科学家并不止希勒曼一个。乔纳斯·索尔克研发的脊髓灰质炎疫苗使得该病在美国的发病率大大降低，其他一些国家也得以根除这一疾病。脊髓灰质炎疫苗有效的消息公布仅仅几日，白宫便对索尔克予以了表彰。在玫瑰园举行的仪式上，德怀特·艾森豪威尔总统激动得声音都颤抖了起来，他说："我不知道怎么用言语表示对你的感谢。我非常非常高兴。"② 然而，乔纳斯·索尔克也从未获得过诺贝尔奖。索尔克逝世几个月后，1975 年因其对于致癌病毒的研究而获得诺贝尔医学奖的雷纳托·杜尔贝科为索尔克撰写了讣告，刊登在科学期刊《自然》上。"由于在脊髓灰质炎疫苗方面的研究工作，索尔克把全世界公众和政府授予的重大荣誉都得了个遍，但是他没有得到过科学界的认可——他没有获得诺贝尔奖，也没有当选为美国国家科学院院士，因为他没有取得任何创新性

---

① "Alfred Nobel: The Man," http://www.britannica.com/nobel/micro/427_33.html; "Excerpt from the Will of Alfred Nobel," Nobelprize.org, http://nobelprize.org.nobel/alfred-nobel/ biographical/will/index.html; "Alfred Nobel," http://en.wikipedia.irg/wiki/ Alfred_Nobel.

② J. Smith, *Patenting the Sun*.

的科学发现。"① 尽管索尔克的疫苗是 20 世纪最伟大、最受万众期待的一大公共卫生成就，但是索尔克永远不会为此获得诺贝尔奖。

几年后，阿尔伯特·萨宾研发出了自己的脊髓灰质炎疫苗。截至 1991 年，萨宾的脊髓灰质炎疫苗已经在西半球和世界大部分地区消灭了脊髓灰质炎。如果萨宾的疫苗继续在印度、非洲、印度尼西亚和亚洲其他国家接种，照此趋势，到 2015 年，它很有可能会在地球上彻底消灭脊髓灰质炎。萨宾是个天才。在同仁的认可下，他获得了许多奖项和荣誉，包括当选美国国家科学院院士。位于华盛顿特区的萨宾疫苗研究所（Sabin Vaccine Institute）是对他永远的纪念。但是，阿尔伯特·萨宾和乔纳斯·索尔克一样，从未获得过诺贝尔奖。唯一一个因为研发脊髓灰质炎疫苗而获得诺贝尔奖的是由约翰·恩德斯、弗雷德里克·罗宾斯和托马斯·韦勒组成的波士顿研究团队。这是因为该团队先找到了在细胞培养物中培养脊髓灰质炎病毒的方法，才有索尔克和萨宾研发疫苗的可能。

莫里斯·希勒曼在实验室细胞中弱化病毒，由此研发出了麻疹、腮腺炎和风疹疫苗。他的努力使得这些疾病在美国实际上已经不复存在。但是，希勒曼并不是第一个发现如何在细胞培养物中培养病毒的人，也不是第一个发现可以在动物细胞中弱化人类病毒的人。那个人是马克斯·蒂勒，他在 1951 年获得了诺贝尔奖。

希勒曼将乙肝疫苗视为他最大的成就。20 世纪 70 年代末，希勒曼从同性恋男子的血液中成功地纯化出了澳大利亚抗原，制成了血源性乙肝疫苗，可谓一项技术上的壮举。但是，发现澳大利亚抗原的人不是希勒曼，而是巴鲁克·布伦伯格。布伦伯格正是因为这一发现获得了诺贝尔奖。（许多科学家认为，真正应该获奖

---

① R. Dulbecco，"Jonas Salk，" *Nature* 376（1995）：216.

的人是阿尔弗雷德·普林斯，是他第一个意识到了澳大利亚抗原是乙肝病毒的一部分。）

然而，希勒曼确实进行了一系列值得获诺贝尔奖的研究——他的干扰素研究。希勒曼是纯化干扰素、确定其生物学特性并提出其作用机制的第一人。在他去世前几个月，几位科学家知道这是他的最后一次机会了，于是出面游说诺贝尔奖委员会成员，称希勒曼的干扰素研究足以让他获得诺贝尔奖。然而，该委员会的一名核心成员表示，诺贝尔医学奖永远不会授予在企业工作的人。

让希勒曼得到他应得的认可的努力失败了，然而，更令人沮丧的是，诺贝尔奖委员会时而会把奖颁给远远配不上诺贝尔奖的研究。① 譬如 1926 年，委员会因约翰内斯·菲比格发现了一种引起老鼠胃癌的蠕虫而向他颁发了诺贝尔医学奖，认为这是探究人类癌症致因的一大重要突破。但是，蠕虫不会引起人类癌症。1927 年，朱利叶斯·瓦格纳·雅鲁格因发现疟疾寄生虫可用于治疗梅毒而获得诺贝尔医学奖，但是这种疗法既无效又危险。最后，在 1949 年，委员会把该奖颁给了葡萄牙人埃加斯·莫尼兹，以表彰其发现了额叶切除术（即切除大脑的一个额叶）在治疗某些精神病方面的价值。在 20 世纪中叶，额叶切除术十分流行。约翰·肯尼迪的妹妹罗斯玛丽就接受过额叶切除术；肯·凯西的小说《飞越疯人院》中的虚构角色兰德尔·P. 麦克默菲（杰克·尼科尔森在 1975 年的电影版中饰演了麦克默菲一角）也做过额叶切除术；《新英格兰医学杂志》将它誉为"一种新的精神病学"的诞生。但事实证明，这一疗法毫无价值且惨无人道。

虽然希勒曼没有得到公众、媒体和诺贝尔奖委员会的认可，

---

① L. K. Altman, "Alfred Nobel and the Prize That Almost Didn't Happen," *New York Times*, September 26, 2006.

莫里斯·希勒曼接过罗纳德·里根总统颁发的国家科学奖章，1988 年

但是他收到了来自同仁的敬意。1983 年，希勒曼荣获阿尔伯特·
拉斯克医学研究奖；1985 年，他当选为美国国家科学院院士；
1988 年，他荣获罗纳德·里根总统颁发的国家科学奖章；1989
年，他荣获罗伯特·科赫金质奖章；1996 年，他荣获世卫组织颁
发的特别终身成就奖；1997 年，他荣获阿尔伯特·萨宾终身成就
奖。国立卫生研究院的安东尼·福奇说："每隔一段时间就会出现
一位科学家，其成就列出来光芒四射。对大多数科学家而言，能
够取得莫里斯的众多成就中的一项，就会非常激动了。"①

　　尽管莫里斯·希勒曼从未获得过诺贝尔奖，但由于他所做的
贡献，数亿儿童得以健康长大，不必惧怕一度造成永久性损伤或
致死的传染病。细究起来，没有比这更大的奖励了。

---

① "The Vaccine Hunter," BBC Radio 4, producer Pauline Moffatt, June 21, 2006.

后　记[①]

美妙的双轮轻便马车，
它的故事我们记得。
建造得如此精妙，
跑了整整一百年，
直到突然轰塌，归于尘土。

——奥利弗·温德尔·霍姆斯

（莫里斯·希勒曼以这首诗作为自传的开头。他去世时，自传才写到 40 页。）

1984 年，莫里斯·希勒曼 65 岁时，按照公司的政策，默沙东要求他退休，希勒曼拒绝了。经过数月的协商，默沙东有史以来第一次破例，允许希勒曼领导新成立的默沙东疫苗研究所。之后的 20 年里，希勒曼每天都去上班，而且常常待到很晚。在研究所的日子里，他遍览近期的科学出版物，并撰写了对后世具有深远影响的评论文章以及各类观点文章，话题包括生物恐怖主义、生物战历史、流感大流行、疫苗事业、疫苗史以及人类与微生物旷日持久的斗争。80多岁时依然坚持发表论文的科学家为数不多，但希勒曼退休以后发表的文章继续影响着科学家对疫苗及其所预防的疾病的认识。在人生最后的20年里，对于所有前来向他讨教智慧以及经验的科学家，不论是默沙东的还是来自世界各地的，莫里斯都表示欢迎。

2005年1月26日，也就是希勒曼逝世前三个月，科学界和医学界的代表来到费城，向莫里斯·希勒曼致敬，表彰他的一生和他做出的贡献，地点就在美国哲学学会（American Philosophical Society）。

美国哲学学会1743年由本杰明·富兰克林设立，是美国现存最古老的学术团体。学会坐落于一栋白色的大理石建筑里，该建筑是农民和机械师银行（Farmers and Mechanics Bank）的旧址。（"自然哲学"在18世纪指的是对自然的研究。如果学会放到今天成立，它的名字将是美国科学学会。）该学会的成员包括乔治·华盛顿、亚历山大·汉密尔顿、约翰·亚当斯、托马斯·杰斐逊、托马斯·潘恩、本杰明·拉什、詹姆斯·麦迪逊和约翰·马歇尔等美国开国元勋，以及约翰·奥杜邦、罗伯特·富尔顿、托马斯·爱迪生、路易·巴斯德、阿尔伯特·爱因斯坦、莱纳斯·鲍林、玛格丽特·米德、玛丽·居里和查尔斯·达尔文等科学家。学会的图书馆藏有希勒曼最爱的《物种起源》第一版。[②]

当天，21世纪最杰出的一些科学家前来向希勒曼致敬。艾滋

[①]　罗伊·瓦杰洛斯、安东尼·福奇、洛林·希勒曼、杰里尔·林恩·希勒曼和柯尔斯滕·希勒曼在2005年1月26日于美国哲学学会举办的座谈会上发言。

[②]　American Philosophical Society，http://www. amphilsoc. org；American Philosophical Society Library and Museum，http://www. ushistory. org/tour/tour_philo. htm.

莫里斯·希勒曼和女儿柯尔斯滕（最左）、杰里尔以及妻子洛林。1982年12月摄于科罗拉多州韦尔。莫里斯是唯一一个没穿雪板的人

病毒的共同发现者罗伯特·加洛、美国国家过敏和传染病研究所所长安东尼·福奇、诺贝尔奖委员会成员埃尔林·诺比、现代狂犬病疫苗的共同开发者希拉里·科普罗夫斯基、肝移植领域的先驱托马斯·斯塔兹、降胆固醇药物的开发者罗伊·瓦杰洛斯以及DNA疫苗的早期开发者玛格丽特·刘等人纷纷上台致辞，讲述希勒曼的成就对自己的工作起到的指导作用，或是在希勒曼的成就面前自己的成绩如何相形见绌。当晚的会议结束前，希勒曼向所有参会人员表达了感谢。他的声音很轻，透着疲倦。希勒曼谈到了他的朋友，他的家人和他的幸运。他从未忘记自己来自哪里。在会议的最后，他说费城的冬夜尽管寒冷，但是"蒙大拿州已是零下40度"。

现场的一些人哭了起来。他们在哀悼一段传奇的终结。

希勒曼喜欢用强势和顽固来形容自己，他在座谈会上说："罗伊·瓦杰洛斯对我的描述最到位。他说我表面上看起来是个混蛋，但是如果往深处看，看到我的内在，还是一个混蛋。"然而，希勒曼强势的外表下隐藏着他宽厚柔软的一面。他选择从事一个对人类有益的事业，因为他爱着人类。当希勒曼在疾控中心基金会的一位朋友被诊断出乳腺癌时，他竭尽所能，确保朋友得到所需的照料。住在他家附近的孩子为做科学项目想要采访希勒曼，他每次都会满足他们的要求，而且经常花上好几个小时给孩子们仔细地解释他的工作。瓦杰洛斯说，他是"我见过最温暖的以家庭为重的人"。"他对待他人的态度虽然粗暴，"福奇回忆道，"但是他做事的方式很明确，对事不对人。他想要清楚地传达信息，不是为了让谁难堪。他只是希望大家都直截了当一些。如果有人开始来虚的，他会毫不犹豫地站起来说：'你这全是废话。'他是个讨人喜欢的暴脾气的家伙。"

　　希勒曼的女儿柯尔斯滕对这些评价表示赞同。"人们经常问我，做莫里斯的女儿是什么感觉。"她说，"我感觉太棒了。我父亲是一个工作狂。我们小的时候，他经常整周整周地出差。但是很奇怪，他每次离家那么久，我却几乎没有印象。我记得最清楚的是父亲给我们讲他在蒙大拿的成长故事，特别精彩；记得他每天晚上唱《雪绒花》（《音乐之声》里的歌曲）哄我入睡；记得我们一起花大把大把的时间在地下室里做科学实验、建造模型。我们做过心脏、脚、手、眼球和骨骼的模型，还做过晶体管收音机，甚至做过福特T型车。我父亲总是以愤世嫉俗为豪，但是他的一生成就斐然，他研发的疫苗挽救了无数生命。这让我觉得，在他那刻薄的幽默外表下，他其实是一个永远的乐观主义者。""我的所有知识基本都是他教的。"杰里尔说，"我学会了相信逻辑，相信科学，但是也不完全否定神秘主义。父亲给了我一个人能够给予另一个人最好的礼物——他相信我。"

莫里斯·希勒曼向外孙达希尔展示从他的尿布里提取并培养的细菌，2004 年

　　在纪念希勒曼的座谈会上，他的妻子洛林回忆了她和希勒曼42 年的婚姻生活。"你们很多人都知道我们是怎么认识的。"她说，"麻疹和腮腺炎疫苗的临床试验在费城儿童医院开展，需要人（协调）各类研究。我去面试，他是面试官。面试进行得很顺利，他看起来人也很好。然后，他突然问我：'你多大了？'我说我 29 岁。他的下一句话是：'哦，我还以为你 35 岁呢。'"尽管如此，不久之后，我们就结婚了，到现在将近 42 年的时间里，他真的是一个很了不起的男人，我是他的爱人。"

　　在希勒曼去世前的几个月里，他谈了很多有关他父亲古斯塔夫和抚养他长大的叔叔罗伯特的事情，这两个男人影响了他的人生选择。"古斯塔夫不是个坏人，"希勒曼回忆道，"但是（我母亲的）去世令他大受刺激，新责任随之而来，这一切改变了他。他开始对宗教变得狂热，一心要让所有家人都上天堂。实现这一目标的最好方法是让他所有的儿子都当牧师，让女儿都嫁给牧师。他会坐在教堂的第八排长椅上大声地唱诗、祈祷，并不断宣称，无论遇到何种灾祸，'主将赐福。'为了照顾家人的健康，他决定上函授学校，成为一名脊椎按摩师。当时的整脊疗法认为，所有疾病的起因都是脊柱受到了撞击。在这种观念下，疾病的传染性细菌学说自然被摒弃了，最要紧的是，他禁止接种疫苗预防疾病，（不允许）我接种任何疫苗。"（这也许是医学界最大的讽刺之一。）

希勒曼的养父罗伯特则不同。"鲍勃完全是古斯塔夫的反面：鲍勃的思想自由、开放，为人体贴，最重要的是，他非常聪明。鲍勃通过行善事来践行他的信仰。他会从外州订购商品，比如人造黄油和其他一些乳业游说团体不允许在本州出售的产品，再卖出去，都是按成本价卖，不赚取利润。他靠出售价格低廉的路德教派人寿保险来保障最基本的家庭生活需求。他还懂法，为人们提供法律援助，帮请不起律师的人写遗嘱。"

大限将至的希勒曼思考了很多有关这两个男人的事情。最终，他没有选择他亲生父亲的宗教信仰，而是从他叔叔的理性和自由思考中找到了慰藉。作为一个终极实验主义者，希勒曼想知道一种癌症疫苗理论是否行得通。所以，他决定亲自试试。

20世纪40年代，研究人员发现，如果从一只小鼠身上提取恶性肿瘤细胞注入另一只小鼠的体内，后者就会患上癌症。但是，如果小鼠先接种经过弱化的恶性肿瘤细胞，再接种有毒的肿瘤细胞后便不会得癌。这证明，小鼠可以通过接种疫苗预防癌症。在相当长的一段时间内，这种现象的原因不明。后来，一位名叫普拉莫德·斯里瓦斯塔瓦的研究生找到了答案，如今他是康涅狄格大学的免疫学教授。斯里瓦斯塔瓦提取了肿瘤细胞，将其破开，再将细胞的各个部分分离，发现了一组特殊的蛋白质——热休克蛋白，正是这种蛋白保护了小鼠免得癌症。热休克蛋白多见于因高温、低温、缺氧或肿瘤而受到压力的细胞中。斯里瓦斯塔瓦发现，热休克蛋白中含有少量的肿瘤蛋白片段，会试图警告免疫系统癌细胞正在生长。他推断，提取肿瘤细胞，纯化含有肿瘤蛋白的热休克蛋白，再将两者大剂量注入小鼠的体内，便可清除肿瘤细胞。研究不同癌种的许多研究人员发现，这种方法在小鼠和老鼠身上都有效，但是他们不清楚这是否适用于人。当希勒曼想知道热休克蛋白能否清除自己的肿瘤时，人体试验正在进行中，但是尚未完成。[①]

希勒曼将取自他的肺部和胸壁之间的区域的癌细胞提取出来，寄给了一家专门纯化热休克蛋白的公司。热休克蛋白需要每周注射一次 25 毫克，连续注射四周，希勒曼希望自己能撑到那个时候。但是，最后的实验还没做完，癌症就夺去了希勒曼的生命。

2005 年 4 月 14 日，莫里斯·希勒曼长眠于离家不远的宾夕法尼亚州栗山（Chestnut Hill）。"在蒙大拿，每当有什么值得庆祝的事情时，"希勒曼回忆道，"大家就会聚在一起，坐在一根原木

---

① 关于热休克蛋白，参见：E. Gilboa, "The Promise of Cancer Vaccines," *Nature Reviews* 4 (2004)：401 - 11；R. Suto and P. K. Srivastava, "A Mechanism for the Specific Immunogenicity of Heat-Shock Protein - Chaperoned Peptides," *Science* 269 (1995)：1585 - 88；A. Hoos and D. L. Levey, "Vaccination with Heat-Shock Protein-Peptide Complexes：From Basic Science to Clinical Applications," *Expert Reviews of Vaccines* 2 (2003)：369 - 79；P. K. Srivastava and M. R. Das, "Serologically Unique Surface Antigen of a Rat Hepatoma Is Also Its Tumor-Associated Transplant Antigen," *International Journal of Cancer* 33 (1984)：417 - 22。

上，打一桶干净的水，然后拿一个水杯传水喝。"① 这个场景希勒曼见过许多次。但是莫里斯·希勒曼从不停歇，从不庆祝，从不退后一步欣赏自己所做的一切。他总是满怀动力地迫不及待地向着下一个发现进发。"我们又拿到了（一个疫苗的）许可证，"他回忆说，"那又怎么样呢。我们不会坐下来庆祝。我们还有新的疫苗要生产。我们还有好多座高山需要翻越。爬上了一座就紧接着爬下一座，再爬下一座。登顶的瞬间，兴趣就开始下降，还有更多的工作要做。"

一百年后，我们开启比尔·克林顿和希拉里·克林顿委托建造的"国家千禧年时间胶囊"。我们会看到那个透明塑料块，里面装着莫里斯·希勒曼研发的疫苗。我们还会看到美国国家人文奖章（National Humanities Medal）获得者佩吉·普伦肖所放的一件文物。普伦肖提交的是威廉·福克纳 1950 年接受诺贝尔文学奖时的获奖感言："我相信人类不仅能忍受苦难，更能战胜苦难。人类是不朽的，并非因为在众生中只有人类的声音无穷无尽，而是因为人类有灵魂，有同情、牺牲和忍耐的精神。"② 莫里斯·希勒曼便是人类这种精神的代表——他的工作史无前例；他留给人类的礼物永远无人能及。

---

① H. Collins, "The Man Who Changed Your Life," *Philadelphia Inquirer*, August 29, 1999.

② "William Faulkner, Nobel Prize Acceptance Speech, Stockholm, Sweden, December 10, 1950," http://www.rjgeib.com/thoughts/faulkner/faulkner.html.

特选参考文献

Angell, Marsha. *Science on Trial: The Clash of Medical Evidence and the Law in the Breast Implant Case.* New York: W. W. Norton and Company, 1996.

Austrian, Robert. *Life with the Pneumococcus: Notes from the Bedside, Laboratory, and Library.* Philadelphia: University of Pennsylvania Press, 1985.

Barry, John. *The Great Influenza: The Epic Story of the Deadliest Plague in History.* New York: Viking, 2004.

Blumberg, Baruch. *Hepatitis B: The Hunt for a Killer Virus.* Princeton: Princeton University Press, 2002.

Bookchin, Debbie, and Jim Schumacher. *The Virus and the Vaccine: The True Story of a Cancer Causing Monkey Virus, Contaminated Polio Vaccine, and the Millions of Americans Exposed.* New York: St. Martin's Press, 2004.

Carter, Richard. *Breakthrough: The Saga of Jonas Salk.* New York: Trident Press, 1966.

Collins, Robert. *Ernest William Goodpasture: Scientist, Scholar, Gentleman.* Franklin, TN: Hillsboro Press, 2002.

Debré, Patrice. *Louis Pasteur.* Baltimore and London: Johns Hopkins University Press, 1998.

De Kruif, Paul. *Microbe Hunters.* New York: Harcourt, Brace, and Company, 1926.

Etheridge, Elizabeth. *Sentinel for Health: A History of the Centers for Disease Control.* Berkeley: University of California Press, 1992.

Fitzpatrick, Michael. *MMR and Autism: What Parents Need to Know.* London and New York: Routledge, 2004.

Galambos, Louis, and Jane Eliot Sewell. *Networks of Innovation: Vaccine Development at Merck, Sharpe & Dohme, and Mulford, 1895 – 1995.* Cambridge: Cambridge University Press, 1995.

Geison, Gerald. *The Private Science of Louis Pasteur.* Princeton: Princeton University Press, 1995.

Hall, Stephen. *Merchants of Immortality: Chasing the Dream of Human Life Extension.* Boston: Houghton Mifflin, 2003.

Hayflick, Leonard. *How and Why We Age.* New York: Ballantine Books, 1994.

Hilts, Philip. *Protecting America's Health: The FDA, Business, and One Hundred Years of Regulation.* New York: Alfred A. Knopf, 2003.

Hilts, Philip. *Rx for Survival: Why We Must Rise to the Global Health Challenge.* New York: Penguin Press, 2005.

Holton, Gerald, ed. *The Twentieth Century Sciences: Studies in the Biography of Ideas.* New York: W. W. Norton and

Company, 1972.

Huber, Peter. *Galileo's Revenge: Junk Science in the Courtroom.* New York: Basic Books, 1991.

———. *Liability: The Legal Revolution and Its Consequences.* New York: Basic Books, 1988.

Kolata, Gina. *Flu: The Story of the Great Influenza Pandemic of 1918 and the Search for the Virus That Caused It.* New York: Touchstone, 1999.

Koprowski, Hilary, and Michael B. A. Oldstone, eds. *Microbe Hunters: Then and Now.* Bloomington, IL: Medi-Ed Press, 1996.

Lax, Eric. *The Mold in Dr. Florey's Coat: The Story of the Penicillin Miracle.* New York: Henry Holt and Company, 2004.

Leuchtenburg, William. *A Troubled Feast: American Society since 1945.* Boston: Little, Brown and Company, 1973.

Marks, Harry. *The Progress of Experiment: Science and Therapeutic Reform in the United States, 1900 – 1990.* Cambridge: Cambridge University Press, 1997.

McNeill, William. *Plagues and Peoples.* New York: Anchor Books, 1976.

Offit, Paul. *The Cutter Incident: How America's First Polio Vaccine Led to the Growing Vaccine Crisis.* New Haven and London: Yale University Press, 2005.

Oshinsky, David. *Polio: An American Story.* Oxford and New York: Oxford University Press, 2005.

Park, Robert. Voodoo Science: *The Road from Foolishness to Fraud*. Oxford: Oxford University Press, 2000.

Plotkin, Stanley A. , and Bernardino Fantini, eds. *Vaccinia, Vaccination, Vaccinology: Jenner, Pasteur and Their Successors.* Paris: Elsevier, 1996.

Plotkin, Stanley A. , and Walter A. Orenstein, eds. *Vaccines,* 4th ed. Philadelphia: Saunders, 2004.

Radetsky, Peter. *The Invisible Invaders: The Story of the Emerging Age of Viruses.* Boston: Little, Brown and Company, 1991.

Rothman, David, and Sheila Rothman. *The Willowbrook Wars: Bringing the Mentally Disabled into the Community.* New Brunswick, NJ, and London: Transaction, 2005.

Schreibman, Laura. *The Science and Fiction of Autism.* Cambridge, MA, and London: Harvard University Press, 2005.

Shermer, Michael. *Why People Believe Weird Things: PseudoScience, Superstition, and Bogus Notions of Our Time.* New York: MJF Books, 1997.

Shorter, Edward. *The Health Century.* New York: Doubleday, 1987.

Smith, Jane. *Patenting the Sun: Polio and the Salk Vaccine.* New York: William Morrow and Company, 1990.

Smith, Page, and Charles Daniel. *The Chicken Book.* Athens: University of Georgia Press, 2000.

Tucker, Jonathan. *Scourge: The Once and Future Threat of*

Smallpox. New York: Atlantic Monthly Press, 2001.

van Iterson, G. , L. E. Den Dooren De Jong, and A. J. Kluyver. *Martinus Willem Beijerinck: His Life and His Work.* Madison: Science Tech, 1940.

Weller, Thomas. *Growing Pathogens in Tissue Cultures: Fifty Years in Academic Tropical Medicine, Pediatrics, and Virology.* Canton, MA: Scientific History Publications, 2004.

Williams, Greer. *Virus Hunters.* New York: Alfred A. Knopf, 1960.

致　谢

我要感谢史密森尼出版社的资深编辑托马斯·J.凯勒赫对本书做出的出色编辑以及他的幽默和耐心；感谢安德鲁·扎克给予本书的坚定信念和支持；感谢波雅娜·瑞丝蒂在风格、形式和逻辑上给予的指导；感谢妮娜·朗为查找威斯塔研究所的档案材料提供指导；感谢大卫·罗斯贡献他对出生缺陷基金会档案的知识。还要感谢艾伦·科恩、布莱恩·费舍尔、佩吉·弗林、弗兰克·霍克、杰森·金、肯尼塔·麦克唐纳、佩吉·麦格拉蒂、唐纳德·米切尔、邦妮·奥菲特、杰森·施瓦茨、迈克尔·史密斯、柯尔斯滕·西斯、艾莉·威伦、艾莉森·瓦尔和西奥·扎奥蒂斯仔细阅读手稿并提出有益的建议和指正。

此外，特此感谢亚瑟·艾伦、罗伯特·奥斯特里恩、阿特·卡普兰、马克·费恩伯格、佩妮·希顿、莱昂纳德·海弗里克、杰里尔·希勒曼、柯尔斯滕·希勒曼、洛林·希勒曼、塞缪尔·卡茨、芭芭拉·库特、玛格丽特·刘、阿德尔·马哈茂德、夏洛特·摩泽尔、沃尔特·奥伦斯坦、伯特·佩尔蒂埃、乔治·彼得、艾米·皮萨尼、苏珊·普洛特金、斯坦利·普洛特金、菲尔·普罗沃斯特、亚当·拉特纳、兰斯·罗德瓦尔德、威廉·沙夫纳、安妮·舒卡特、基尔蒂·沙哈、琼·斯塔布、沃尔特·斯特劳斯、罗伊·瓦杰洛斯、罗伯特·威贝尔、大卫·韦纳、杰弗里·韦瑟以及黛博拉·韦克斯勒提供对莫里斯·希勒曼往事的回忆，抑或他们在疫苗科学或疫苗历史方面的专业知识。

Paul A. Offit

Vaccinated: One Man's Quest to Defeat the World's Deadliest Diseases

Copyright © 2007 by Paul A. Offit

Published by arrangement with The Ross Yoon Agency, through The Grayhawk Agency Ltd.

图字：09 - 2022 - 0087 号

图书在版编目(CIP)数据

　　疫苗的故事 /（美）保罗·奥菲特（Paul Offit）著；
仇晓晨译. —上海：上海译文出版社，2022.11
（译文纪实）
　　书名原文：Vaccinated：One Man's Quest to
Defeat the World's Deadliest Diseases
　　ISBN 978 - 7 - 5327 - 9111 - 8

　　Ⅰ.①疫… Ⅱ.①保… ②仇… Ⅲ.①传记文学—美
国—现代 Ⅳ.①I712.55

　　中国版本图书馆 CIP 数据核字(2022)第 229244 号

疫苗的故事

［美］保罗·奥菲特/著　仇晓晨/译
责任编辑/钟瑾　装帧设计/邵旻　观止堂_未氓

上海译文出版社有限公司出版、发行
网址：www. yiwen. com. cn
201101　上海市闵行区号景路 159 弄 B 座
上海景条印刷有限公司印刷

开本 890×1240　1/32　印张 9　插页 2　字数 224,000
2022 年 12 月第 1 版　2022 年 12 月第 1 次印刷
印数：0,001—8,000 册

ISBN 978 - 7 - 5327 - 9111 - 8/I·5658
定价：58.00 元

本书中文简体字专有出版权归本社独家所有,非经本社同意不得连载、摘编或复制
如有质量问题,请与承印厂质量科联系。T：021 - 59815621